SINA BEERWALD

Mordsmöwen

SYLT KRIMI

emons:

Bibliografische Information der Deutschen Bibliothek
Die Deutsche Bibliothek verzeichnet diese Publikation
in der Deutschen Nationalbibliografie; detaillierte bibliografische
Daten sind im Internet über http://dnb.d-nb.de abrufbar.

FSC
www.fsc.org
MIX
Papier aus verantwortungsvollen Quellen
FSC® C083411

Umschlagmotiv: fotolia.com/Sunnydays
Umschlaggestaltung: Tobias Doetsch
Gestaltung Innenteil: César Satz & Grafik GmbH, Köln
Druck und Bindung: CPI – Clausen & Bosse, Leck
Printed in Germany 2013
ISBN 978-3-95451-135-8
Sylt Krimi
Originalausgabe

Unser Newsletter informiert Sie
regelmäßig über Neues von emons:
Kostenlos bestellen unter
www.emons-verlag.de

Ein Projekt der AVA international GmbH
Autoren- und Verlagsagentur
www.ava-international.de

Für Lauris

Dramatis Laridae

Ahoi: Für die Eroberung eines Weibchens braucht er mindestens einen Plan C, weil der Abstand zwischen zwei Fettnäpfchen einen Ahoi beträgt. Und da seine Eltern ihm sonst nix Ordentliches beigebracht haben, ist er seit zehn Jahren Späher einer Möwenbande, die von räuberischer Erpressung lebt. Diese Crêpes sind aber auch zu lecker – und machen obendrein satt. Er ist Gründungsmitglied der Mordkommission Schoko-Crêpes.

Baron Silver de Luft: Sieht keine zwei Meter mehr weit. Er ist altgedienter Scheff der Bande und trägt zum Zeichen dessen den Helm seines Großvaters, der Hauptfischwebel im zweiten Möwenkrieg war. Böse Zungen behaupten, es handle sich um eine rostige Thunfischdose.

Harry: Alleinerziehender Vater mit der beeindruckenden Spannweite von einem Meter sechzig. Früher Türsteher vor einer Bäckerei, heute der Mann fürs Grobe, aber mit weichem Herz.

Grey: Die Jungmöwe im Team. Hat einen vorlauten Schnabel und noch ziemlich viele Flausen im Gefieder.

Suzette: Nicht nur Ahoi ist verliebt in sie – auch Mogulis, die reichste Möwe von Sylt, findet Suzette süß und wirbt mit allen Mitteln um sie.

Jonathan: Er sieht sehr gut aus und ist bei den Möwenweibchen ein begehrter Teilzeitbrutpfleger, hat aber noch nie eine Beziehung zu einem Weibchen gehabt – ich denke, Sie verstehen mich.

Helgi: Kam als Auswanderer erst kürzlich zum Team. Er wurde von seiner Heimatinsel Helgoland mit Schallwellen vertrieben und fühlt sich am wohlsten, wenn er im Alkovenbett im Keitumer Heimatmuseum liegen und auf den Spuren seiner Vorfahren wandeln kann.

Balthasar: Die schlauste Möwe von allen. Hat drei Silvester an der Unität studiert und fliegt nur noch nach Navi. Ein Frühstück ist für ihn erst mit einer geklauten Tageszeitung perfekt.

Alki: Möchte nicht mehr ungefragt einer Gruppe hinzugefügt werden – mit dem Thema ist er durch, seit er von einer Saisonpartnerin mal zu einem Gesprächskreis für Möwen mit Alkoholproblemen geschleppt wurde.

Mensch-Knut: Crêpes-Dealer von Beruf und damit der wichtigste Mensch im Leben der Möwenbande. Als der Crêpes-Stand eines Morgens geschlossen bleibt, beginnt die Geschichte …

EINS

Gestatten, mein Name ist Ahoi. Wie jeden Morgen sitze ich auch heute zu Füßen des Leuchtturms am Südzipfel von Sylt auf dem Dach des Crêpes-Standes und schaue übers Meer, der aufgehenden Sonne entgegen. Ausschau halten ist mein Job. Und Sonne bedeutet viele Touristen.

»Freunde, das wird ein guter Tag!«, rufe ich meiner Bande zu, und die Möwen unten am Strand stellen augenblicklich ihre verzweifelten Versuche ein, die Schale einer angespülten Strandkrabbe zu knacken oder im seichten Wasser erfolglos nach Fischen zu tauchen. So ist das eben, wenn die Eltern einem nix beibringen. Ich bin deswegen schon mein halbes Leben lang Späher dieser Bande, die sich durch räuberische Erpressung ihre täglichen Crêpes verdient. Die Dinger sind aber auch echt lecker und machen obendrein satt.

Unser kriminelles Handwerk haben wir jedenfalls von der Pike auf gelernt. Ich checke immer die Lage, denn ich kenne die Vorlieben meiner Kumpels: Apfelmus für Suzette, Käse-Schinken für Jonathan. Oder aber mit Schuss für Alki, den Dienstältesten im Team, der ein paar persönliche Probleme hat und sich deshalb auch gerne mal ins Weinglas eines Touris stürzt. Nur Zimt-Zucker ist tabu, weil die Sorte immer von den kleinen Ganoven gegessen wird, die ihre Eltern ganz gewieft zum Crêpes-Stand schleppen und dadurch erst für den großen Umsatz sorgen. Denen darf man keine Angst machen.

Ich höre also bei der Bestellung zu und rufe die Menüfolge aus, worauf Jonathan und Suzette das Ablenkungsmanöver übernehmen. Dann ist Harry dran. Mit seiner Spannweite von einem Meter sechzig kreist er das nichts ahnende Opfer ein, schießt dann im Sturzflug über dessen Schulter und schnappt sich den Crêpe. Selbstverständlich ohne Serviette. Die hält noch immer der schreiende Tourist in Händen, der jetzt anstelle des Crêpes den Schreck seines Lebens verdauen muss.

Harry lässt sich derweil auf einem Strandkorbdach nieder und bittet die Kollegen zu Tisch. Die Reste, die bei einem schlechten Manöver auf der Promenade landen, kriegt Auswanderer Helgi. Der kam erst kürzlich zur Truppe, weil er von Helgoland vertrieben wurde. Dort haben die Menschen uns Silbermöwen zum Schutz der Touristen den Krieg erklärt und meine Artgenossen mit Schallwellen von der Insel gejagt. Nur hier auf Sylt haben wir noch gut lachen.

Auf Sylt ist eben alles immer ein bisschen anders. Und eine *echte* Sylter Möwe zu sein, ist sowieso etwas Besonderes. Warum? Ja, das weiß ich auch nicht so genau. Aber wenn ich einer Möwe auf dem Festland erzähle, dass ich von Sylt komme, bin ich binnen Sekunden von flügelschlagenden, neugierigen Artgenossen umringt. Jede Möwe kennt diese bunte Welt auf einhundert Quadratkilometern oder hat wenigstens davon gehört. Die Weibchen hängen bei jedem Wort an meinem Schnabel, und die Männchen fragen mich direkt, wo denn im Revier kurzfristig noch etwas frei wäre. Wenn mir dann vor Erstaunen der Schnabel offen stehen bleibt, schieben sie noch schnell hinterher, dass es ja wirklich nur für ein paar Tage wäre. Anreise aber bitte nicht am Wochenende, weil da immer so viel Luftverkehr herrscht.

Ja, haben die denn noch alle Federn am Flügel? Kurzfristig? Ein paar Tage? Auf Sylt! Ich muss nach Luft schnappen. Mein Gegenüber tut dasselbe, wenn ich ihm erkläre, dass er genau richtig in der Zeit liegt – sofern er für nächstes Jahr buchen will. *Alle* wollen nach Sylt. Auf die Insel der schönen und reichen Möwen.

Was für ein Klischee. Dabei bedeutet es nur, dass es jemand wie unser Scheff Baron Silver de Luft in den siebenundzwanzig Jahren seines Lebens nicht geschafft hat, sich vom Acker zu machen. Die Möwen in den Metropolen beneidet doch auch keiner, weil sie seit zwanzig Jahren auf dieselbe Stelle scheißen. Auf Sylt ist das ein Privileg.

Unser Scheff ist unser Scheff, weil er die Gnade einer Sylter Geburt erfahren durfte. Das allein vergoldet seinen Stammbaum und gibt ihm das Recht, unser Anführer zu sein, obwohl er längst in Rente sein müsste. Doch noch befehligt er eine Truppe von scheinbar Untergebenen (ich hoffe, er ist kurzsichtig genug, das hier nicht mehr lesen zu können) und trägt zum Zeichen dessen den Helm seines Großvaters, der Hauptfischwebel im zweiten Möwenkrieg war. Dass es sich bei diesem Erbstück um eine rostige Thunfischdose handeln könnte, ist nur unsere unausgesprochene Meinung.

In der Rangfolge stehen wir jedenfalls allein deshalb unter ihm, weil wir von außerhalb kommen, auch wenn manche, so wie Harry, schon seit einundzwanzig Jahren hier leben. Alles, was vom Festland kommt, wird grundsätzlich mit Argwohn betrachtet. Weil alles Schlechte von dort kommt: Füchse, Ratten, Gewitter und Kopfschmerzen.

Ja, was? Denken Sie, eine Möwe bekommt bei Ostwind keine Migräne? Schon mal darüber nachgedacht, warum wir oft scheinbar grundlos schreiend irgendwo rumsitzen? Weil es für Möwen verdammt noch mal keine Schmerztabletten gibt! Und hören Sie auf zu lachen, das ist nicht lustig. Wenn hier einer lacht, dann sind wir das.

Doch heute Morgen bleibt selbst uns Möwen das Lachen im Hals stecken. Der Crêpes-Stand macht nicht auf. Seit zehn Jahren ist die Bude sieben Tage die Woche ab neun Uhr morgens auf. Heute nicht.

Locker bleiben, denken wir uns. Vielleicht hat unser Mensch-Knut einfach nur verpennt?

Zwei Stunden später beschließen wir, nach Westerland zu fliegen und ihn mit ordentlichem Geschrei vor dem Haus zu wecken. Luftlinie zehn Minuten.

In Formation umfliegen wir das steinerne weiße Segel der Hörnumer Kirche, Baron Silver de Luft vorneweg. Unser neunmalkluger Balthasar fliegt auf halber Höhe neben ihm, um den kurzsichtigen Scheff notfalls dezent auf Gegenverkehr hinzuweisen. Das sind wir schon gewohnt, aber heute kriegt Balthasar den Schnabel gar nicht mehr zu, weil er dem Scheff begeistert den Unterschied zwischen schnellster und kürzester Route erklärt.

Seit gestern Abend fliegt Balthasar nur noch nach Navi. Auf

einer Insel, auf der es eine Hauptstraße von Nord nach Süd und eine von Ost nach West gibt. Das internetfähige Handy hat er samt Ladekabel bei Sonnenuntergang in einem liegen gebliebenen Rucksack gefunden. Seither trägt er das Ding unterm Flügel und ist die glücklichste Möwe auf der ganzen Welt. Zuvor saß er monatelang neidvoll auf Strandkorbdächern und hat die Touris beobachtet, wie sie mit den Dingern umgehen. Jetzt hat er selbst so ein smartes Telefon, und die Bedienversuche halten ihn vom Fliegen ab.

Auf der Westseite sind die glitzernden Wellen der Nordsee zu sehen und keine zwei Flügelschläge jenseits der Dünen und der dunkelgrünen Heide das Wattenmeer, das sein üppiges Nahrungsangebot an Wattwürmern, Muscheln und Algen alle sechs Stunden feilbietet. Darüber machen sich die Austernfischer mit ihren langen roten Schnäbeln her, als gäbe es kein Morgen. Banausen. Ständig nur diese salzhaltige, eiweißübersättigte Kost. Die haben keine Ahnung von abwechslungsreicher Ernährung. Okay, wir haben dafür keine Ahnung vom Schalentiere-Knacken, aber was soll der Neid, wenn man sich, so wie wir, jeden Tag von Crêpes ernähren kann? Abgesehen von heute.

Unter uns zieht die erste Blechkarawane dahin, die, von Westerland kommend, auf der schmalen Landzunge gen Süden rollt.

»Vielleicht kommt uns Mensch-Knut ja auf halber Strecke entgegen«, schreie ich meiner Bande zu.

»Ich hab sowieso keinen Bock, in die City zu fliegen«, motzt Grey. Mit seinen vier Jahren steckt Harrys Sohn gerade mitten in der Pubertät. Eine Erklärung, die wir uns von unserem schlauen Balthasar ständig anhören müssen, um das Verhalten der Jungmöwe zu entschuldigen.

»Halt den Schnabel«, krächzt Harry. »Solange du noch keine weißen Federn hast, hast du nichts zu melden.«

Als alleinerziehender Vater hält Harry nicht viel von dem Pubertätsgedusel und pflegt einen eher robusten Erziehungsstil, um Grey die Flausen aus dem Gefieder zu treiben. Vor Greys Geburt führte Harry eine gute Saisonehe mit einer hübschen Möwe aus Westerland, die allerdings das Nachtleben liebte und mit ihrer Rolle als Brüterin irgendwie nicht klarkam, auch wenn das nur ein Teilzeitjob war. Also hat sich Harry Vollzeit aufs Nest gesetzt, obwohl er nicht wusste, wie er Kind und Job unter einen Hut kriegen sollte. Früher war unser Mann fürs Grobe jahrelang Türsteher vor einer Bäckerei. Rein durften die Leute, raus auch wieder. Aber ohne Brötchen. Die hat er ihnen todesmutig im Bodennahkampf abgejagt und dabei einiges an Federn gelassen. Nach Greys Geburt musste er seine Ernährungsweise jedoch den Vorlieben seines Lütten anpassen und suchte sich ein neues Revier. So stieß er zu uns. Später fand er dann raus, dass seine Frau Balzhandlungen mit einer anderen Möwe unterhielt und nur er nichts von der Dreiecksgeschichte gewusst hat. Da kann man Harry schon verstehen, dass er von der Saisonehe nichts mehr hält – und schon gar nicht mehr an eine mögliche Dauerehe glaubt. Balthasar sieht das natürlich anders. Er ist der Meinung, Greys auffälliges Verhalten sei auf die schwierigen sozialen Verhältnisse zurückzuführen, in denen der Junge aufwächst. Neben dem strengen Flügel seines Vaters brauche das Kind auch das weiche Gefieder einer Mutter.

Grey verdreht demonstrativ die Augen. »Ey komm, chill mal, Papa. In W-Land ist doch um diese Uhrzeit noch tote Hose. Was soll ich denn …?«

Er kann den Satz nicht vollenden, denn Harry verpasst seinem Sohn mit der Flügelschwinge eine Kopfnuss, dass Grey ins Trudeln gerät. Allein schon seiner körperlichen Imposanz wegen haben wir Harry damals sofort bei uns im Team aufgenommen. Mittlerweile hat er es zum Stellvertreter unseres Scheffs gebracht und wird als heißer Nachfolgekandidat gehandelt.

Unter uns kracht es.

Zwei Autos sind aufeinander aufgefahren. Nein, nicht wegen einer plötzlich rot gewordenen Ampel, sondern wegen eines Hinweisschildes. Auf dem steht »Sansibar«. Die Zufahrt zu dem überfüllten Parkplatz ist um diese Uhrzeit nur leider komplett blockiert, was der Vordermann nicht einsehen wollte, weshalb er auf schnurgerader Straße einfach stoppte. Schade, der kostenlose Parkplatz zweihundert Meter weiter ist noch leer, aber der ist eben auch zweihundert Meter weiter und kostenlos. Das ist schlecht fürs Image.

»Hoffentlich ist Knut nichts passiert«, sagt Jonathan angesichts des Unfalls etwas verängstigt und hält nach dessen quietschgelbem Opel Corsa Ausschau, der uns zwischen den Schattierungen von Meeresblau, Dünenweiß und Heidegrün sofort auffallen müsste.

»Werden wir gleich sehen«, sagt unser kurzsichtiger Scheff und übersieht dabei natürlich die Ironie seiner eigenen Bemerkung.

Wir halten stur Kurs auf die Skyline von Westerland. Warum die Menschen diese über zehn Stockwerke hohen Aussichtsbauten als Bausünde bezeichnen, erschließt sich uns nicht. Prima Landeplattformen mit Aussicht über die gesamte Insel und exzellente Ruheplätze.

Grey bekommt ein Glitzern im Blick und fliegt schneller. Ich weiß, was er denkt. Er will Sturzflug und Steilflug zwischen den Hochhäusern üben und dabei kräftig schreien, weil's so schön hallt. Haben wir als Jungmöwen auch gemacht, und ich geb zu, mir würde es heute noch Spaß machen.

»Macht mal langsamer«, ruft Suzette, die dicht an der Seite von Alki fliegt, damit der bei seiner bedenklichen Kurvenlage nicht vom Kurs abkommt. Alki wurde von seiner Mutter in einem angespülten Rumfass ausgebrütet, weil sein Vater diesen Hohlraum für ein prima Nistversteck hielt. Schon als Jungmöwe hat man ihn deshalb Alki gerufen, und seine Großmutter, die das immer als ein schlechtes Omen angesehen hatte, behielt recht.

Vielleicht hat unser Mensch auch einen über den Durst getrunken?

Über dem Westerländer Campingplatz gehen wir tiefer. Wir überfliegen das Südwäldchen, das sich angesichts der sehr überschaubaren Baumansammlungen auf der Insel als solches bezeichnen darf, kreuzen die beiden Hauptbeutemeilen der Menschen und halten auf die Marinesiedlung zu. Balthasar weiß, dass Knut in diesem nördlichen Teil von Westerland in einer Souterrain-Wohnung lebt. Zielsicher geht er zum Landeanflug auf ein Reetdachhäuschen über und lässt sich auf dem das Gelände umgrenzenden Friesenwall nieder. So ein Friesenwall besteht aus aufgeschichteten Findlingen mit einer darauf liegenden Erdschicht für hübsche Bepflanzungen oder (wie in diesem Fall) einer Grasnarbe (der Variante für faule Gärtner). Selbst Alki landet punktgenau. Unser Scheff allerdings verfehlt die breite Steinmauer um eine Möwenlänge. Wie ein Blechvogel ohne ausgeklapptes Landefahrwerk schmiert Baron Silver de Luft durchs Vorgärtchen. Sein Schnabel bremst ihn schließlich an der Hauswand.

Er steht auf und schüttelt sich, dreht sich breitbeinig zu uns um, rückt seine Thunfischdose auf dem Kopf gerade und guckt grimmiger, als eine Möwe normalerweise gucken kann. »Wehe, einer von euch lacht«, brummelt er, flattert auf das reetgedeckte Spitzdach über der grünen Eingangstür und schaut demonstrativ auf uns herab. »Sieht einer das Auto von unserem Mensch-Knut?«

Kollektives Kopfschütteln.

»Dann können wir uns das Geschrei also sparen«, sagt der Baron und ordnet sich die zerzausten Federn.

Balthasar geht mit auf dem Rücken verschränkten Flügeln und leicht gesenktem Kopf auf dem Friesenwall auf und ab. »Das bedeutet wohl, unser Dealer hat einen Termin und macht heute später auf.«

»Nur wann?«, fragt Helgi zweifelnd. »Er kann schließlich auch aufs Festland gefahren sein.«

»Das ist doch alles Scheiße hier«, mault Grey und kickt mit der gespreizten Schwimmhaut in die Luft.

Baron Silver de Luft breitet die Flügel aus und bittet um Ruhe. »Keine Sorge, unser Ernährungssystem ist nicht in Gefahr. Die Crêpes sind sicher. Bis zum Mittagessen wird sich alles geregelt haben. Wir müssen uns unser Frühstück heute nur ausnahmsweise in der Stadt besorgen.«

»In Westerland?«, fragt Harry ungläubig. »Ohne mich. Ich bin Vater und habe Verpflichtungen. Eine davon ist, am Leben zu bleiben. Die Reviere sind klar aufgeteilt. Mit einem Türsteher vor einer Bäckerei sollten wir uns selbst als Gruppe nicht anlegen, die Fischbuden sind inselweit in der Hand der Veggie-Möwen, und sämtliche Eistüten gehören der organisierten Jungmöwenbande Coolice. Zudem werden die Touris in der Stadt überall durch Schilder vor uns gewarnt. Das ist ein hartes Pflaster. Da haben wir nirgendwo eine Chance.«

»Wow, Daddy steht auf Drama heute«, lästert Grey und erntet dafür wieder eins mit dem Flügel.

»Ahoi«, ruft der Scheff, »du checkst die Lage. Wie immer im Team mit Jonathan und Suzette.«

Ich lege den Kopf schräg, will aber nicht laut an der Entscheidung unseres Scheffs zweifeln. Sonst arbeite ich gern mit Jonathan und Suzette zusammen, aber für diesen heiklen Angriff erscheinen mir die zwei weniger geeignet. Suzette sorgt sich zu sehr um ihre Federn, und Jonathan ist zwar clever und beeindruckt mit tollen Ablenkungsmanövern, er ist allerdings sehr konfliktscheu, um nicht zu sagen: harmoniesüchtig. Harry hält ihn für ein Weichei.

Mir ist eigentlich ziemlich egal, in welcher Schale Jonathan ausgebrütet wurde, aber eine andere Tatsache gibt mir zu denken: Jeder von uns, die Jungmöwe Grey ausgenommen, hat irgendwo flügge gewordene Kinder herumfliegen. Nur Jonathan nicht. Eine Möwe kann sich einmal im Jahr verpaaren, zum ersten Mal mit vier bis fünf Jahren. Jonathan ist zehn Jahre alt, intelligent, sieht gut aus, achtet sehr auf sein Federkleid und ist bei den Damen als Teilzeitbrutpfleger ausgesprochen begehrt. Jonathan hat aber noch nie teilzeitbrutgepflegt. Muss ich noch mehr sagen?

Baron Silver de Luft sieht meinen zweifelnden Gesichtausdruck natürlich nicht. »Suzette ist hübsch und wird als Frau nicht so schnell angegriffen. Jonathan kommt bei anderen Möwen durch seine zurückhaltende Freundlichkeit immer gut an. Wir setzen auf Kooperation und Höflichkeit, auch im Austausch mit anderen Organisationen. Harry, Balthasar und Helgi, ihr führt zu dritt den Angriff auf einen Touri durch. Damit sind wir auf der sicheren Seite. Grey und Alki, ihr bleibt bei mir. Wir warten beim Wilhelmine-Brunnen auf die anderen und kühlen uns angelegentlich die Füße, als würden wir nur eine kurze Pause auf unserem Durchflug machen.«

»Na toll, ganz klasse. Da kann ich ja gleich nach Hause abzischen«, sagt Grey und droht, sich von der Gruppe zu entfernen.

»Ich bleibe lieber hier beim Haus«, beschließt Alki, dem schon die Flügel zittern. »Falls Mensch-Knut zwischenzeitlich zurückkommt, fahre ich bei ihm auf dem Autodach mit nach Hörnum.«

»Ihr macht alle genau, was ich euch sage!«, kreischt unser Scheff und erhebt sich in die Luft.

Das wäre allerdings das erste Mal, denke ich mir im Stillen, als wir uns auf die von ihm zugewiesenen Posten verteilen.

An der Strandpromenade lande ich mit Jonathan und Suzette auf dem Dach vom besten Hotel am Platze. Das »Miramar« wird seit Großvaters Zeiten als Spähplatz genutzt, allerdings haben unsere Vorfahren da noch vom Fischfang gelebt. Den Erbauer des Hotels hielt man vor hundert Jahren für ziemlich verrückt, als er beschloss, sein Hotel so nah an die Kliffkante zu stellen. Für uns ist es bis heute ein guter Aussichtspunkt auf den mittlerweile größten Warenumschlagplatz der Insel.

Halleluja, wie beschaulich geht es dagegen in unserem Hörnum zu! Ein Gewusel schon am frühen Morgen. Haufenweise Spaziergänger auf der Promenade, Kinder kreischen und spielen am Wellensaum, während die Eltern wie gerupfte Hühnchen mit ebensolcher Hautfarbe im Strandkorb liegen, als hätten sie sich dort seit einer Woche nicht mehr wegbewegt. Die finden das auch noch toll. Werde ich nie verstehen. Genauso wenig wie die Menschen, die mit Knöpfen im Ohr wie aufgescheucht am Flutsaum entlangrennen. Die sind für mich ohnehin völlig uninteressant, weil sie bei den Dealern immer nur was zum Trinken kaufen.

Der Westerländer Crêpes-Stand wird von einer Mauerbalustrade oberhalb der Promenade aus von finsteren Gesellen überwacht. Oha, mit denen will ich nicht mal verhandeln müssen. Selbst die Touris, die von dort oben den Ausblick auf den Strand und das Meer genießen wollen, halten sich geballt an eben jenem Abschnitt der meterlangen Balustrade auf, wo keine der Möwen sitzt.

Unten auf der Promenade ertönt der spitze Schrei einer Frau. Wow, das war ein beeindruckendes Manöver. Von der Musikmuschel aus, wo gerade ein klassisches Vormittagskonzert gespielt wird, ist eine Möwe losgeflogen und keine drei Sekunden später mit der Eiswaffel im Schnabel durchgestartet. Unter dem Jubelgeschrei ihrer Kollegen fliegt sie zurück auf ihren Posten. Dieses Revier scheint besetzt. Schiet. Bleibt nur noch das Strandcafé, das vom Luftraum aus überwacht wird. Dort, in höheren Sphären, kreisen auch Helgi, Balthasar und Harry. An einem der Außentische könnten wir mit einer schnellen Bodenoffensive vielleicht Erfolg haben. Ich will den dreien ein Zeichen geben, aber Helgi und Harry sind so damit beschäftigt, unauffällige Touristen-Möwen zu mimen, dass sie mich völlig aus dem Blick verloren haben. Immerhin, Balthasar schaut nicht auf das Meer hinaus, sondern in meine Richtung. Ich deute mit einem Flügelschlag auf das Strandcafé und denke, eine Möwe grunzt: Noch bevor ich ihm irgendwas begreiflich machen kann, dreht Balthasar ab, greift sich unter den Flügel und beschäftigt sich mit seinem klingelnden Scheißtelefon!

So viel zu seinen ewigen Vorträgen zum Thema Teamarbeit.

Kopfschüttelnd beobachtet auch Suzette Balthasars Alleingang und schirmt dabei ihre empfindlichen Augen mit dem Flügel gegen die Sonne ab. Der rote Ring um ihre wunderschön schwefelgelbe Iris tritt deutlich hervor. Ich weiß, dass ihr größter Traum eine Sonnenbrille »Modell Stubenfliege« wäre. Der Scheff hat schon recht, Suzette ist wirklich hübsch. Sie hat eine weiblich rund geformte Stirn und einen kurzen, weich gebogenen Schnabel. Letzteren hat sie von Männern leider gestrichen voll. Drei meiner Spezis haben ihr eine Modelkarriere und ein Leben in Luxus versprochen, damit sie sich vor den Touris in Pose wirft. Reich an Beute wurden dabei nur die Männchen. Der letzte Saisonabschnittsgefährte wollte nicht mal mit ihr teilen. Er hat sie nur als Lockvogel missbraucht, und wäre sie noch länger bei ihm geblieben, wäre aus ihr wohl eine Bordsteinschwalbe geworden. Bei mir hätte sie es gut, doch sie sieht in mir leider nur den guten Kumpel. Aber vielleicht … wenn ich genügend Eindruck bei ihr mache?

Ich spähe über die Promenade hinweg und sehe ein Ehepaar, das sich mit eingezogenem Genick, die Arme vor die Brust gepresst, zu einem der aufgereihten Strandkörbe schleicht. In typischer menschlicher Beuteschutzhaltung. Mein Jagdinstinkt ist geweckt. »Seht ihr das Paar, das sich da vorne im Strandkorb verstecken will?«

»Die haben Crêpes in der Hand«, murmelt Suzette, und ich kann förmlich sehen, wie ihr das Wasser im Schnabel zusammenläuft. »Ich glaube, das hat noch keine der Reviermöwen gesehen. Du bist wirklich ein toller Späher, Ahoi.«

Ich spreize die Flügel. Das geht runter wie Öl.

Doch Jonathan winkt ab. »Da ist kein Drankommen. Die gehören zur seltenen Spezies der cleveren Menschen und schirmen ihre Nahrung vor uns ab. Das sollten wir nicht riskieren.«

»Harry könnte der Angriff gelingen«, widerspricht Suzette. »Der ist so stark und geschickt.«

Okay, der Stachel sitzt. Ich hebe ab, noch bevor die beiden irgendetwas sagen können. Mit stolz gerecktem Kopf, die Füße eng am Körper, stürzte ich mich heldenmutig in die Tiefe.

Eine Schnabellänge von meinem Ziel entfernt sehe ich aus dem Augenwinkel, wie sich zwei Möwen scheinbar aus dem Nichts auf mich stürzen. Autsch, so wurden mir noch nie die Federn gelesen. Ich gebe mich tapfer, picke auf meine Gegner ein, weil ich Suzettes Blicke auf mir spüre. Das gibt mir Kraft. Yeah, ich gewinne den Oberflügel und bekomme die Serviette um den Crêpe zu fassen, doch dann katapultiert mich eine Menschenhand aus der Angriffszone.

Ich sehe aus wie ein gerupftes Huhn, als ich zu Jonathan und Suzette zurückkehre. Ich spucke das Papier aus und würde am liebsten im Erdboden versinken.

»Das war ganz schön mutig«, sagt Suzette und hilft mir, meine Federn zu sortieren. So könnte ich ewig stehen bleiben.

Balthasar landet ziemlich zerknirscht neben uns auf dem Dach, und prompt vibriert sein Gefieder. Er ignoriert es in der Hoffnung, dass wir es nicht bemerken. Wenn er das Handy in den Flügel genommen hätte, ich hätte es in die Tiefe geworfen.

»Wegen diesem Scheißteil hast du uns ein Manöver versaut!«

»Ach, jetzt bin ich schuld, oder was? Weil du nicht richtig gespäht hast? Dann hättest du nämlich die Möwen gesehen, die hinter dem Strandkorb lauerten.«

»Und du hast sie gesehen, du Schlaumeier, ja?«

Jonathan räuspert sich. »Ähm, vielleicht solltet ihr lieber aufhören zu streiten, weil ... ahhhh«, kreischt er und entkommt nur durch einen beherzten Sprung in die Dachrinne einem Angreiferschnabel. Schiet, die haben es jetzt echt auf uns abgesehen. Zehn oder zwölf von diesen Gangstern fliegen in hohem Tempo hinter uns her, bis wir die Reviergrenze verlassen haben und uns wieder nördlich der Stadt befinden. Keiner mehr hinter uns. Das ist gerade noch mal gut gegangen.

Keuchend lassen wir uns auf Schwert, Kopf und Schild des steinernen Roland nieder, der auf einer begrünten Insel mitten auf der Straße steht.

Von Weitem sehe ich eine Möwe auf uns zufliegen, und ich will schon Alarm schlagen, da erkenne ich unseren Grey. Der ist trotz seiner jugendlichen Leistungsfähigkeit völlig außer Atem, setzt sich jedoch nicht hin, sondern bleibt wild flügelschlagend neben uns in der Luft stehen.

»Ich war gerade in Hörnum. Ey, wisst ihr, was totale Schei... ich meine, totaler Möwenschiet ist? Knut ist immer noch nicht am Stand angekommen, und ich hab auch sein Auto weit und breit nirgends gesehen. Also bin ich noch mal zu ihm nach Hause geflogen und hab zum Fenster reingeschaut, ob er wirklich nicht da ist. Alter Falter, ihr könnt euch nicht vorstellen, wie es da drin aussieht! Als ob jemand eingebrochen hätte. Vielleicht liegt er ja tot in seiner Wohnung, und der Einbrecher hat sein Auto geklaut?«

»Ach du Scheiße«, sagt Jonathan, dem es schon schlecht wird, wenn er nur einen Tropfen Blut sieht.

»Wir sollten uns das näher betrachten«, überlege ich laut.

»Vielleicht gibt es irgendwo ein geöffnetes Fenster«, sagt Suzette.

»Vielleicht erst mal was essen?« Jonathan seufzt. »Nachher hab ich garantiert keinen Hunger mehr. Machen können wir sowieso nix. Wenn Knut hinüber ist, dann isser hinüber.«

»Erst mal was essen geht klar«, meint Grey. »Wo gibt es was im Angebot?«

»Witzbold!«, schimpft Suzette. »In Westerland finden wir nichts zu essen. Was glaubst du, warum Ahoi so zerrupft aussieht?«

»Ach, ich dachte, er macht auf Bad Hair Day, um dich zu beeindrucken.«

Danke, Grey, denke ich. Vielen, vielen Dank. Ja, okay, ich gebe es zu, dass ich in Suzette verliebt bin. Ich meine, so richtig bis über beide Flügel. Aber muss mir ausgerechnet dieser Grünschnabel das ansehen? Suzette ist die erste Möwe, mit der ich mir mehr als eine Saisonehe vorstellen könnte. Meine letzten Beziehungen waren ziemliche Zweckgemeinschaften und hielten nicht länger als das Nest. Suzette jedoch ist so ... wie soll ich das sagen, so ... lieb, fürsorglich und ... ach, was soll das Drumherumgerede, ich bin schließlich auch nur eine Möwe: Sie sieht einfach geil aus.

»Habt ihr Saugnäpfe an den Füßen, oder was ist los?«, frage ich, um mich elegant aus der Nummer zu stehlen. »Wir fliegen zu Knuts Haus. Sofort!«

Kurz darauf laufen wir durch den verwilderten Garten und entdecken auf der Rückseite des Hauses tatsächlich ein gekipptes Fenster. Aber durch den Spalt kommt nicht mal Grey hindurch. Suzette, die Schlankste von uns, schafft es immerhin bis zum Bauch. Dann steckt sie fest.

»Helft doch mal nach!«, schreit sie, und ich bin natürlich als Erster zur Stelle. »Aber wehe«, setzt sie hinzu, »einer von euch berührt meinen Hintern. Und außerdem: Augen zu!«

Ich seufze verhalten aufgrund des dargebotenen Anblicks

und überlege für einen verbotenen Moment, sie noch ein bisschen so stecken zu lassen. Dann siegt der Verstand über meinen Fortpflanzungstrieb. Mit geschlossenen Augen (okay, das linke ist ein klitzekleines bisschen geöffnet) stelle ich mich auf die Fensterbank und lege die Flügel an ihre schlanke Taille, um zu schieben.

»Nicht so, das bringt nix!«, kreischt sie.

Herrgott, wie soll man es den Frauen auch recht machen?, denke ich.

»Geh mal zur Seite«, sagt Jonathan, der die Szene mit etwas Abstand betrachtet hat. Er nimmt Anlauf und fliegt mit Karacho gegen Suzette, sodass sie wie ein Korken aus dem Flaschenhals schießt und ins Haus katapultiert wird.

»Du bist ein Held, Jonathan!«, ruft Suzette von drinnen.

Na toll, denke ich, ausgerechnet Jonathan. Der registriert meinen eifersüchtigen Blick aber gar nicht.

Als wir alle drei auf der Fensterbank sitzen, erkennen wir es: Grey hatte recht. Das Chaos sieht ganz nach einem Einbrecher aus. Da jedoch die Haustür und die Fenster unversehrt sind, kombinieren wir, dass der Täter entweder einen Schlüssel hatte oder unser Dealer ihn selbst hereingelassen hat.

»Hoffentlich lebt Mensch-Knut noch«, flüstert Jonathan.

Nach einer gefühlten Ewigkeit gibt uns Suzette ein Zeichen, zum Hauseingang zu kommen. Dort erwartet sie uns an der offenen Tür, deren Klinke sie von innen hinunterdrücken konnte.

In den zwei halbdunklen Zimmern sind Schränke und Schubladen durchwühlt worden, Mensch-Knuts Sachen liegen auf dem Boden, und wahrscheinlich wurde das, was die Menschen wertvoll nennen, gestohlen. Von ihm selbst fehlt allerdings jede Spur.

Unschlüssig wandern wir in dem Chaos hin und her, ich natürlich immer in der Nähe von Suzette, sodass sich hin und wieder unsere Gefieder streifen. Balthasar und Jonathan inspizieren die offenen Schubladen, und ich werde den Eindruck nicht los, dass sie etwas zu essen suchen. Wo ist Grey eigentlich abgeblieben?

Ich finde ihn in der Küche. Auf der Arbeitsplatte steht ein Eimer, an dessen Rand er sich festgekrallt hat. Gerade eben so die Balance haltend, fixiert er den Inhalt.

»Grey!«, protestiere ich, um ihn von seinem weiteren Vorhaben abzubringen.

Unsere Jungmöwe schreckt hoch, schwankt wie ein Fahnenmast im Sturm und kippt dann, Schnabel voran, in den Eimer.

»Verdammt, Grey!« Ich ziehe ihn schwungvoll an den Schwanzfedern heraus, sodass er auf seinem Hintern landet und einmal über die Küchenplatte schlittert, bis er mit einem satten *Plong!* im Spülbecken landet.

»Ey hallo, was soll denn das?«, fährt mich Grey an. Der Crêpes-Teig trieft zäh von seinem Gefieder herab.

»Das frage ich dich, du Grünschnabel! Von dem rohen Teig kriegst du doch nur Bauchweh und Dünnschiss.«

»Bist du mein Vater, oder was? Dann nimm doch eine Pfanne und back einen Crêpe, du Oberlehrer! Für mich bitte mit Marmelade. Viel Marmelade!«

Ich schnappe nach Luft und höre Balthasar rufen: »Eine Schande ist das. Wie viele Vögel dafür wieder ihre Federn lassen mussten! Da muss doch etwas getan werden. Aufklärungsarbeit, am besten Flugzettel!«

Ich strafe Grey noch schnell mit einem missbilligenden Blick und gehe in das Vogelnest, von wo die Stimme kommt.

Dort trampelt Balthasar über das Kopfkissen und hält weiter seinen Vortrag über aussterbendes Federvieh.

Ich interessiere mich allerdings mehr für das Papier mit der Menschenschrift drauf, das da mitten auf der Bettdecke liegt. »Balthasar, führ dich nicht auf wie ein Rohrspatz. Sag mir lieber, was auf dem Zettel steht. Kannst du das lesen?«

Balthasar schaut drein, als hätte ich ihn gefragt, ob das Meer blau sei, lässt sich dann aber doch dazu herab näherzutreten. Er zieht seine runde Brille unterm Flügel hervor und setzt sie auf. »Das ist echte Menschenschrift, ziemlich schwer zu lesen. Aber wozu habe ich vier Silvester an der Unität studiert? Das kriege ich hin.« Er plustert sich auf und beugt sich über den Text.

Balthasar kann alles lesen. Auch wenn ich ihm das mit der Universität nicht abnehme. Ich denke, das Lesen hat er sich vom Strandkorbdach aus beigebracht. Er freut sich über jede Zeitung, die die Menschen im Strandkorb liegen lassen, und ein Buch hat er in null Komma nix durch. Sein neuester Traum ist es, endlich herauszufinden, wie man in die Bibliothek in Westerland einbrechen kann. Sei's drum, Hauptsache, er kann lesen.

»›Abschiedsbrief‹ ist das erste Wort«, sagt Balthasar.

Mir stellen sich die Nackenfedern auf. »Ach, du heilige Möwenscheiße. Lies weiter.«

Liebe Eva, liebe Mutter, lieber Sönke,
ihr braucht mich nicht zu suchen. Wenn ihr diese Zeilen lest, werde ich schon gegangen sein – für immer. Das Meer wird mich in seine Arme schließen, es gibt auf dieser verfluchten Insel ja nicht einmal einen Baum, an dem ich mich aufhängen könnte. Bitte verzeiht mir diesen Schritt, aber ich kann nicht mehr. Mama, du warst für mich die beste Mutter der Welt, ich habe dich geliebt und mich immer gern um dich gekümmert. Als bei dir vor drei Wochen dieser aggressive Bauchspeicheldrüsenkrebs diagnostiziert wurde, war ich schwer geschockt, aber es ändert nichts an meiner Entscheidung. Es ist mir vielmehr eine große Beruhigung, dass du mit der Trauer um deinen Sohn nicht mehr lange wirst leben müssen und wir uns in zwei, drei Monaten im Himmel wiedersehen werden. Ich wünsche dir, dass du in Frieden und ohne Schmerzen aus der Welt gehen kannst, wenn es so weit sein wird. Mein Bruder wird einen schönen Grabstein für dich aussuchen, und außerdem wird Sönke dein Grab jeden Sonntag besuchen und die hübschen Blumen darauf gießen. Meine geliebte Eva, wir haben viele schöne gemeinsame Jahre miteinander verbracht, aber am Ende haben wir uns nur noch gestritten, denn du hattest ganz andere Vorstellungen vom Leben. Du wolltest immer ein großes, eigenes Haus haben, was mir für mein Lebensglück nie wichtig war. Ich habe mich in dieser Zwei-Zimmer-Wohnung wohlgefühlt, während sie dir nur wie ein teures Erdloch vorkam. Aber die Mieten sind auf dieser Insel nun einmal sehr hoch, und wir hätten uns gar nichts anderes leisten können. Vor allem, weil diese kriminelle Möwenbande

mir meine Geschäfte am Crêpes-Stand mehr und mehr ruiniert. Die Leute haben sich in den letzten Wochen schon gar nicht mehr zu mir an den Stand getraut, sondern sind lieber zu meinem größten Konkurrenten, dem Pizzabäcker, gegangen. Trauert nicht zu sehr um mich, niemand von euch ist schuld daran, dass ich mir das Leben genommen habe. Es war meine Entscheidung. Die Möwen haben das Fass zum Überlaufen gebracht.
Euer Knut

Wir schauen uns an, rufen Suzette und Jonathan herbei und fliegen in halsbrecherischem Tempo zurück in die Stadt. Fernab der Strandpromenade landen wir am Wilhelmine-Brunnen, wo der Rest der Bande im flachen Wasser watet und sich die Füße kühlt.

Durcheinanderschreiend erzählen wir, wie es uns ergangen ist und was Balthasar uns vorgelesen hat. Derweil werden wir von Touristen fotografiert, die eigentlich die Brunnenfigur auf dem Bild haben wollen, jene pausbäckige steinerne Menschenfrau in Badekleidung, die so aussieht, als würde sie den ganzen Tag nur essen. Der blanke Hohn für uns – ohne Frühstück und angesichts unserer misslichen Lage.

Nach unserem Schnatterschwall sitzen wir stumm da, und jeder starrt in eine andere Richtung. Das war es dann also. Mit Knut und mit unserem schönen, sorglosen Leben. Und wir sollen auch noch das Fass zum Überlaufen gebracht haben …

»Was hast du denn da am Hintern kleben, Grey?«, fragt Harry seinen Sohn und rupft ihm samt einigen Flaumfedern einen verklebten Zettel aus dem Gefieder.

Grey gibt keinen Mucks von sich, weil er wohl befürchtet, seinen Tauchgang im Crêpes-Eimer nun doch noch beichten zu müssen. Ich hätte ja meinen Schnabel gehalten.

»Das ist ein Rezept«, murmelt Harry bei näherer Betrachtung des Papierfetzens, »so viel ist mir nach meiner Zeit als Türsteher bei der Bäckerei klar. Wie kommst du denn da dran?«

»Ey, chill mal, das ist doch egal.« Grey erntet einen warnenden Blick seines Vaters. »Na schön, okay, das muss bei Knut auf der Küchenplatte gelegen haben und versehentlich an meinem Hintern kleben geblieben sein.«

Unser Scheff legt den Kopf schief. »Balthasar, kannst du lesen, was da draufsteht?«

Balthasar wirft einen Blick auf den teigverschmierten Zettel. »Da steht: ›Knuts Crêpes-Teig‹.«

Ich ziehe die Federn über der Stirn zusammen. »Weshalb hat Knut eigentlich noch den Crêpes-Teig für den nächsten Tag vorbereitet, wenn er da bereits plante, sich umzubringen? Da stimmt doch was nicht. Außerdem hätte er doch *eines* ganz sicher mit ins Grab genommen: das Rezept für seine weltberühmten Crêpes. Was ist, wenn er …?«

»Boah, wie geil ist das denn?«, fällt mir Grey ins Wort. »Ich habe das Rezept für Knuts weltberühmte Crêpes!«

Balthasar kratzt sich nachdenklich mit dem Flügel am Kinn. »Wir sollten herausfinden, wie man die Dinger herstellt – dann können wir das große Geschäft machen.«

»Ich weiß, wie man an eine Flasche Amaretto drankommt«, wirft Alki ein.

»Und ich weiß, wo es hübsche Kochschürzen gibt«, ruft Suzette.

Ich schüttle den Kopf. »Könnt ihr mir mal zuhören? Es hat den Anschein, als hätte Knut seinen Selbstmord geplant – er hat sogar noch einen Abschiedsbrief geschrieben. Dann hätte er sich aber doch nicht die Mühe machen müssen, den Crêpes-Teig für den nächsten Tag vorzubereiten, und er hätte bestimmt nicht sein Rezept liegen lassen. Habt ihr eigentlich mal drüber nachgedacht, dass Knuts Selbstmord gar kein solcher gewesen sein könnte?« Ich mache eine Kunstpause. »Sondern ein als Selbstmord getarnter Mord?«

»Du meinst, ein Konkurrent könnte das Rezept abgeschrieben haben, nachdem er Mensch-Knut umgebracht hat?«, überlegt der Scheff.

»Ist doch egal, tot ist tot«, jammert Jonathan. »Und wir brauchen was zu fressen.«

»Oder einen neuen Dealer«, ergänzt Helgi, dem der Arsch sichtlich auf Grundeis geht, nachdem er schon glaubte, durch seine Auswanderung nach Sylt endlich wieder eine sichere Existenz gefunden zu haben.

Ich bin kurz davor zu schreien. »Aber versteht ihr denn nicht? Knut gibt einer räuberischen Möwenbande die Schuld an seinem Selbstmord – damit meint er uns! Das können wir doch nicht auf uns sitzen lassen.«

»Sollen wir also verhungern?«, fragt Harry. »Balthasar, lies uns das Rezept vor.«

»Mehr als die Überschrift kann ich nicht mehr erkennen. Alles voller Teig. Und ich fass ganz bestimmt nicht an, was dein Sohn am Hintern kleben hatte.«

»Willst du damit sagen, dass mein Sohn einen dreckigen Hintern hat?«, geifert Harry.

»Schluss jetzt!«, ruft Baron Silver de Luft dazwischen. »Ahoi hat recht. Da stimmt etwas nicht, und wir lassen uns nicht die Schuld am Tod eines Menschen geben. Auf geht's! Möwen können einiges, auch einen Kriminalfall lösen. Und zwar schneller als jeder Mensch.«

Schneller sogar, als je eine Möwe gedacht hätte.

Hinter der Glasscheibe des Surfshops gegenüber entdecken wir ihn plötzlich. Die langen, zum Zopf gebundenen sonnengebleichten Haare, die Brille, die sehr schlanke Statur in viel zu weiten Hosen …

»Unser Knut!«, kreischt der Scheff und fliegt quer über die Friedrichstraße auf den Laden zu, in den die Menschen gehen, wenn sie Bretter für das Meer und wasserdichte Federkleider zum Tauchen brauchen. Ich werde das nie verstehen. Der ganze Umstand, nur um sich aufs Wasser zu setzen und zu dümpeln … da macht keine Möwe einen solchen Aufriss drum.

Jedenfalls warne ich den Scheff noch, dass das hinter der Scheibe nicht unser Mensch-Knut sein kann, auch wenn der Typ ihm verdammt ähnlich sieht. Könnte das sein Bruder sein? Dieser Sönke, an den der Abschiedsbrief ebenfalls gerichtet war? Knut kennt uns schließlich und würde nicht so die Augen aufreißen, wenn man auf ihn zufliegt. Vielleicht hätte ich Baron Silver de Luft aber lieber vor der Glasscheibe warnen sollen.

Die Aktion bringt ihm ’ne mächtige Gehirnerschütterung ein, Knuts Doppelgänger eine kaputte Scheibe und uns gar nix. Mensch-Knut bleibt verschwunden. Entführt, ermordet, ertrunken?

Mit dieser Frage setzen wir uns auf das Dach des geschlossenen Crêpes-Standes und schauen auf das Meer, wo ein blaues Segelboot mit weißem Streifen in den Sonnenuntergang fährt.

ZWEI

Am nächsten Morgen sitze ich wie immer mit Blick auf den Leuchtturm auf dem Dach des Crêpes-Standes und schaue übers Meer der aufgehenden Sonne zu.

»Das wird ein Scheißtag!«, rufe ich meiner Bande zu, und meine Kumpels unten am Strand stellen augenblicklich ihre verzweifelten Versuche ein, die Schale einer angespülten Strandkrabbe zu knacken oder im seichten Wasser erfolglos nach Fischen zu tauchen. Wir versammeln uns auf dem Dach des geschlossenen Crêpes-Standes und schieben möwenmäßigen Hunger.

Stumpf brütend sitzen wir da. Auch unser Scheff hat die Augen geschlossen und den Schnabel ins Gefieder gesteckt, weil ihm der Schädel von der Begegnung mit der Glasscheibe brummt. Balthasar ist gestern bei Dunkelheit noch mal nach Westerland geflogen, um den Doppelgänger von Mensch-Knut darüber zu belehren, dass er ihn als Anwalt unseres Scheffs wegen fehlender – verdammt, wie heißen die Dinger eigentlich? – wegen fehlender »Schwarzer-Raubvogel-schreckt-andere-Vögel-ab-Aufkleber« auf Schmerzensheringe verklagen wird. Bis Mitternacht hat er den Mann angeschrien, so lange, bis der seinen Laden von den Glassplittern befreit und Material organisiert hatte, um die kaputte Scheibe notdürftig zu überkleben. Schmerzensheringe hat er aber keine rausgerückt, nicht mal eine Auster.

Dafür hat Balthasar erfahren, dass dieser Mann Sönke heißt und Knuts Bruder ist. Also hatten wir gleich richtig kombiniert. Balthasar hat erzählt, Sönke hätte etwas von einem Fluch vor sich hin gemurmelt, genauer, dass sein Bruder ihn verflucht hätte, und Sönke, so sagt Balthasar, sei so mit den Nerven runter gewesen, dass er beim Ausparken die Bremse mit dem Gaspedal verwechselt hat und derart auf einen Steinwall aufgesemmelt ist, dass er mit dem Taxi nach Hause fahren musste. Recht geschieht es ihm.

Nun läuft Balthasar schon den ganzen Morgen mit verschränkten Flügeln seine Runden um uns herum, dass ich ganz nervös werde.

Plötzlich bleibt er wie von einer Sturmböe gebremst stehen. »Wisst ihr was? Wir gründen eine Schoko.«

»Eine was?«, fragt Alki, der nicht mehr ungefragt einer Gruppe hinzugefügt werden will, seitdem er mal von einer Saisonpartnerin zu einem Gesprächskreis für Möwen mit Alkoholproblemen geschleppt wurde.

»Eine Schoko«, wiederholt Balthasar mit überheblicher Lehrermiene. »Das ist, was die Menschen machen, wenn sie einen Kriminalfall lösen müssen. Und was die können, können wir schon lange. Wir sind zudem um einiges schlauer. Wir haben den absoluten Überblick, können die Leute unauffällig belauschen und uns in die kleinsten Verstecke zwängen. Wir sind eine Bande von neun Möwen, also können wir uns über die ganze Insel verteilen. Wäre doch gelacht, wenn wir den Fall nicht lösen könnten – das sind wir unserem Mensch-Knut schuldig!«

Baron Silver de Luft nimmt seinen Schnabel aus dem Gefieder. »Sehr gut«, ruft er und hebt einen Flügel. »Hiermit gründen wir die Schoko-Crêpes!«

Kurz darauf beginnt unsere Arbeit mit einer groß angelegten Aufklärungsaktion: Suzette fliegt nach Kampen, Jonathan übernimmt den Ausflugshafen List, Harry schlägt sich durchs quirlige Westerland, Grey fliegt motzend nach Wenningstedt, Alki wird ins beschauliche Morsum geschickt, Helgi sucht das alte Kapitänsdorf Keitum ab, und Balthasar hört sich unter den Touristen in Rantum um, indem er sich ihnen in den Weg stellt und sie neugierig beäugt. Ich übernehme die Rundflüge und bringe die gesammelten Indizien und Beweise meiner Kumpels ins Basislager zum Crêpes-Stand nach Hörnum, wo unser Scheff seine Gehirnerschütterung auskuriert und sich mehr und mehr Federn ausrupft, weil es bis zum abschließenden Rapport am Abend immer noch keine vielversprechenden Spuren gibt.

Balthasar schaut über den Rand seiner Zeitung, die er auf

dem Heimweg einem Menschen auf der Sonnenliege im Vorbeifliegen aus der Hand gerissen hat. »Ich sag's doch, unsere Taubenpost taugt nix, die Graumelierten wissen noch nicht mal von dem Fall. Aber in der ›Sylt aktuell‹ berichten sie bereits über die unverzichtbare Arbeit unserer Schoko-Crêpes!«

Ich lege den Kopf schräg. Balthasar übertreibt sicher mal wieder hemmungslos. Wahrscheinlich sind wir nicht mal mit einer Feder erwähnt. Wie auch?

»Lies vor«, befiehlt unser Scheff. »Aber nicht so laut, bitte.«

Balthasar nimmt seine Brille ab und guckt fragend. »Warum Scheff, sollen doch ruhig alle erfahren, was wir für eine tolle Truppe sind.«

»Ich habe Kopfschmerzen!«

Beleidigt setzt Balthasar die Brille wieder auf, spannt die Zeitung zwischen den Flügeln und liest vor, was er darin entdeckt hat.

Crêpes-Knut vermisst

Westerland. Das Verschwinden des beliebten Crêpes-Verkäufers Knut J. sorgt für Unruhe unter Insulanern und Urlaubern. Er werde seit den Mittagstunden des gestrigen Tages vermisst, erklärt seine Mutter Johanna J. (72) aus Keitum und bestätigt damit eine entsprechende Vermisstenmeldung bei der Westerländer Polizei.

Das plötzliche Verschwinden des als zuverlässig und lebenslustig geltenden 32-Jährigen gibt Rätsel auf. Knut J. soll einen Abschiedsbrief hinterlassen haben, in dem er ankündigte, sich das Leben zu nehmen. Allerdings hat er am Tag seines Verschwindens offenbar noch wie immer den Teig für den gesamten Arbeitstag vorbereitet. Es kann zudem nicht ausgeschlossen werden, dass sich Fremde Zugang zu seiner Wohnung verschafft haben. Unklar ist auch die Ursache für die zahlreich verstreuten Federn in der Wohnung.

Der Crêpes-Verkäufer wurde zuletzt am Vorabend seines Verschwindens in Begleitung seiner Freundin in einem Strandkorb am Hörnumer Oststrand gesehen, wo es zu einem privaten Streit kam. Mit dem gemeinsamen Pkw fuhr die Partnerin des Vermissten von dort aus allein

zu einem Bekannten, um dort zu übernachten. Inwieweit dieser Streit mit dem rätselhaften Verschwinden des Knut J. spätestens am darauffolgenden Morgen zu tun hat, ist noch unklar, ebenso, ob und wann der Vermisste eventuell noch einmal in seine Wohnung zurückgekehrt ist. Die Polizei geht von einem Suizid aus, ein Verbrechen kann jedoch nicht ausgeschlossen werden.
Knut J. ist 1,83 m groß, sehr schlank, trägt eine runde Brille und hat blonde lange Haare, die meist zu einem Zopf zusammengebunden sind. Zuletzt trug er eine weite blaue Stoffhose, ein weißes T-Shirt, blaue Croqs und eine auffällige dunkelblaue Schirmmütze mit aufgenähtem gelbem Fisch. Er verließ die Wohnung ohne Ausweisdokumente oder EC-Karte. Sein Handy wurde zuletzt in Rantum geortet, danach verliert sich die Spur. Zeugenhinweise nimmt die Kriminalpolizei in Westerland oder jede andere Polizeidienststelle entgegen.

Unser Scheff stützt sein Kinn auf den Flügel. »Hm, vielleicht hängt das alles irgendwie mit Knuts Freundin zusammen. Worüber haben die beiden sich an dem Abend wohl gestritten?«

»Sie hatten doch eine Dauerbrutpartnerschaft«, sagt Harry. »Was, wenn sie Balzhandlungen mit einem anderen unterhalten hat? Vielleicht sogar mit diesem Sönke. Möglicherweise ist Knut zufällig dahintergekommen und wollte seine Freundin nicht dem Rivalen überlassen. Es kam zum großen Streit, zum Revierkampf mit dem Nebenbuhler, bei dem Knut umgebracht wurde.«

Ich lege meine Stirn in Federn. Nach Harrys eigener Vorgeschichte kann ich verstehen, dass er so denkt. Aber mein Bauchgefühl sagt mir, dass mehr hinter dieser Sache steckt.

»Deshalb haben wir Knuts Auto auch nicht gefunden«, spinnt Harry den Faden weiter. »Damit ist die Freundin abgehauen. Wahrscheinlich ist sie aufs Festland. Ihr Geliebter übernimmt die Beseitigung der Leiche. Sobald Gras über die Sache gewachsen ist, setzt er sich ebenfalls ab, und die beiden bauen sich irgendwo im Süden ein neues, gemeinsames Nest.«

»Klingt wie ein Kitschkrimi«, sagt Grey und ist offenkundig stolz, dass er das Wort überhaupt aus seinem Schnabel gebracht hat. »Aber auf Kitsch hab ich keinen Bock, da mach ich nicht mehr mit.«

***

Am Abend des zweiten Tages unserer Schoko-Ermittlungen beruft Baron Silver de Luft eine große Sitzung ein. Es fehlen nur noch Suzette aus Kampen und Alki von seinem Posten beim Autozug. Dorthin haben wir ihn versetzt, nachdem er gestern in Morsum Ärger mit irgendwelchen ihr Revier verteidigenden Schnapsdrosseln bekommen hat.

Es herrscht kein Wind heute, nicht das leiseste Lüftchen umweht unsere gedankenschweren Köpfe. Ich schaue den Oststrand entlang. Dort, in einem der blau-weißen Strandkörbe, saß Knut also zuletzt mit seiner Freundin und schaute in die glutrote Sonne. Ich werde dieses Ritual nie verstehen. Natürlich starre ich auch mal dumpf brütend in die Sonne, aber mittags. Abends, zur Hauptbeutezeit, juckt es mich derart in den Flügeln, dass ich keine Sekunde still sitzen kann. Unterhalb des Leuchtturms pilgern die Menschen dann auf der Promenade im Gänsemarsch zu den Restaurants. So wie jetzt. Ich seufze innerlich. Heute wäre ein perfekter Abend für ein Festessen.

Eine Menschengruppe stoppt vor unserem Crêpes-Stand. »Der hat doch sonst immer auf«, hören wir einen Mann sagen. »Merkwürdig«, befindet ein anderer. »Frechheit, nicht mal ein Schild«, sagt eine Frau und schaut drein, als hätten wir ihr das Abendessen geklaut. Dabei haben *wir* schon seit zwei Tagen nichts gegessen. Unsere Mägen sind kleingeschrumpft, als befänden wir uns auf unserer Zugroute ins Winterquartier.

»Da oben kommt Alki angetrudelt«, ruft Helgi, der als Einziger von uns – wahrscheinlich von Heimweh geplagt – in die Ferne geschaut hat.

Alkis Landeanflug über den Golfplatz und das Dach des Fünf-Sterne-Hotels hinweg ist gewagt, im Slalom fliegt er um die Fahnenmasten der Hafenschiffe. Das sieht nicht gut aus. Sicher, Alki hatte eine schwierige Kindheit und wurde viel vom

Schnabel seines Vaters traktiert. In seiner Familie hat der Alkohol schon immer eine wichtige Rolle gespielt. Aber mit der Zeit ist die Beschaffung von diesem Zeug für ihn zum Lebensinhalt geworden. Anfangs genügten ihm die Rumrosinen im Eis, dann schlich er sich bei Sonnenuntergang an die Strandkörbe heran. Er hatte herausgefunden, dass diejenigen Menschen, die sich gegenseitig die Zungen in die Hälse stecken, nicht auf ihre Umgebung achten. So konnte er in aller Ruhe die Weinflasche im Sand umstoßen und einen über den Durst trinken. Doch auch das hat ihm irgendwann nicht mehr gereicht, und so beginnt er inzwischen schon am frühen Morgen damit, die Mülleimer auf der Promenade auszuräumen, um in den leeren Flaschen einen kleinen Morgenschluck zu finden. An besonders schlimmen Tagen stürzt er sich zur Mittagszeit ohne Rücksicht auf Verluste direkt ins Weinglas eines Touristen.

»Fangzaun bilden!«, schreit unser Scheff, und wir stellen uns mit ausgebreiteten Flügeln nebeneinander, um Alki vor dem Absturz zu bewahren.

Alki geht zum Landeanflug über. Das Fahrwerk hat er draußen, sieht alles richtig gut aus. Nur ein bisschen hoch fliegt er noch.

»Tiefer!«, schreit Balthasar. »Du musst tiefer gehen!«

Alki gehorcht aufs Wort, klappt die Flügel ein und saust wie ein Stein zu uns herab.

»Köpfe einziehen!«, schreit unser Scheff, und im gleichen Augenblick zischt Alki über uns drüber, dass es uns die Federn aufstellt. Baron Silver de Luft sieht mit dieser neuen Hahnenkammfrisur nach Brandseeschwalbenart richtig trendy aus. Ich muss den Schnabel zusammenkneifen, um nicht in lautes Lachen auszubrechen. Harry allerdings kann nicht mehr an sich halten und kreischt, dass es jeder Lachmöwe Konkurrenz macht. Der traut sich was. Dann erst merke ich, dass seine Erheiterung nicht von unserem Scheff, sondern von Alki hervorgerufen wird. Der ist nämlich tatsächlich sicher gelandet und applaudiert sich voller Begeisterung selbst. Allerdings sitzt er einige Meter entfernt von uns auf dem Dach vom Stand des Pizzabäckers. Jetzt schaut er sich verwundert um, wo wir denn alle so plötzlich hin verschwunden sind.

»Womit habe ich das nur verdient«, stöhnt unser Scheff, der es mit seiner Kurzsichtigkeit ohne Kopilot zu keiner besseren Landung gebracht hätte. »Alki, hierher!«

Mit hängenden Flügeln hüpft Alki vom Dach des Pizzastands. Dessen Warenangebot riecht verführerisch, fällt aber leider nicht in unser Beuteschema, weil wir davon übel Bauchweh kriegen. Haben wir schon ausprobiert. Es nützt uns also rein gar nichts, dass die hungrige Menschenschlange heute fast bis zum Hafenbecken reicht, in dem übrigens auch die Kegelrobbe Willi lebt. Willi ist eigentlich weiblich, aber das interessiert niemanden, am wenigsten die Touristen, die wie hypnotisiert einen Euro pro Hering bezahlen, um das süße, arme, liebe Tier zu füttern – die ärmste Kegelrobbe im ganzen großen weiten Ozean. Dabei lebt sie als einzige ihrer Spezies seit Jahrzehnten freiwillig im Hafenbecken – weil sie clever ist. Dick und fett ist dieses Vieh mittlerweile und schafft es trotzdem noch, bei den Menschen einen auf Mitleid zu machen. Wir dagegen können so lieb gucken, wie wir wollen, wir werden immer verjagt. Dabei knurren unsere Mägen so laut, dass unser Scheff erst mal um Ruhe bitten muss, bevor er die Sitzung eröffnen kann.

»Aber Suzette fehlt noch«, protestiere ich und schaue sorgenvoll in den Himmel. »Als ich heute Vormittag bei ihr in Kampen war, habe ich ihr gesagt, dass wir bei Sonnenuntergang Sitzung haben. Sie ist doch sonst immer so pünktlich …«

»Das stimmt«, bestätigt Balthasar, der sich ebenfalls darüber wundert.

»Ach was«, winkt Harry ab. »Frauen. Ein Floh im Gefieder, und schon ist es mit ihrer Zuverlässigkeit vorbei. Wahrscheinlich ist Suzette eine fischreiche Möwe über den Weg gelaufen, und darüber hat sie uns vergessen.«

Das gibt mir einen Stich ins Herz, aber natürlich lasse ich mir nichts anmerken. Wenn ich jetzt so darüber nachdenke, war Suzette heute Vormittag tatsächlich ziemlich wortkarg mir gegenüber. Ob das was zu bedeuten hat?

»Sie wird bestimmt gleich kommen«, sagt unser Scheff. »Habt ihr heute im Zusammenhang mit Mensch-Knuts Verschwinden irgendwelche Neuigkeiten oder Entdeckungen gemacht?«

Ich schüttle den Kopf. Auch meine Kumpels haben nichts zu berichten. Wir drehen uns im Kreis. Harry hat zuerst Knuts Bruder Sönke in seinem Laden observiert, dann Knuts Wohnung (er hat sogar seinen Vermieter verfolgt), aber schlussendlich keine heiße Spur finden können. So erging es auch Helgi in Keitum. Er hat das Wohnhaus von Knuts Mutter ausfindig gemacht, nachdem er die Überwachung von Sönke an der Luftraumgrenze von Harry übernommen hatte und dieser im Taxi mit diversen Lebensmitteleinkäufen zu ihr fuhr. Sie sei voller Kummer um ihren Sohn Knut, wie er einem Gespräch mit der Nachbarin entnehmen konnte. Das sei aber auch schon alles.

»Auch beim Autozug keine Neuigkeiten, Alki?«, fragt Scheff.

»Nein.«

Ich wundere mich. Alki ist ja immer recht einsilbig, wenn sein Pegel sinkt, aber ein »Nein, Scheff« bringt er sonst eigentlich wenigstens zustande.

Unser Scheff legt den Kopf schief. »Nirgends war ein quietschgelber Opel Corsa dabei? Bist du sicher? Hast du wirklich alle Züge genau observiert?«

»Oder hast du stattdessen die Mülleimer am Bahnhof nach Alkohol durchsucht?«, fragt Jonathan, der zwar harmoniebedürftig, aber auch ein militanter Suchtgegner ist.

»Du bist gemein! Ich fahre seit gestern auf jedem Zug mit, hin und zurück über den Hindenburgdamm, und hoffe jedes Mal, dass ich Knuts Auto wiedersehe.«

»Moment mal …«, sage ich. »Was genau meinst du mit ›*wieder*sehen‹?«

»Na ja …« Alki senkt den Kopf und schabt nervös mit einem Fuß. »Gestern, ziemlich bald, nachdem ich meinen Posten bezogen hatte, ist so ein quietschgelbes Auto auf die Rampe gefahren.«

»Du hast Knuts Auto gesehen und nichts gesagt?«, hakt der Scheff entsetzt nach.

»Ich konnte ja nicht sicher sein, dass es Knuts Auto ist. Weil eine Frau drinsaß.«

»Hatte ich also doch recht«, tönt Harry.

»War sie zierlich, blond, die Federn im Nacken zusammengebunden?«, frage ich.

»Haare heißt das. Menschen haben Haare, keine Federn, weil …«

»Balthasar! Hör auf mit der Klugscheißerei«, herrsche ich ihn an und füge im gleichen Tonfall an Alki gewandt hinzu: »Und du mach den Schnabel auf.«

»Ähm ja, so sah die Frau aus«, nuschelt Alki.

Unser Scheff schlägt sich den Flügel vor die Stirn. »Wie kann man nur so blöd sein? Das war Knuts Freundin!«

»'tschuldigung, Scheff – das ist mir mittlerweile auch klar geworden. Ich war an dem Tag so mies drauf, weil unser Dealer verschwunden ist – da hatte ich so viel intus, dass ich sogar doppelt gesehen habe.«

»Trotzdem hättest du den Schnabel ja wohl schon früher aufmachen können«, sage ich und gucke grimmig.

»Mann, sie war doch längst weg, als ich wieder klar denken konnte. Hätte also sowieso nichts gebracht, früher was zu sagen. Außer einem Anschiss von euch.« Alki steckt seinen Kopf ins Gefieder.

Ich atme tief durch. »Knuts Freundin hat also, nachdem wir vormittags Knuts Verschwinden bemerkt haben, die Insel verlassen. Mit seinem Auto.«

»Sie muss den Abschiedsbrief gesehen haben«, kombiniert Balthasar.

»Oder sie hat ihn gezwungen, den Brief zu schreiben, bevor sie ihn getötet hat«, widerspricht Harry.

»So'n Schiet … das war es dann wohl«, sagt Helgi mit belegter Stimme.

»Ja, tolle Idee, diese Schoko-Crêpes«, motzt Grey. »Ich gehe dann mal Pizza essen.«

»Das lässt du schön bleiben!«, sagt Harry drohend und fügt an uns gewandt hinzu: »Ist euch eigentlich mal aufgefallen, dass der

Pizzabäcker bis über beide Ohren grinst, seit Knuts Crêpes-Stand geschlossen ist? Schaut mal rüber. Ich beobachte ihn schon die ganze Zeit. Dem scheint es nur allzu recht zu sein, dass unser Dealer verschwunden ist. Ich meine, er könnte doch genauso gut nachgeholfen haben.«

»Und Knut gezwungen haben, den Abschiedsbrief zu schreiben?«, frage ich.

»Reine Spekulation«, winkt unser Scheff ab. »Der Fall ist erledigt. Knuts Freundin hat seine Leiche in der Bauchklappe von ihrem Blechvogel versteckt und mit dem Zug von der Insel gebracht. Nun liegt er dort irgendwo verscharrt. Und wir beenden hiermit die Arbeit der Schoko-Crêpes.«

»Nur weil das Auto nicht mehr auf der Insel ist? Nichts ist erledigt, solange wir nicht Knuts Leiche gefunden haben«, rufe ich. »Außerdem fehlt Suzette noch immer. Ich werde jetzt nach Kampen fliegen und nach ihr suchen.«

Ich will schon abheben, als Harry mich zurückhält. »Warte mal, da kommt eine Brieftaube.«

Tatsächlich flattert eine Taube mit einer Möwenfeder im Schnabel über das leer stehende Schulgebäude auf der Düne hinweg und geradewegs auf uns zu. »Eilpost«, gurrt sie.

Unser Scheff tritt aufgeplustert vor. Kommt schließlich nicht alle Tage vor, dass Eilpost eingeht. Dann aber fügt die Taube hinzu: »Für Ahoi, den Späher, wohnhaft auf dem Dach des Crêpes-Standes, Hörnum. Wer von euch ist Ahoi?«

»Ich«, sage ich völlig verdattert. Noch nie in meinem ganzen vierzehnjährigen Leben habe ich Post bekommen. Von einer Eilfeder ganz zu schweigen.

Die Taube überreicht mir die Feder und bleibt dann penetrant gurrend neben mir stehen. »Soll ich eine Antwort mitnehmen?« Ihr Kopfgewackel macht mich ganz nervös.

Mit dem Schnabel fahre ich quer über die Feder und ertaste dabei die unterschiedlichen Längen, um die Buchstaben zu ermitteln und zu Worten zusammenzusetzen. Augenblicke später wünsche ich mir, dass ich das nie gelernt hätte.

»Die Eilfeder ist von meiner Tante. Mein Vater ist in das

Triebwerk eines fliegenden Blechvogels geraten. Tot. Ich soll umgehend nach Hause kommen. Mein Vater hat kein Testament hinterlassen, und sie will nicht, dass sich mein Bruder das Nest unter den Schnabel reißt. Sie meint, ich hätte es mehr verdient.«

»Bist du nicht auf Hallig Hooge geboren?«, fragt der Scheff.

»Ja, dort ist der Familienbrutplatz. Egal. Da will ich nichts von wissen. Soll mein Bruder das Nest haben.«

»Was redest du denn da?«, fragt Helgi, der sich sonst nur selten traut, in unserer Gruppe das Wort zu ergreifen. »Hallig Hooge, das ist doch die Topadresse im Wattenmeer. Die Weibchen werden bei dir Schlange stehen. Schutzlage, ein traumhaftes Nahrungsangebot, kaum Fressfeinde – die Brutplätze da werden doch zu Höchstpreisen gehandelt. Man zahlt ein Vermögen an Heringen dafür, und du willst das einfach in den Wind schießen?«

»Ja«, entgegne ich knapp und setze dann wegen der fragenden Blicke meiner Truppe doch zu einer Erklärung an. »Ich bin als Jugendlicher von dort weggegangen, weil ich meinen Eltern egal war. Mein erstes Nest in den Sylter Dünen habe ich mir selbst gebaut. Ich will kein Weibchen, das es nur auf ein gemachtes Nest abgesehen hat, das zudem in einem erstklassigen Brutgebiet liegt. Ich möchte eine Dauerpartnerschaft mit einem Weibchen, das mich und meinen Charakter schätzt.« Und zwar mit einer Möwe wie Suzette, füge ich in Gedanken hinzu.

»Keine Antwortfeder?«, fragt die Taube. Als ich den Kopf schüttle, flattert sie los und lässt sich beim Pizzastand nieder. Dort pickt sie mit der Geschwindigkeit eines Spechts die Krümel rund um die Stehtische vom Boden auf und scheint im Paradies angekommen zu sein.

Es ist nicht mit anzusehen, wie die sich den Bauch vollschlägt, daher wende ich meinen Blick Richtung Leuchtturm und Dünen, wo Suzettes Einflugschneise ist. In Gedanken sehe ich den wunderschönen Schwungbogen ihrer Flügel, mit denen sie Herzen in die Luft malen kann. Mich befällt eine nicht auszuhaltende Unruhe, und ich bitte unseren Scheff darum, nach

Kampen fliegen zu dürfen, um nach Suzette zu suchen. Baron Silver de Luft glaubt zwar nicht, dass ihr etwas passiert ist, aber er lässt mich gewähren – unter einer Bedingung.

»Nimm Balthasar mit, vier Augen sehen mehr als zwei. Und er hat neben dir die beste Beobachtungsgabe.«

Ausgerechnet Balthasar, denke ich und seufze innerlich. »Also gut. Aber keine Vorträge unterwegs, hast du mich verstanden, Balthasar?«

»Geht klar. Ich kann auch mal den Schnabel halten.« Balthasar holt das Handy unterm Flügel hervor und setzt die Brille auf. »Ich wollte nur sagen, dass ich schnell noch das Navi programmieren muss.«

»Nicht ernsthaft willst du jetzt per Navi die zwanzig Kilometer nach Kampen fliegen?«

»Warum nicht? Wir haben den Auftrag, Suzette schnellstmöglich zu finden, da können wir es uns nicht leisten, uns zu verfliegen oder Umwege zu machen, und ich kann dir die schnellste Route sagen.«

»Erstens sind die zwanzig Kilometer Flugstrecke auf dieser schmalen Landzunge *schnurgerade*, und zweitens: Eine Möwe verfliegt sich nicht.«

»Sicher ist sicher«, erwidert Balthasar und tippt unbeirrt das Flugziel ins Display. »Warum willst du das Nest auf Hooge eigentlich nicht haben?«, fragt er, als wir losfliegen. »Du wärst eine reiche Möwe.«

»Weil es mich nicht interessiert. Ist das so schwer zu verstehen? Mein Bruder und ich stammen aus dem gleichen Saisongelege, wir sind Ei an Ei ausgebrütet worden, aber von Anfang an haben meine Eltern meinen Bruder bevorzugt. Er bekam den besseren Platz im Nest, wurde besser gefüttert, durfte zuerst fliegen lernen … Selbst wenn ich alles richtig gemacht habe, war es in den Augen meiner Eltern falsch. Meinem Bruder, dem Nesthocker, haben sie jeden Halm unter den Hintern geschoben, ich dagegen konnte ihnen nichts recht machen. Sobald mich meine Flügel weit genug tragen konnten, bin ich aus dem Nest geflüchtet und nie wieder dorthin zurückgekehrt – doch, ein einziges Mal bin ich noch einmal nach Hooge geflogen, um meine Eltern nach Sylt einzuladen. Ich wollte ihnen mein erstes selbst gebautes Nest zeigen und ihnen meine Freundin vorstellen, die bereits beim Brüten war.«

»Das hat sie doch bestimmt beeindruckt.«

»Nein, sie haben die Einladung mit einem müden Flügelwink abgelehnt. Wahrscheinlich haben sie gedacht, ich hätte gerade mal zwei Dünengräser übereinandergelegt und mich mit irgendeinem dahergeflogenen Weibchen eingelassen. Okay, wir waren tatsächlich nur eine Saison verpaart, aber für ihre Enkel hätten sich meine Eltern ja trotzdem interessieren können.«

»Du müsstest jetzt, nach ihrem Tod, aber dennoch etwas bekommen. Das ist Möwengesetz. Dein Bruder wird nicht drum rumkommen, dich mit Jagdgebiet zu entschädigen, wenn er das Nest behalten will.«

»Ich brauche kein Nest und kein Jagdgebiet auf Hooge. Ich fühle mich so wohl, wie ich lebe.«

»Helgi hat schon recht, denk doch mal an deine Chancen bei den Weibchen. Ich meine, ich kann ja mit meinem Intellekt punkten, schon mein Großvater Avenarius, der in Kampen gelebt hat, war eine überaus feinsinnige und gebildete Möwe, aber du …«

»Balthasar«, ermahne ich ihn, er lässt sich jedoch nicht in seinem Redefluss stören.

»Ihr könntet das Nest doch verkaufen. Dafür würdet ihr jede Menge Heringe bekommen. Selbst wenn du mit deinem Bruder teilst, könntest du den ganzen Winter davon leben.«

»Der Brutplatz ist seit Generationen im Familienbesitz, so etwas verkauft man nicht. Das hätte mein Vater niemals gewollt. Und jetzt lass gut sein, Balthasar.«

Wider Erwarten hält Balthasar tatsächlich den Schnabel, und der weitere Flug verläuft ruhig, zumindest nach außen hin. Innerlich bin ich total aufgewühlt.

Kampen ist entgegen Balthasars Schwarzmalerei natürlich nicht zu verfehlen. Zwischen der rauen Westseite und der östlichen

Wattseite der Landzunge liegen ausschließlich reetgedeckte Häuser in einem sanft gewellten Hügelmeer aus Farbklecksen. Im satten Dunkelgrün der Heide wachsen rosafarbene Syltrosen, Glockenheide, geflecktes Knabenkraut, Sonnentau und Lungenenzian. Die Häuser befinden sich in angenehmem Anflugabstand voneinander und sind prima Ausruhplätze. In Kampen geht es ums Sehen und Gesehenwerden. Die Revierkämpfe werden subtiler ausgetragen als anderswo auf der Insel, das perfekte Balzverhalten zählt, denn die Weibchen hier sind anspruchsvoll. Und es gibt alles im Überfluss; ich rieche Hummer, Krabben und Lachs schon auf viele Meter Entfernung.

Nach einem ausgiebigen Rundflug über den Ort landen wir erschöpft auf dem Holzgeländer einer Aussichtsplattform, wo sich schon zahlreiche Menschen versammelt haben, um in die Sonne zu starren.

Obwohl der Höhenmesser in meiner Schwanzfeder gerade mal lächerliche zweiundfünfzig Meter anzeigt, lässt sich von dieser sogenannten Uwe-Düne aus die gesamte Insel überblicken, und wir haben beste Sicht auf Kampen. Nur leider können wir Suzette unter den wenigen Möwen auf den Reetdächern nicht erspähen. Mir wird mulmig. Wäre Suzette nach Hause geflogen, hätten wir ihr auf der Nord-Süd-Route begegnen müssen. Sie wird doch keinem Fuchs oder Blechvogel zum Opfer gefallen sein?

Ich lasse meinen Blick nach Norden schweifen, und auf einmal glaube ich, sie zu entdecken. Ich muss die Augen zusammenkneifen und schaue angestrengt über die Dächer der Hotels hinweg, die wie aufgefädelt unter uns am Rande eines Dünentals stehen und ebenfalls beste Aussicht bieten.

Im Dünental liegt das runde Gebäude der Sturmhaube, und auf deren mützenartigem Dach sehe ich eine Möwe, die Suzette sehr ähnlich sieht. Allerdings ist sie nicht allein. Ich drehe mich zu Balthasar um und will ihn nach seiner Meinung fragen, aber der ist beschäftigt.

Mit ausgebreiteten Schwingen steht er vor den Touristen, wirft den Kopf in den Nacken, reißt den Schnabel weit auf und ruft: »Der Name der Uwe-Düne geht auf den Gelehrten und Juristen Uwe Jens Lornsen zurück, der als Freiheitskämpfer mit seinen Schriften für ein geeintes und von Dänemark unabhängiges Schleswig-Holstein …«

»Balthasar! Kein Mensch versteht dich!«

»Aber sicher verstehen die mich! Kuck doch, wie sie mich alle anschauen und meinem Vortrag lauschen. Nur du Kulturbanause unterbrichst mich mal wieder. Schon mein Großvater Avenarius hat sich mit anderen Künstler-Möwen aus ganz Deutschland dort drüben auf dem Dach des Hauses Kliffende getroffen und aus geklauten Büchern rezessiert.«

Ich wage nicht einzuwenden, dass es wohl rezitiert heißen müsste, schließlich geht es mir jetzt um etwas völlig anderes. »Balthasar …«, setze ich an.

»Warte nur ab, Ahoi. Eines Tages wird mir der Einbruch in die Westerländer Bibliothek gelingen, und ich werde Zugang zu allem Wissen haben, das dieses Paradies meiner Träume für mich bereithält.«

»Balthasar, ich glaube, ich habe Suzette gesehen. Komm mit, bitte.«

Enttäuscht klappt Balthasar die Flügel ein und entschuldigt sich bei seinen Zuhörern. Seine Person sei sehr gefragt, und er müsse sich nun bedauerlicherweise vorzeitig verabschieden.

Wir erheben uns in die Luft. Balthasar schaut in die von mir angegebene Richtung und setzt seine Brille auf.

»Ja, das ist Suzette«, ruft er mir zu. »Ach du heilige Möwenscheiße, weißt du, wen sie da bei sich hat?«

»Nein«, gebe ich gereizt zurück. Sie ist unverkennbar in männlicher Begleitung, das reicht mir schon an Information. Eine Möwe wie aus dem Bilderbuch steht neben ihr. Der Typ hat hellblau-silbern schimmernde Flügel, wo meine Federn eher angestaubt wirken. Wahrscheinlich lässt er sich jeden zweiten Tag ein Sandpeeling und eine Algenpackung machen. Seine Flügelkanten sind reinweiß und die Spitzen seiner Handschwingen so unnatürlich dunkel, dass er sie sich hundertprozentig regelmäßig schwarz färben lässt. Wenn Sie mich fragen, benutzt der Typ eines dieser selten zu erbeutenden Lacksprays für Blechvögel.

»Das ist Mogulis«, flüstert Balthasar ehrfürchtig. »Eine der reichsten Möwen von ganz Sylt. Er herrscht nicht nur allein über die Sturmhaube, ihm gehören auch zahlreiche Edel-Bars auf Kampens Whiskeymeile.«

»*Der* ist das?« Gehört habe ich schon viel von ihm.

»Ja, der ist das. Von einem eigenen Handtaschenlabel mal ganz abgesehen, besitzt er auch noch drei oder vier Nistvillen mit Wattblick im Hobokenweg.«

»Das ist doch Deutschlands teuerste Nistmeile?«

»So ist es. Unter zehn Millionen Heringen ist da nichts zu machen.«

»Zehn Millionen? Unfassbar! Wer hat denn so viele Heringe? Da kann ich mit meinem Nest auf Hallig Hooge ja einpacken.«

»Warum? Dein Nistplatz ist auch einiges wert, und die Weibchen werden … Moment mal. Bist du etwa in Suzette verliebt?«

»Ach Quatsch. Das habe ich nur so dahergesagt.«

Balthasar neigt den Kopf. »Aha. Alles klar.«

Na hervorragend, nun weiß Balthasar also Bescheid. Hätte ich doch nur meinen Schnabel gehalten. Aber er ist immerhin taktvoll genug, nicht weiter nachzubohren.

Wir kreisen über der Sturmhaube, wovon Mogulis und Suzette nicht mal was mitbekommen. In demütiger Buckelhaltung steht Suzette da, während dieser Mogulis um sie herumschwänzelt und sie mit stimmgewaltigen Jauchzern beeindruckt. Suzette wirft den Kopf in den Nacken, reckt den Schnabel fast senkrecht nach oben und zeigt ihm ihr reinweißes Federkleid an der Kehle. Bei dem Anblick lässt sich Mogulis zu einem verzückten Glucksen hinreißen. Jetzt tänzelt Suzette um ihn herum und präsentiert sich ihm von allen Seiten. Mit großspurigen Bewegungen baut Mogulis ihr im Gegenzug ein symbolisches Nest. Schiet, das zieht bis ins Herz. Seine Absichten sind eindeutig. Die Bewegungen von Suzettes Hinterteil auch. Es ist nur noch eine Frage von Sekunden, bis sie seinem Werben nachgeben wird. Noch während ich das denke, gibt Suzette mit einem Kopfnicken tatsächlich ihr Einverständnis zur Kopula.

Das reicht. Wie von der Krabbe gezwickt schreie ich auf und fliege im Schusstempo auf die Turtelmöwen zu. Die beiden fahren erschrocken auseinander.

Mission eins: erfüllt.

Ich lande neben den beiden auf dem Dach der Sturmhaube.

Suzette starrt mich an wie vom Donner gerührt und zupft verlegen an ihrem Federkleid. »Was willst du denn hier? Kannst du nicht sehen, dass ich eine Verabredung habe?«

»Du bist nicht zur Sitzung erschienen, wir haben uns Sorgen gemacht«, keife ich sie an. Harscher als gewollt.

Mogulis guckt grimmig und legt einen Flügel über Suzette. »Kennst du diesen Herrn, mein Täubchen?«

Suzette weicht meinem Blick aus. »Nur flüchtig.«

»Wenn der Herr dann also bitte die Freundlichkeit besäße, von dannen zu fliegen? Die Dame möchte ihre Ruhe haben – und meine Wenigkeit im Übrigen auch.« Den Nachsatz unterstreicht er mit einer eindrucksvollen Drohgebärde, die mich zurückweichen lässt. Mogulis legt seinen Flügel wieder über Suzette. »Komm, mein süßes Schnäbelchen. Ich möchte dich gern zur Balzfütterung einladen und dich außerdem ein paar meiner Geschäftsfreunde vorstellen. Wo möchtest du zuerst hin? Ins ›Gogärtchen‹, ins ›Pony‹ oder in den ›Rauchfang‹?«

Verdammt, der Kerl meint es richtig ernst.

»Suzette …«, wende ich zaghaft ein und weiß doch gar nicht, was ich sagen soll. Suzette reagiert ohnehin nicht, so sehr hängt sie am Schnabel von Mogulis. Mit zärtlichen A- und U-Lauten schnappt sie nach Mogulis' Kehle und signalisiert ihm damit, dass sie seine Einladung zur Balzfütterung annimmt.

Mission zwei: gescheitert.

Suzette wirft mir noch einen kurzen Blick zu, von dem ich mir einbilde, dass er entschuldigend wirken soll, dann fliegen die beiden als schwarze Silhouetten im Licht des Sonnenuntergangs dem Strömwai entgegen, wo alles schöner, reicher und irgendwie nicht von dieser Welt ist. Echte Möwenprominenz eben.

Filmstars wie die Möwe Jonathan oder die weltberühmte Möwe Emma lassen sich angeblich des Öfteren nach Sylt einfliegen, zum Schaulaufen auf eben dieser Whiskeymeile. Angeblich. Wenn Sie mich fragen, mag das zwar früher mal gestimmt haben, als meine Eltern noch jung waren. Mittlerweile halte ich es aber nur noch für einen gut funktionierenden Werbetrick, um Besucher anzulocken. Echte Prominenz sieht man selten, weil die nämlich gar nicht gesehen werden wollen. Dafür gibt es jede Menge Ausflugsmöwen vom Festland, die sich mit dem Geruch von Edelfisch umgeben wollen und dabei so tun, als würden sie zu Hause jeden Tag Kaviar fressen. Und natürlich solche Typen wie Mogulis. Leider.

Breitbeinig und mit lang gerecktem Hals stolziert er mit Suzette an seiner Seite die Whiskeymeile entlang und tut so wichtig, dass ihm sogar die menschlichen Zweibeiner ausweichen. Erst als er sich mit fremden Federn schmücken will, indem er auf der Kühlerhaube eines der edlen Blechgeschosse posiert, wird er von Menschenhand verscheucht.

Gelassenen Schrittes geht Mogulis weiter und führt Suzette auf eines der Lokale zu, wo riesengroße Flaschen zur Dekoration im Außenbereich stehen. Unser Alki wäre bei deren Anblick wohl vor Verzückung in Ohnmacht gefallen.

»Komm«, sagt Balthasar, der hinter mir auf dem Strömwai gelandet ist. »Es wird dunkel. Lass uns nach Hause fliegen, die Auster ist sowieso gelutscht.«

Balthasar hat ja recht, so verdammt recht. Wenn ich Suzette jetzt mit irgendwelchen Eifersuchtsszenen komme, kann ich sie gleich ganz in den Wind schreiben. Also Schnabel zusammenbeißen und den geordneten Rückzug antreten. Ich folge Balthasar auf dem Fuße, schiele aber immer wieder nach hinten.

Pffflock. Im Gesicht spüre ich plötzlich nur noch Federn, und das Detailwissen, wo genau ich mit meinem Schnabel stecke, möchte ich Ihnen ersparen.

»Pass doch auf, du Vollpfosten!«, kreischt Balthasar und entzieht sich der rektalen Untersuchung.

Ich schüttle mich und putze mir den Schnabel im Grünstreifen. »Glaubst du, ich habe Bock auf deinen Hintern? Warum bleibst du Heini mitten auf dem Weg stehen?«

»Weil ich den Pizzabäcker gesehen habe«, raunt Balthasar und zeigt mit dem Flügel auf die Bar im Außenbereich eines Friesenhauses. Im Vorgarten drängen sich die Menschen um einige wenige Stehtische, und inmitten der Feiernden unverkennbar Knuts Standnachbar, der Hörnumer Pizzabäcker. Unverkennbar deshalb, weil er ein Urfriese ist und mit seinen blonden kurzen Haaren und den wasserblauen Augen so gar nichts mit einem italienischstämmigen Pizzabäcker gemein hat. Jetzt ruft er eine Lokalrunde aus und winkt mit einem Bündel Scheine, damit auch der Kellner keinen Zweifel an der Zahlungskraft dieses Gastes hat.

»Seit wann hat der denn so viele Heringe?«, fragt Balthasar.

»Geld heißt das bei den Menschen«, kann ich mir das Klugscheißen nicht verkneifen. »Na ja, seit Knuts Tod verkauft er ziemlich viele Pizzas.«

»Pizzen heißt das. Aber damit verdient er doch in zwei Tagen nicht so viel Geld, dass er sich das hier leisten kann. Bisher ist er nach Feierabend noch nicht mal in Hörnum ein Bier trinken gegangen.«

»Denke schon …«, antworte ich vage. Zugegeben, ich bin nicht mehr ganz bei der Sache. Soeben führt Mogulis Suzette im Lokal gegenüber selbstsicher zwischen Menschenbeinen hindurch zur Hinterseite des Gebäudes. Dort hat er vermutlich das Möwen-Separée reserviert, und ein reich gefüllter Abfallkorb mit allerlei Delikatessen wartet auf die beiden.

»Hast du *das* gesehen?«, fragt Balthasar.

»Allerdings.« Ich seufze und bekomme Tränen in die Augen. Aber so schnell gebe ich nicht klein bei. Mission drei: Suzette zurückerobern, ist ab sofort Programm.

»Wo geht der Typ denn jetzt mit dem Säckchen hin?«, fragt Balthasar.

»Hä?« Ich muss mich erst mal sortieren. Natürlich ist Balthasar noch auf den Pizzabäcker fokussiert. Der verabschiedet sich gerade von einem Mann mit Spitzbart, der etwa in Knuts Alter ist.

Balthasar flattert neben mir auf und ab. »Der Pizzabäcker hat diesem Mann ganz unauffällig ein Säckchen übergeben, und jetzt haut der damit ab!« Ich kneife die Augen zusammen. Tatsächlich ist das Säckchen in der Dunkelheit kaum zu bemerken, aber eine Möwe sieht alles.

Der Spitzbart-Mann unterscheidet sich deutlich von den Leuten in edlem Zwirn. In Jeans-Shorts und einfachem T-Shirt tritt er im Zwielicht auf die Straße und geht zu seinem Roller.

»Wo fährt der wohl hin?«, flüstert Balthasar. »Ich will wissen, was in dem Säckchen ist.«

»Na, was schon? Bestimmt keine Krabben, Heringe oder Muscheln. Für uns also uninteressant.«

»Ach komm, du hast nur noch Augen für Suzette, und deshalb ist alles andere uninteressant. Sie lebt, es geht ihr gut – damit ist unsere Mission erfüllt. *Ich* fliege jetzt dem Mann hinterher und erbeute dieses Säckchen. Da ist bestimmt etwas Wertvolles drin.«

»Ja klar«, erwidere ich. »Wertvolle, aber unverdauliche Münzen. Aber gut, dann haben wir wenigstens etwas, womit wir kollektiven Selbstmord begehen können.«

»Wenn da wirklich Münzen drin sind, können wir sie beim Fischhändler gegen Heringe eintauschen. Ich habe die Menschen beobachtet – sie machen genau diese Tauschgeschäfte damit.«

»Aber doch nicht mit *Möwen*!«

»Du wirst schon sehen. Ich bin in spätestens einer Stunde wieder hier. Du kannst ja solange versuchen, Suzette zurückzuerobern.«

Eine Stunde und hundert verworfene Balzideen später stürze ich mich in das erste Whiskeyglas, um meinen Weltschmerz zu ertränken. Nach zwei Stunden sind sechs weitere Gläser von den Tischen geflogen, und fünf Minuten später fliege ich aus dem Lokal. Per Fußtritt. Fragen Sie mich nicht, aus welchem Lokal – und vor allem nicht, wo genau ich jetzt bin. Am besten nicht einmal, wer ich bin.

Etwas in meinem vernebelten Hirn regt sich. »Bala … Balata … Blathasaaaa …«, rufe ich. Verdammt, warum antwortet der

Kerl nicht? Ich hab jetzt keinen Bock auf Versteckspiel. Damit ich einen Überblick über die Whiskeymeile bekomme, erhebe ich mich torkelnd in den nachtschwarzen Himmel. Alter Falter, denke ich, jetzt weiß ich, warum Alki solche Probleme beim Fliegen hat. Mein Höhenmesser in der Schwanzfeder zeigt plötzlich nur noch Hausnummern an, und die vielen ungewöhnlich schwankenden Lichter unter mir sind unendlich weit weg – und dann wieder gefährlich nah. Heilige Möwenscheiße, wo kommt denn auf einmal der Dachgiebel her?

Zum Ausklappen meines Landefahrwerks ist es zu spät. Unsanft setze ich auf dem Reetdach auf, dann geht es Schnabel voran abwärts. Boah, ist das eine Schussfahrt – wie geil! Das Reet kitzelt am Bauch, ich kreische vor Lachen, und dann, *whumm*, ist die Freifahrt zu Ende. Ich rieche Fisch, überall Fisch, Fisch, Fisch. Bin ich im Paradies oder im Möwenhimmel gelandet? Mit einer mächtigen Fischgräte im Schnabel, der Forellenkopf ist noch dran, tauche ich aus der Tonne auf. Das Lachen bleibt mir allerdings samt Gräte im Hals stecken, als ich in das grimmige Gesicht von Mogulis schaue. Ein Salatblatt rutscht ihm vom Kopf und über seine bekleckerten Federn auf die zerstörte Tafel. Fischabfälle liegen quer über das am Boden ausgebreitete Tischtuch verteilt – und leider auch über Suzettes Federn. Ihr Blick verheißt ebenfalls nichts Gutes, aber wenigstens habe ich das Liebesmahl der beiden empfindlich gestört.

»Gunnen Abnnnd, die Häschafften. Was daffich … daffich serviern?«

Suzette schaut mich eindringlich an. »Ahoi, deine Aktion ist so peinlich. Geh bitte.«

»Aber ein bisschen plötzlich, sonst mach ich dir Flügel!«, schreit Mogulis und reißt sich vor Wut die Serviette vom Kragen. Er stellt die Flügelbuge leicht nach außen, senkt den Kopf wie ein Stier und schreitet gravitätisch auf mich zu.

Vielleicht liegt es am Alkohol, dass mir die Sicherung durchbrennt, ganz sicher aber bin ich verrückt, mich angesichts der Drohgebärde provozieren zu lassen. Wenn ich jetzt allerdings in Angsthaltung das Feld räume, brauche ich als Schwächling meiner Suzette nie wieder unter die Augen zu treten. Breitbeinig baue ich mich vor Mogulis auf. Zugegeben, ich fühle mich wie ein schwankender Schiffsmast und weiß nicht genau, welcher von den beiden unscharfen Typen da vor mir die feindliche Möwe ist, aber das bleibt unter uns, okay?

»Was willst du Schnapsdrossel von mir, he?«, fragt Mogulis und stößt ein sattes Gelächter aus.

Das reicht. Mit geöffneten Flügeln stürze ich mich auf meinen Rivalen, dass Suzette einen erschrockenen Schrei ausstößt und zur Seite weicht. Tja, mit dem Angriff hat der feine Herr wohl nicht gerechnet. Nahezu ohne Gegenwehr lässt er sich von mir zu Boden drücken. Ich springe auf seinen Rücken, haue ihm meine Flügel um die Ohren und hacke mit dem Schnabel auf seinen Nacken ein. Wollen wir doch mal sehen, wer von uns beiden Suzette mehr beeindrucken kann. Was nützt Mogulis, diesem Schwächling, sein ganzer Reichtum, wenn er keine ordentliche Revierverteidigung demonstrieren kann? Denn Suzette ist eine Frau, die an das Nest und die Kinder denkt.

Oha, nun wehrt er sich doch. Aua, autsch, aua! Bei allen heiligen vier Winden, wie viele Schnäbel hat dieser Mogulis denn? Am Kopf, am Schwanz, am Rücken, an den Füßen – überall gleichzeitig treffen mich schmerzhafte Hiebe. Ich weiche zurück und sehe mich von Mogulis' Bodyguards umzingelt. Schiet, mit solchen Lachmöwen ist nicht gut Muscheln essen. Der Name Lachmöwe ist sowieso nur Tarnung, genau wie die schwarzen Kopfmasken, die sie über ihrem ansonsten reinweißen Federkleid tragen. Verdammt, ich hätte mir aber auch denken können, dass dieser Mogulis seine Bodyguards hat. Suzette steht wie versteinert am Rande des Kampffeldes, und jetzt, als sich unsere Blicke treffen, wendet sie sich ab. Mir schießen die Tränen in die Augen.

Mission drei: gescheitert.

Ich torkle langsam rückwärts. »Ähm, okay, Kumpels. Ich geh dann mal. War nett mit euch.«

Vielleicht hätte ich es bei meinem verbindlichen Lächeln belassen und dem einen der Bodyguards besser nicht noch kumpelhaft auf die Schulter hauen sollen. Jedenfalls habe ich plötzlich eine Horde wild gewordener Lachmöwen hinter mir. Kreischend jagen sie mich an der Uwe-Düne vorbei und quer über die Kurhausstraße hinunter ins Dünental zur Sturmhaube – dem Ausgangspunkt meines Leidensweges. Ich habe Mühe, wieder an Höhe zu gewinnen. Die Lachmöwen heften sich an meine Schwanzfedern. Ich drehe nach Norden ab, und mir wird von meinem eigenen Flugstil schlecht. Nie wieder trinke ich auch nur einen Tropfen Alkohol.

Unter mir taucht einer der wenigen Wälder in der Dünenlandschaft auf. Ich überlege nicht lange, dazu bin ich ohnehin nicht in der Lage, sondern rette mich durch einen beherzten Sturzflug ins Dickicht.

Plong, Plong, Plong. Schnabel auf Ast, Ast auf Hintern, Hintern auf dem Waldboden. Die Füße von mir gestreckt, sitze ich da wie ein aus dem Nest gefallenes Küken und lasse die Flügel hängen.

Mann, war das ein Stunt – wenn Sie einen Filmvertrag für mich haben, wenden Sic sich bitte an Balthasar, meinen Manager. Der ist aber wahrscheinlich längst wieder ins Hörnumer Hauptquartier geflogen und präsentiert dort stolz einen Schatz, mit dem wir nichts anfangen können. Langsam sollte ich auch mal zusehen, dass ich nach Hause komme.

Wo bin ich überhaupt? Warum kommt mir dieser Wald so unbekannt vor, wo ich doch sonst jedes Nestversteck kenne? Allmählich dämmert es mir. Okay, dämmern ist vielleicht etwas zu weit gegriffen. Es ist mehr so, als ob ich hinter einem Nebelschleier etwas erahne, und das, was sich da in meiner Erinnerung regt, gefällt mir gar nicht.

Ich befinde mich in einem Wald, über den man sich selbst fernab von Sylt Schauergeschichten erzählt. Auch ich habe meine Möwenkinder davor gewarnt, diesen gefährlichen Ort nördlich von Kampen jemals zu betreten. Ein Ort, der den vermeintlich anheimelnden Namen »Vogelkoje« trägt.

Irgendwo inmitten dieses dichten Waldes liegt ein kleiner, idyllischer See, der aus der Luft gut zu sehen ist und ein verlockender Landeplatz zu sein scheint. Lässt man sich aber erst mal auf dem Wasser nieder, ist man quasi schon erledigt. Hier werden Enten mit gestutzten Flügeln als Gefangene gehalten. Man kann sie nicht sehen, schwimmt jedoch ihren süßlichen Lockrufen nach. Es ist unmöglich zu widerstehen, sie versprechen einem das Paradies, und man merkt gar nicht, wie man in einen immer schmaler werdenden Kanal gerät und schließlich ein Netz über sich hat. Am Ende einer solchen Fangpfeife steht ein grimmiger Mensch mit Mütze, Vollbart und kräftigen Händen. Am Geruch konnte man ihn nicht bemerken, denn er hüllt sich in den Rauch eines ständig brennenden Torfkohlebeckens ein. Dieser Kojenwärter packt einen erbarmungslos am Kragen, und noch ehe man schreien kann, wird einem der Hals umgedreht. Angeblich haben sie es nur auf Wildenten abgesehen, aber das halte ich für ein gezielt gestreutes Gerücht. Und tatsächlich höre ich jetzt in einiger Entfernung die Hilfeschreie einer Möwe. Kläglich und geschwächt dringen die Rufe an mein Ohr. Das ist doch Balthasar? Oder nur ein Trick, um mich in die Falle zu locken? In geduckter Haltung schleiche ich mich vorwärts, den Kopf dicht über dem Boden.

Halleluja, brummt mir der Schädel. Und zappenduster ist es außerdem. Der Wind fährt durch die Äste, es raschelt und knackt. Plötzlich ist da ein gelb leuchtendes Augenpaar, direkt vor mir.

»Waaah«, kreische ich. Wenigstens erschrickt das Katzenvieh genau wie ich und rettet sich mit einem beherzten Sprung ins Dickicht. Wegen meines Geschreis ist nun auch die Hilfe suchende Möwe auf mich aufmerksam geworden.

»Ahoi, bist du das?«

Es ist wirklich Balthasars Stimme.

»Wo bissu, wassis passiert?«, rufe ich.

»Ich stecke in so einem blöden Netz fest und kann mich nicht selbst befreien. Hilf mir!«

Mir läuft es eiskalt den Rücken runter. »Dassis eine Falle! Mussich Verstärkung holen. Abba wasch machen wir, wenn der Koj... der Kowä... der Kojenwärter in der Swischenseit kommt?«

»Sag mal, hast du Federn im Schnabel?«

»Weissich nich.«

»Komm her und befrei mich aus diesem verdammten Netz! Es gibt keinen bösen Kojenwärter mehr, die Vogelkoje ist seit 1921 nicht mehr in Betrieb.«

Ich zögere noch kurz. Nicht weil ich Balthasar nicht vertraue, sondern weil es so lange dauert, bis meine Promillezellen diese Info verarbeitet haben. Ich wage mich aus meiner Deckung.

Balthasar hängt kopfüber mit den Füßen im Netz einer Fangreuse, sein Schnabel schwebt dicht über der Wasseroberfläche des Kanals.

»Abba Ballathasa, wisso is die Falle noch da, wenndas keine Falle mehr is?« Ich gucke kritisch und bin ein bisschen stolz auf meine Logik.

»Weil dieser Ort jetzt ein Museum für Menschen ist – deshalb ist alles noch erhalten. Sag mal, hast du zu tief ins Glas geguckt? Reiß dich zusammen und hol mich hier raus.«

»Was machsu überhaupt da drin?«

»Wonach sieht das aus? Bauchmuskeltraining?«

»Ernssaft jetzt?«

»Nein, verdammt! Ich bin doch dem Kerl auf dem Roller gefolgt. Der ist direkt zu diesem Wald gefahren und hat das Säckchen irgendwo im Schilf versteckt. Beim Suchen bin ich in diese Falle geraten.«

»Bissu also dochnich so schlau, wie du immer tus …«

»Verbeiß dich jetzt sofort in dem Netz und halt den Schnabel!«

Ich ziehe und zerre, und es gelingt mir tatsächlich, eine Masche nach der anderen aufzubeißen. Endlich ziehe ich Balthasar an den Flügeln aus seiner Gefangenschaft.

»Danke«, grummelt er, nachdem er wieder festen Boden unter den Füßen hat. Es wurmt ihn sichtlich, dass er, der schlaue Balthasar, sich vom beschwipsten Ahoi helfen lassen musste.

Wenigstens bin ich schon wieder so weit zurechnungsfähig, nicht noch mehr an seinem angegriffenen Ego zu kratzen, und frage stattdessen: »Un woissas Säckchen jetzt?«

»Keine Ahnung. Das müssen wir bei Tageslicht suchen. Jetzt

fliegen wir besser zurück in unser Hauptquartier. Dass ich in der Falle saß, bleibt aber unter uns, ja?«

»Abgemacht. Kannich meinen Schnabel halten – nur aaiiins noch …«

»Ja?«, fragt Balthasar.

»Fliegdu voraus, bitte. Un kein Wort suu unserem Scheff, oookay?«

DREI

Am nächsten Morgen sitze ich mit Blick auf den Leuchtturm auf dem Dach des Crêpes-Standes am Südzipfel von Sylt und schaue übers Meer der aufgehenden Sonne zu.

Verdammt, das blendet ... Ich stecke den Schnabel wieder unter den rechten Flügel. Das wird ein Scheißtag, denke ich und verzichte darauf, selbiges meiner Bande zuzurufen, weil jedes laute Wort unangenehm in meinem Schädel widerhallen würde. Wie bitte, Sie meinen, das sei kein Wunder nach dem gestrigen Abend? Was war denn gestern? Ich habe Kopfweh vom Ostwind. Sie erinnern sich doch, was ich Ihnen eingangs erzählt habe? Ostwind. Davon bekommen Möwen Kopfschmerzen – und von nichts anderem. Wehe, Sie erzählen meinem Scheff, dass ich betrunken geflogen bin. Bei Alki drückt er ja beide Augen zu, aber mir rupft er bestimmt alle Federn aus. Ich würde fortan zum flugunfähigen Bodenpersonal gehören. Und damit wäre ich chancenlos bei Suzette. Suzette ... Sie ist nicht nach Hause gekommen, hat die Nacht wahrscheinlich in den Flügeln ihres Liebhabers verbracht. Mein leidlicher Trost ist, dass im Moment nicht die Zeit zur Eiablage ist. Seit dieser Mogulis aufgetaucht ist, merke ich erst richtig, wie sehr ich in sie verliebt bin. Ich denke andauernd darüber nach, wie ich sie von meinen Qualitäten als Dauerbrutpartner überzeugen könnte.

Soll ich vielleicht doch nach Hallig Hooge fliegen? Es wäre ja nicht schlecht, wenn ich ihr ein großes Jagdrevier im Watt bieten könnte.

Andererseits habe ich keine Lust, mich ums Erbe zu streiten. Natürlich wäre ich im Recht – mir stünde ein Anteil am Jagdgebiet zu, sofern mein Bruder auf dem Nest hocken bleiben will – und das wird er wollen. Aber Recht hin oder her, er würde es mir keineswegs freiwillig geben, weil das wiederum mit großen Nahrungseinbußen für ihn verbunden wäre.

Ach, was soll ich nur machen? Wie soll ich gegen diesen

Mogulis ankommen, wenn ich Suzette nichts außer einem kriminellen Leben bieten kann? Eine Möwe wie Suzette denkt logischerweise zuerst an die zukünftigen Kinder. Wobei aus meinen Kindern bislang immer was geworden ist – auch wenn sie in alle Winde verstreut leben. Nur mit den Weibchen hatte ich bisher Pech. Aber soll ich mich deshalb um einen Nistplatz auf meiner Heimatinsel streiten? Meinen Ruf als bester Späher von Sylt habe ich mir außerdem hart erarbeitet, hart genug jedenfalls, um jetzt nicht im Watt vor Hallig Hooge Würmer aus dem Sand zu ziehen. Würmer. Allein schon beim Gedanken daran wird mir schlecht.

»Ahoi?«, höre ich die Stimme von Baron Silver de Luft fragen.

»Darf ich bitte noch ein bisschen schlafen, Scheff?

»Ahooooi …«

»Es ist noch so früh, und ich hab so Kopfweh. Der Ostwind, Scheff«, nuschle ich in meine Achsel.

Ein Flügelschlag trifft mich und haut mich von den Füßen.

Ich rapple mich auf und gucke hoch. Oha, der Scheff hatte eindeutig schon mal bessere Laune.

»Es ist Nachmittag, du Schnarchschnabel! Und der Pizzabäcker macht gerade seinen Stand zu, am helllichten Tag. Das ist noch nie da gewesen. Flieg ihm nach und berichte mir, was er so Wichtiges zu tun hat.«

Ich gähne und strecke erst den einen, dann den anderen Flügel. Ist wirklich schon Nachmittag? »Kann das nicht sonst wer aus unserer Truppe machen?«

»Siehst du irgendwen? Die sind längst alle auf ihren Posten … außer Suzette. Sie scheint wohl kein Mitglied meiner Truppe mehr sein zu wollen.«

»Aber warum sind die anderen auf ihren Posten?« Meine Güte, fällt mir das Denken schwer. Hoffentlich sage ich jetzt nichts Verkehrtes: »Ich dachte, wir hätten die Schoko-Crêpes gestern aufgelöst?«

»Was geht mich mein Geschwätz von gestern an? Balthasar hat im Morgengrauen ein Säckchen mit Schmuck aus dem Schilf bei der Vogelkoje gezogen. Seither ermitteln wir im Fall Knut wieder in alle Richtungen.«

»Was soll denn bitte irgendwelcher Schmuck mit dem Tod unseres Dealers zu tun haben?« Um meinen Kreislauf auf Touren zu bringen, beginne ich mein Putzritual.

»Wärst du heute Morgen zur Sitzung wach zu kriegen gewesen, hättest du mitbekommen, dass das nicht irgendwelcher Schmuck ist. Neben zahlreichen Ringen, Ketten und Ohrringen befand sich darunter ein aufklappbares kleines rundes Ding an einer Kette, und darin war das Bild eines Mannes. Es ist unverkennbar unser Mensch-Knut.«

»Und wem gehört der Schmuck?«

»Genau das versuchen wir herauszufinden. Deshalb sind die anderen auf ihren Posten und suchen nach dem Mann mit Spitzbart. Ich nehme an, der Pizzabäcker führt dich jetzt auf seine Spur. Mach schon, er steigt in sein Auto.«

Ich bin noch nicht mal mit meiner Morgentoilette fertig, geschweige denn, dass ich meine Federn mit Drüsensekret einfetten konnte, aber ich halte es für klüger, jetzt nicht auf eine perfekt gegelte Frisur zu bestehen. »Okay, Scheff, verstanden.« Ich will gerade losfliegen, da hält Baron Silver de Luft mich unerwartet zurück.

»Nimm die Startbahn in die andere Richtung, Ahoi. Wir haben Westwind heute.«

Puh, das muss ich Baron Silver de Luft hoch anrechnen, dass er mir nicht die Flügel gestutzt hat, aber ich kenne ihn, das war nur vorübergehendes Mitleid, weil er mich für diesen Auftrag braucht.

Im Blechvogelgewirr von Westerland verliere ich den unscheinbaren silberfarbenen Kleinwagen des Pizzabäckers fast aus den Augen. Aus allen Richtungen wollen sie zum Autozug. Wäre mir ja zu blöd, mich in eine Schlange einzureihen, die kilometerweit bis in die angrenzenden Ortschaften reicht, nur um mit einem der Autozüge zurück aufs Festland zu fahren. Warum bauen die Menschen eine Gleisstrecke und nicht besser eine Straße, wenn sie schon nicht fliegen können? Geht doch auf der benachbarten dänischen Insel auch. Ist wesentlich schneller und stressfreier. Aber ich habe mir von Balthasar sagen lassen, dass dieser kurze Schienenweg wohl der teuerste und damit lukrativste in ganz Deutschland ist. Diese Form der Selektion wünsche ich mir für den Luftweg auch. Heute sind wieder jede Menge Touristenmöwen unterwegs, und die schauen überall hin, nur nicht auf ihre Flugroute.

Was bin ich froh, als ich Westerland hinter mir gelassen habe. Das Auto des Pizzabäckers im Blickfeld, geht es weiter über Wenningstedt nach Kampen. Die dunklen Wolken über dem Ort passen zu meiner bedrückten Stimmung, und ich wünsche mir, dass der Pizzabäcker in Kampen anhält. Dann könnte ich nach Suzette suchen, aller Vernunft zum Trotz. Er tut mir aber nicht den Gefallen und fährt auf der einzigen Straße weiter gen Norden. Ich breite die Schwingen aus und lasse mich schicksalsergeben vom Wind vorwärts tragen, über eine phantastische Dünenlandschaft hinweg, wie ich sie auf noch keiner meiner Zugrouten ins Winterquartier gesehen habe. Zwischen dem Dunkelgrün und dem Violett der blühenden Heide erheben sich majestätische Wanderdünen – ein riesiger Sandkasten für alle Möwenkinder, in dem es sich herrlich ungestört spielen lässt. Es scheint ein Verbot für Menschen zu geben, hier hinaufzuklettern, nur selten stapfen sie in Gruppen durch den weichen Sand, angeführt von einer Art menschlichem Balthasar. Als erwachsene Möwe kann man hier natürlich auch sehr gut gewisse andere Dinge tun, aber an diesem für mich wunden Punkt will ich nicht rühren.

Zwischen den dunklen Wolken bricht die Sonne hervor, der helle Sand der Wanderdüne wirft ein gleißendes Licht zurück, und ich muss vor Schmerzen die Augen zusammenkneifen. Alle meine Sinne sind überempfindlich, vor allem aber rieche ich jetzt etwas. Ich rieche Austern! Eine kleine Fabrik am Straßenrand, wo die verlockende Delikatesse in riesigen Bottichen offen angeboten daliegt – und nicht wie bei den Zuchtbänken im Watt durch engmaschigen Draht vor unserem Zugriff geschützt wird.

Kann es denn wahr sein, dass keine Möwenbande über dieses Paradies wacht?

Ich weiche vom Kurs ab, gehe tiefer und fliege eine kleine Runde über das Gelände. Tatsächlich erspähe ich keinen meiner Artgenossen, auch keinen der fiesen Bodyguards von Mogulis – wäre ja möglich, dass ihm auch diese Fabrik hier gehört.

Zwischen Pflicht- und Hungergefühl hin- und hergerissen, schaue ich dem kleiner werdenden Auto des Pizzabäckers nach. Aber wohin anders soll er schon fahren, als nach List? Da ist Ende Gelände. Der nördlichste Punkt Deutschlands. Und bis er einen Parkplatz gefunden hat, habe ich mein Festmahl längst genossen. Ich checke noch einmal die Lage.

Tatsächlich, keine einzige Möwe weit und breit, nicht mal ein Mensch ist außerhalb des Gebäudes zu sehen. Ich verschwende noch einen kurzen Gedanken an unseren Scheff und vor allem daran, dass ich diesen Observationsauftrag nicht in den Sand setzen sollte, wenn ich meine Fluglizenz behalten will – dann aber siegt mein Beutetrieb über jegliche Vernunft.

Hals lang machen, Flügel einklappen und ab in den Sturzflug. Das Paradies kommt näher, Stück für Stück.

Whumm.

Verdammt, warum muss sich Paradies immer so scheiße anfühlen? Und wer, verflucht, hat diese Plexiglasscheiben über die Bottiche gelegt? Ohne schwarze Raubvögel als Warnung, wie das normalerweise an jeder gefährlichen Glasscheibe üblich ist? Ich werde mich bei der Möwenrechtskommission beschweren!

Sie schmunzeln? Sie haben dieses Missgeschick geahnt? Und trotzdem haben Sie mich nicht gewarnt? Na warten Sie nur, bis ich Sie irgendwo mit diesem Buch in der Hand erwische. Dann werde ich Ihnen ordentlich die Meinung kreischen.

Mit einem wehmütigen letzten Blick auf die Austern in den unsichtbar verschlossenen Bottichen erhebe ich mich in die Luft und habe nach wenigen Flügelschlägen den Hafen erreicht. Oha, da stehen aber viele silberfarbene Kleinwagen auf dem riesigen Parkplatz, an dessen Ende die Vergnügungsmeile beginnt. War vielleicht doch keine ganz so gute Idee, den Pizzabäcker aus den Augen zu lassen.

Hier herrscht vielleicht ein Trubel! In den Hafen passen zwar nicht mehr Schiffe als in das Hörnumer Planschbecken, aber auf der Fläche ringsherum geht es zu wie auf einer Kirmes. Es gibt ein Karussell, einen Spielplatz und vor allem eines: Fressbuden. Mit riesigen Schildern und farbenfrohen Anstrichen ringen sie um Aufmerksamkeit. Die Bretterkulisse mit der roten Aufschrift und dem Hummersymbol, die am nördlichsten Ende des Hafens steht, ist schon allein der Größe wegen ein wahrer Fresstempel. Alki hat mir mal erzählt, dass sein Großvater dieses Riesending schon kannte, als der Tempel noch eine einfache Fischbude war, in der es vor allem Aal zu erbeuten gab. Und ein unscheinbares Gebräu in einem Schälchen, das sich »Wahre Fischsuppe« nannte, aber selbst eine Möwe von Alkis Kaliber umhaute.

Von Alkohol will ich nichts mehr wissen. Ich wittere viel bessere Beute. Geschälte Krabben in Knoblauch, Flusskrebse und Lachsbrötchen mit Honig-Senfsauce. Dagegen bietet Kampen nur eine erlesene Vorspeise. Hier gibt es alles in Massen, auch die Menschen, die aus meiner Perspektive wie bunte Enten umherwatscheln und sich laut schnatternd darüber unterhalten, in welche der Fressbuden sie als Erstes gehen sollen. So viele Kinder, wie hier als Lockvögel ihrer Eltern fungieren, sieht man selten auf einem Haufen, und ich schließe daraus, dass alles bezahlbar ist. Mich jedoch interessiert vor allem eines: Wie komme ich an die Beute?

Such den Pizzabäcker, raunt mir das Engelchen auf meinem linken Flügel zu und zieht mich in einer Windböe in Richtung des großen Parkplatzes. *Komm zurück ins Paradies,* lockt das Teufelchen auf dem rechten Flügel. *Paradies ist Scheiße, sei vernünftig,* meutert das Engelchen. *Von Vernunft kannst du dich nicht ernähren,* entgegnet das Teufelchen und hat so verdammt recht damit. Natürlich käme es einem Selbstmord gleich, sich in dieses Revier einzumischen, allerdings wäre ich nicht der beste Späher auf der Insel, wenn ich jetzt nicht an der Hinterwand einer Imbissbude, die zum Hafen zeigt, etwas entdeckt hätte, was den Möwen, die hier herrschen, als Grenzverletzung nicht weiter auffallen dürfte. Ein Mann in Dreiviertelhose und abgetragenen Lederschlappen kauert zum Schutz vor der Entdeckung durch unsereins unter dem Dachvorsprung und pult Krabben. Einen ganzen Eimer voller Krabben. Mir läuft das Wasser im Schnabel zusammen. Aufgrund des überstehenden Daches ist die Beute tatsächlich nicht im Sturzflug zu kriegen. Also ist Bodenoffensive angesagt.

Ich lande und watschle auf dem schmalen Weg zwischen Hafenbecken und Häuserwand unauffällig näher. Angelegentlich betrachte ich die dümpelnden Boote und behalte den Krabbenpuler mit dem rechten Auge im Blick.

»Na, du hungrige Möwe, willste Krabben abhaben? Frisch vom Kutter.« Er hält mir eine ganze Handvoll dieser saftig glänzenden Tierchen hin.

Ich zögere. *Lass dich niemals von einem Menschen anlocken*, das ist die erste Lektion jeder Jungmöwe. Eine der wenigen Regeln, die ich in meinem Leben bisher stets beherzigt habe. Aber ich hatte auch in meinem ganzen Leben noch nie so tierischen Hunger. Er lächelt mir aufmunternd zu. Nein, nein, nein, predige ich mir selbst, weiche vor der Hand zurück und mache den Abflug.

Schweren Herzens erhebe ich mich in die Luft und kreise über den Imbissbuden. Noch während ich mit dem Teufelchen auf meiner Schulter diskutiere, werde ich wegen eines durchdringenden Signals auf ein Ausflugsschiff aufmerksam, das in den Hafen einläuft. An Deck des offenen Kutters mit dem markanten knallroten Rumpf drängen sich die Passagiere mit diesen merkwürdigen Apparaten, die sie sich immer wieder vor die Augen halten, um dann darauf zu drücken. Und jetzt sehe ich auch, worauf sie ihren Fokus richten. Jonathan ist auf der Reling gelandet. Er stolziert vor den Fahrgästen auf und ab und hält in immer neuen Posen inne. Eine wahre Menschentraube bildet sich um ihn. Der traut sich was. Nur was hat das mit der Suche nach unserem vermissten Knut zu tun?

Genau diese Frage stelle ich Jonathan, als ich flügelschlagend neben ihm herflattere.

»Geh mal mit deinem verbeulten Schnabel aus dem Kamerafeld«, schimpft Jonathan anstelle einer Begrüßung oder gar einer Antwort. Ich taste mit meinem Flügel nach meinem Schnabel. Tatsächlich, den habe ich mir volle Lotte beim Sturzflug ins Paradies verbeult. Hoffentlich gibt sich das ohne Algenverband.

»Den habe ich mir vorhin bei einer erfolgreichen Bodenoffensive im Nahkampf geprellt«, schreie ich Jonathan zu. Hört sich doch gut an, finden Sie nicht?

»Sieht eher so aus, als wärest du im Blindflug gegen eine Scheibe gedonnert. Und jetzt geh mir bitte aus der Sonne. Wie sieht das denn aus, wenn dein Schatten auf meine Federn fällt? Gleich ist die Fahrt vorbei, und die Touristen wollen noch ein paar hübsche Fotos von mir mit dem Hafen im Hintergrund machen.« Jonathan stellt sich ins Halbprofil, das Gesicht leicht schräg zu den Kameras gewandt. Das Gelb seines Schnabels hat er an einer Muschel frisch poliert, sein Gefieder auf Hochglanz geputzt, und für mich sieht es sogar so aus, als hätte er sich die Federn legen lassen, weil man das allein niemals so gut hinbekommt. Aber als Mann lässt man sich doch nicht die Federn legen! Das machen nur die Weibchen zur Balzzeit.

Seine äußersten sechs Handschwingen sind allerdings perfekt übereinanderdrapiert, von außen nach innen abnehmend schwarz, und zeigen regelmäßige weiße Tupfen auf den Spitzen, Tupfen, die sich in seiner Familie besonders schön ausgeprägt haben. Für eine männliche Möwe sieht Jonathan echt gut aus, das muss ich schon zugeben. Es kommt vor, dass fremde Reviermöwen ihn wegen seines guten Aussehens für ein Weibchen halten – die Geschlechter sind ja auch schwer zu unterscheiden, da kann es schon mal zu peinlichen Verwechslungen kommen –, aber Jonathan hat tatsächlich eine ziemlich rundliche, anmutige Kopflinie und einen kürzeren, nur leicht gebogenen Schnabel, wie er eben nur bei Weibchen üblich ist.

»Jonathan, komm bitte mit. Ich brauche dich. Wir haben einen Auftrag von unserem Scheff. Wir müssen den Pizzabäcker observieren. Der macht irgendwelche krummen Geschäfte.«

»Mit krummen Geschäften habe ich nichts mehr zu tun.« Jonathan breitet seine Flügel weit aus, und ein begeistertes »Ah«

schwappt aus der Menge zu uns herüber. »Hier verdiene ich mein Essen mit ehrlicher Arbeit. Die Besatzung legt mir nach jeder Fahrt frische Muscheln, Krabben oder Heringe hin. Vielleicht bringe ich es eines Tages bis zur Fotomodellmöwe auf einem Luxusliner.«

»Jonathan, hast du einen Sonnenstich? Hilf mir jetzt bitte, den Pizzabäcker zu suchen. Ich habe ihn aus den Augen verloren.«

»Der kann ja hier im Hafen nicht weit sein, die nächste Autofähre nach Dänemark geht erst in einer Stunde. Ich muss jetzt aber los, in fünf Minuten legt die ›Gret Palucca‹ ab. Es geht raus zu den Seehundsbänken mit Seetierfang. Für mich ist dieses Shooting wichtig, um mich auf meine Bewerbung vorzubereiten.«

»Bewerbung?«

»In zwei Tagen geht die ›MS Europa‹ in List vor Anker, da werde ich mich beim Kapitän um die Stelle als Schiffsbegleiter bewerben. Die suchen immer Möwen für ihre weltweiten Touren, habe ich gehört. Bei meinem Aussehen müssen die mich nehmen.«

»Du willst Model werden? Jonathan, vergiss es. Das wollen viele, aber nur die wenigsten können sich davon ernähren. Schlag dir die Idee aus dem Kopf und komm mit.«

»Nach Hause? Zurück auf das Dach des Crêpes-Standes und hoffen, dass wir unser kriminelles Leben eines Tages weiterführen können? Nein.«

Vor Erstaunen vergesse ich, mit den Flügeln zu schlagen. »Du lässt uns im Stich? Willst du nicht wissen, was mit Knut passiert ist? Und wenn du auf weltweite Tour gehst, wird es für dich noch viel schwerer werden, endlich ein Möwenweibchen zu finden.«

Jonathan schüttelt den Kopf. »Ich dachte immer, irgendetwas an mir wäre falsch, weil ich keinen Balz- oder Nestbautrieb habe – aber ich bin eben einfach anders. Und auf meiner Weltreise werde ich ein Land finden, in dem man mich so akzeptiert, wie ich bin.« Jonathan nimmt seine Bezahlung entgegen und verabschiedet sich mit dem Hering im Schnabel in den Segelflug. Er streckt die Flügel in elegantem Aufwärtsbogen weit aus und schwebt anmutig über den Hafen auf die »Gret Palucca« mit dem tiefschwarzen Rumpf zu.

Also ist es doch wahr, denke ich, Jonathan ist vom anderen Ufer – das Schlimme allerdings ist, dass er seine Bande im Stich lässt.

Wissen Sie übrigens, was passiert, wenn man bei Windstille vergisst, mit den Flügeln zu schlagen?

Hektisch schaue ich mich um, ob den Bauchplatscher im Hafenbecken auch keine andere Möwe gesehen hat. Peinlich, das passiert sonst nur einer Jungmöwe bei ihren ersten Flugstunden. Angelegentlich lasse ich mich im leichten Wellenschlag des Hafenbeckens treiben, aber das tut meinem Magen gar nicht gut.

Puh, selbst als ich wieder festen Boden unter den Füßen habe, ist mir noch ganz blümerant. Ich muss dringend was essen, sonst macht mein Kreislauf nicht mehr mit.

Der Mann mit den Krabben sitzt immer noch in gekauerter Haltung da und pult im Rekordtempo die Schale von den kleinen Tierchen. Das macht er sicher nicht erst seit gestern. An irgendwen erinnert mich der Kerl mit dem Spitzbart, nur an wen? Spitzbart. Ich bleibe abrupt stehen. Das ist der Mann von gestern Nacht, der in der Kampener Bar das Säckchen mit dem Schmuck vom Pizzabäcker entgegengenommen hat. Er schaut auf und streckt die Hand aus. »Na komm schon, ich tu dir nix. Komm, happi happi.« Der Kerl sieht eigentlich ganz nett aus.

Brauche ich die Einladung noch schriftlich? Ich hüpfe mutig voran. Näher, immer näher komme ich der ausgestreckten Hand. Ich mache meinen Schnabel auf, weit auf. Eine riesige Ladung Krabben landet in meinem Schlund. Doch noch bevor ich schlucken kann, ertönt direkt neben mir eine tiefe Männerstimme.

»Weg da, du Drecksmöwe!« Mich trifft ein gewaltiger Fußtritt. In hohem Bogen werde ich durch die Luft geschleudert und falle wie ein Stein ins Wasser. Wäre ich stattdessen auf eines der Schiffsdecks geknallt, wäre mein Leben jetzt vorbei. Ich tauche auf, will schreien und verschlucke mich dabei derart an den Krabben, dass ich alle wieder rauswürge.

»Mensch, Fietje, hast du gesehen, wie ich das Vieh durch die

Luft katapultiert habe?« Die Stimme gehört dem Pizzabäcker aus Hörnum.

»Aber ich habe sie angelockt. Gutes Teamwork«, ruft Fietje, der mit dem Spitzbart.

»Muss ein ganz schön blödes Möwenexemplar sein. Die lassen sich doch sonst nicht so leicht übertölpeln«, grient der Pizzabäcker.

»Aber astreine Flugeigenschaften hat sie, das muss man ihr lassen.«

Beide schütten sich über den Witz schier aus vor Lachen und achten nicht weiter auf mich. Mein Brustkorb tut mir weh, noch mehr aber schmerzt es mich, dass sie mich für dumm halten. Und dieser Schmerz wandelt sich in Wut, als Fietje den Eimer voller Krabbenschalen jetzt zurück ins Meer kippt. So schnell kann ich gar nicht schauen, wie sich eine Horde meiner Artgenossen über die Beute hermacht. Sie kommen von überall her, als hätten sie nur darauf gelauert. Ich fliege auf das Dach der grünen Imbissbude, halte mich an der Regenrinne fest und bringe mein Hinterteil über den beiden in Position.

»Drecksvieh!«

»So eine Sauerei.«

Mit fahrigen Bewegungen suchen die beiden nach Taschentüchern, und ich gackere vor Vergnügen, weil ich weiß, wie beschissen sie sich jetzt fühlen. Es dauert eine ganz Weile, bis sie einsehen, dass sie meine Hinterlassenschaften nicht so leicht loswerden.

»Eines Tages drehe ich einem dieser Viecher den Hals um!« Drohend hebt der Pizzabäcker den Arm, aber auf dem Dach bin ich in Sicherheit.

»Reg dich nicht auf, Möwenscheiße soll Glück bringen. Was hast du mir denn Schönes mitgebracht?« Fietje deutet auf die Einkaufstüte, die der blonde Pizzabäcker mit sich herumträgt.

Der nimmt einen in einen Lederlappen eingewickelten Gegenstand heraus.

»Noch mal Beute fürs Zwischenlager?«, fragt Fietje.

»Nein, Kumpel. Jetzt kommt Plan B. Eine Walther PPK mit

abnehmbarem Schalldämpfer. Die ist klein, passt in jede Damenhandtasche und hat immerhin sechs Schuss im Magazin. Vollmantelgeschosse mit hoher Durchschlagskraft und ohne Mannstoppwirkung, das heißt, du kannst allein mit einer Kugel fünf hintereinander stehende Menschen durchlöchern. War ein gutes Angebot auf dem Schwarzmarkt. Diese ehemaligen Dienstwaffen sind genial, und du kannst dich damit gleich als Bulle fühlen – du hast ja schließlich eine wichtige Mission. Astrein, oder?« Wieder lachen beide.

»Perfekt«, freut sich Fietje.

»Jetzt haben wir Knuts Mutter gnadenlos in der Hand. Die können wir auspressen wie eine überreife Zitrone. Was meinst du, wie viel kriegen wir aus ihr raus? Hunderttausend?«

»Jedenfalls hat die Alte genug Kohle, dass wir dieser Irreninsel den Rücken kehren können und irgendwo im Süden unter Palmen den Rest unseres Lebens nicht mehr arbeiten müssen.«

»Darauf müssen wir anstoßen«, sagt der Pizzabäcker und legt den Arm um den hageren Fietje. »Lass uns auf der Whiskeymeile was trinken gehen, bevor Plan B verwirklicht wird.«

»Die gute Frau isst immer um Punkt neunzehn Uhr zu Abend, das ist seit Jahrzehnten so. Sollen wir uns einladen? Ich weiß noch von früher, dass sie sehr gut kochen kann.« Fietje ist von seiner eigenen Idee Feuer und Flamme.

»Guter Plan. Aber genieß du das Essen mal allein. Ich muss mich auf der Whiskeymeile sehen lassen, ich brauche ja ein Alibi.« Noch einmal dröhnt das Lachen des Pizzabäckers durch den Hafen.

Es hallt mir noch in den Ohren nach, als ich Richtung Keitum fliege. Dieses Mal werden wir vorbereitet sein. Fietje wird zum Empfang ein wahres Möwenrollkommando erwarten.

***

Gilt eine einzelne Möwe als Rollkommando? Bin ich eigentlich nur von Dilettanten umgeben? Kann es so schwer sein, als ermittelnde Möwe in der Schoko-Crêpes auf dem zugewiesenen

Posten zu bleiben? Ich könnte mit dem Schnabel auf den blanken Stein hauen vor Wut.

Mein Plan war, Helgi vorzuwarnen, damit er am Haus von Knuts Mutter in Lauerstellung geht. Dann wollte ich nach Hörnum ins Basislager fliegen, um mit meiner Truppe im Rücken zurückzukehren.

Nun kreise ich stattdessen über Keitum und schreie nach unserem Auswanderer. Wo zum Geier ist Helgi abgeblieben? Weit kann er in diesem kuscheligen Kapitänsdorf ja nicht gekommen sein.

In Keitum ist die Zeit stehen geblieben. Das liegt wohl auch an der beschaulichen Wattlage des Ortes, fernab der meterhohen Nordseebrandung und des Westerländer Trubels. Der Geist unserer Vorfahren, die früher mit den Walfängern zur See fuhren, schwebt noch heute über Keitum. Wenn ich die schmucken Friesenhäuser betrachte, sehe ich förmlich die Kapitänsmöwen den Giebel entlangschreiten und huldvoll mit dem Flügel winken. Goldene Zeiten waren das, in denen unsere Vorfahren mit fetten Bäuchen nach Hause kamen. Oft genug aber blieben sie auch auf See zurück und galten als verschollen. Helgi wird doch nicht versucht haben, über das Watt zurück nach Helgoland zu kommen?

Die Keitumer Möwen gleiten wie von einer unsichtbaren Hand gebremst in ruhigem Segelflug dahin, ich bin der Einzige, der mit seinem Geschrei und einem nervösen Kurvenflug die Idylle stört.

Beim Landeversuch in der Ortsmitte breche ich mir auf dem Kopfsteinpflaster beinahe beide Beine und höre menschliches Lachen. An der Bushaltestelle warten die Touristen in Strandkörben – das ist für sie schon deshalb angenehm, weil die Wartezeit ziemlich lang werden kann, wenn man die Linie davor knapp verpasst hat. Tja, fliegen müsste man können, nicht nur lachen.

Keitum ist wie Kampen ohne Whiskeymeile. Auch hier reihen sich teure Geschäfte aneinander. Es gibt glitzernden Schmuck, und die Menschen können sich edle Federkleider kaufen. Nur das Nachtleben sucht man vergeblich. Und ich Helgi.

Dafür entdecke ich etwas anderes. Ich hüpfe näher an das heran, was da vor einem der Geschäfte auf dem Boden liegt: eine Sonnenbrille mit knallrotem Gestell! Okay, nicht Marke Stubenfliege, wie Suzette sie sich so sehnlich wünscht, aber es ist eine Sonnenbrille. Dieses kleine Modell, das offenbar ein Jungmensch hier verloren hat, ist an den Bügeln mit einem Gummiband ausgestattet, sodass die Brille Suzette sogar passen müsste. Ich checke kurz die Lage, dann schnappe ich mir das knallrote Gestell.

Wieder hoch oben in der Luft überkommt mich ein wahres Glücksgefühl. Jetzt kann ich Suzette ein Geschenk machen, etwas, was sie sich schon so lange wünscht. Das wird mir ihre Aufmerksamkeit sichern, und vielleicht vergisst sie Mogulis für einen Augenblick, sodass ich mit ihr reden und ihr meine Gefühle gestehen kann.

Aber erst mal muss ich Helgi finden. Ich setze mir die Sonnenbrille probehalber auf und watschle die verschlungenen, von Friesenwällen, Bäumen und Syltrosen gesäumten Gässchen entlang.

Whumm.

Verdammt! Das haben Sie gerade nicht gesehen, ja? Der Baumstamm, gegen den ich gesemmelt bin, war eben noch gar nicht da. Unpraktisches Ding, diese Sonnenbrille. Weibchen haben echt seltsame Wünsche.

Ich richte meinen umnachteten Blick in Bauerngärten rechts und links des Weges. Dabei krächze ich, mittlerweile heiser geworden, Helgis Namen.

Irgendwann bin ich am nordöstlichen Ortsrand angekommen und lasse mich erschöpft auf dem Kamin eines Reetdachhauses in vorderster Linie zum Watt nieder. Ich habe den Schnabel gestrichen voll. Von der Sonnenbrille *und* von meiner Truppe. Haben die wirklich nichts Besseres im Sinn, als sich in alle Winde zu zerstreuen?

Der Wind frischt auf. Ich lege die rote Sonnenbrille auf dem Dach ab und spähe zum östlichen Küstenbereich hinüber, der in sattem Farbspiel in der Sonne leuchtet. Das Morsum Kliff mit seinen verschiedenen Gesteinsschichten ist nicht zu verfehlen, aber außer einem von meinen Artgenossen bereits gut bewachten Kaffeegarten gibt es dort keine leckere Beute zu holen. Trotzdem habe ich damals mit meiner ersten Saisonpartnerin das Nest dort gebaut. Die Menschen dürfen sich am Morsum Kliff nämlich nur auf bestimmten Pfaden bewegen und müssen ihre Vierbeiner anleinen. Leider haben wir mitten in die Sahara gebaut. Ja, sie haben richtig gelesen. Auf Sylt, am Morsum Kliff, und trotzdem mitten in der Sahara. Wir hatten uns zuerst auch gewundert, warum da keine andere Möwe ein Nest baut, aber wir fanden es ganz schick, ein bisschen für uns zu sein. Bis es uns ziemlich warm unterm Flügel wurde und die älteren Vögel uns lachend erklärten, dass man in dieser Mulde im Sommer ganz schnell zum Grillhähnchen werden kann. Woher genau diese Hitzeentwicklung kommt, konnte mir Balthasar auch nicht erklären, und er ist sich sicher, dass es die Menschen ebenfalls nicht wissen – also Federn drüber, wir waren eben noch jung und unerfahren. Aber ganz ehrlich, das beschauliche Leben an einem Ort, an dem man das Gefühl hat, die Welt sei zu Ende, das war nichts für mich. Das Nahrungsangebot aus dem Watt war zwar für unsere Küken top, mir hingen die Wattwürmer jedoch bald zum Hals raus. Und damit begann meine kriminelle Karriere.

Ich mache mir Sorgen um Helgi. Hat es ihm nicht mehr bei uns gefallen, hat er die Gunst der Stunde genutzt, um sich von der Gruppe abzuseilen, oder ist ihm was passiert? Mir kommt die Idee, dass er vielleicht nebenan in dem Café mit Wattblick in Lauerstellung auf eine Friesentorte mit Bauchwehcreme gegangen sein könnte, aber dort sehe ich ihn auch nicht. Mein Blick schweift weiter nach links über eine gebogene Holzbrücke, die dort wie vom Himmel gefallen an der Grenze zwischen Watt- und Heidelandschaft den Boden überspannt. Kein Graben, kein Wasser. Die spinnen, die Menschen.

Ich überblicke das Gebiet bis nach Munkmarsch, kann sogar den kleinen Segel- und Jachthafen erkennen, sehe aber nur Säbelschnäbler und Austernfischer durch das Watt staksen. Bis zum Horizont nichts als schlüpfriges, von Würmern wimmelndes Watt.

Ich rufe noch einmal nach Helgi.

»Ich bin hier, Ahoi!«

Vor Schreck falle ich fast vom Kamin. Das gibt's doch nicht? Die Stimme ist nur gedämpft zu hören gewesen, aber es war eindeutig die von Helgi.

»Helgi, wo steckst du denn?«

»Hier unten im Haus.« Der Wind pfeift so stark, dass ich ihn kaum verstehen kann.

Ich kralle mich am Kaminrand fest und schaue hinunter. Es ist ein enger Schlund, anfangs gerade mal möwendick, der sich nach unten hin verbreitert. Dort sitzt ein schwarzes Federvieh und schreit mit der Stimme von Helgi: »Das ist der Knaller hier drin!«

»Wie bist du denn da reingekommen?«

Er ruft etwas, was nur unverständlich bei mir ankommt.

»Ich kann dich nicht verstehen, der Wind …« Ich beuge mich weiter nach vorn. Zu weit. Eine Windböe erwischt mich am Hintern, und ich sause den Kaminschacht hinunter. Ungebremst lande ich auf meinem Kinn, die Beine noch in der Luft, dann knalle ich auf meinen Bauch und bleibe platt wie eine unter die Räder gekommene Möwe liegen. Einen dämlichen Augenblick lang bin ich froh, dass es meinen Schnabel nicht noch einmal erwischt hat, bis mir klar wird, dass ich anstelle von Helgi nur Sternchen vor mir sehe. Ich blinzle, bis das Bild vor meinen Augen wieder klar ist. Ich bin – dem Möwenhimmel sei Dank – erstaunlich weich auf den erkalteten Kohlen inmitten einer gemauerten Feuerstelle gelandet. Einer Feuerstelle, die sich in einem dieser Räume befindet, in denen Menschen meines Wissens nach ihre Beute zubereiten. Zumindest hängen Schinkenkeulen von der Decke, und Töpfe mit Körnern stehen in einer Nische. Nur Helgi sehe ich nicht.

»Geh schofort mit deinem Arsch von meinem Geschischt runter!«

»Sorry, Kumpel.« Ich rapple mich auf und trete einen Schritt beiseite.

Helgi schüttelt sich. »Um deine Frage zu beantworten: So

in etwa bin ich auch hier reingekommen – nur bin ich nicht so weich gelandet wie du.«

»Machst du mir jetzt etwa Vorwürfe? *Du* hast doch deinen Posten verlassen und bringst uns in Schwierigkeiten. Was hast du hier drin überhaupt zu suchen?«

»Meine Wurzeln.«

»Deine … bitte was?«

»Ich arbeite meine Vergangenheit auf. Im angrenzenden Stall hat mein Urgroßvater zusammen mit Kühen, Schweinen und Ziegen gelebt. Ich habe das Haus nach den Erzählungen meiner Tante wiedererkannt und mich auf die Spuren meiner Vorfahren begeben. Hat mich einer von euch mal gefragt, wer meine Eltern sind? Ich weiß es nämlich nicht. Sie haben das Nest verlassen, als ich noch ein Ei war. Sie haben mich im Stich gelassen und sind von Helgoland abgehauen, weil sie auf dem senkrecht abfallenden Brutfelsen dort eine scheiß Höhenangst hatten. Hast du diesen Wahnsinn jemals gesehen? Die Nester sind wie an die Wand geklebt, unter einem die tosende Nordsee. Das ist echt nur was für Möwen, die auf Hardcore stehen. Meine Tante hat mich auf einem Felsvorsprung ausgebrütet, auf dem gerade mal das Nest Platz hatte, und mir Geschichten von meinem Urgroßvater erzählt, der mit den Sylter Walfängern zur See gefahren war und in genau diesem Haus in Keitum gelebt hat. Es ist alles noch so, wie sie es beschrieben hat.«

»Bist du des Menschen fette Beute? Du bist einfach so durch das Haus gehüpft und hast dir alles angeschaut? Ist hier drin keiner?« Mir bleibt der Schnabel offen stehen.

»Hältst du mich echt für so blöde? Nicht nur du kannst die Lage checken. Das hier ist ein Museum, in dem die Menschen alte Dinge sammeln und aufbewahren. Ich kenne das von Helgoland. Ich habe gewartet, bis der Letzte gegangen war und jemand die Tür abschloss. Dann habe ich mich durch den Kamin ins Innere gestürzt und mich ein wenig umgesehen. Als ich durch den Kamin wieder hinauswollte, habe ich festgestellt, dass es nicht klappt. Der Schlund wird nach oben hin viel zu eng, als dass man noch mit den Flügeln schlagen könnte.«

Ich kann es kaum glauben. »Ja, ich halte dich für blöd!«, kreische ich. »Saublöd sogar! Wenn das hier ein Museum ist, in dem nur tagsüber Menschen sind, dann kommen wir hier vor morgen Vormittag nicht wieder raus. Müssen wir aber, weil der Pizzabäcker und sein Kumpan planen, Knuts Mutter zu überfallen. Fietje hat sogar eine Waffe.«

»Und dich da einzumischen, hältst du für schlau? Nee danke, da übernachte ich lieber in diesem Museum.«

»Wir müssen den Typen das Handwerk legen. Womöglich haben sie Mensch-Knut auf dem Gewissen und werden die arme alte Frau jetzt auch noch umbringen. Das müssen wir doch verhindern.«

»Wir zwei? Bist du von allen guten Geistern verlassen?«

»Nein, nur Suzette und Jonathan fehlen. Und wenn ich dich nicht hätte suchen müssen, wäre ich längst in Hörnum und hätte die übrige Bande zusammengetrommelt. Wenn Harry mit seiner Spannweite den Fietje angreift und wir in Formation hinterherfliegen, haben wir eine echte Chance. Und jetzt lass uns einen Ausgang suchen.«

Unmotiviert watschelt Helgi hinter mir her. Wir gelangen in einen Raum mit bemalten Fliesen an den Wänden. Auch die Holzdecke ist bemalt. Die wuchtigen Stühle am Tisch sehen wenig bequem aus, weil sie gedrechselte Lehnen besitzen. Überhaupt ist alles ziemlich edel hier drin. Eine goldene Karaffe steht auf dem Kamin und ebensolche Kerzenleuchter auf dem Fenstersims. Ich hüpfe dort hinauf und nehme einen der kleinen Metallhaken in den Schnabel, mit dem dieses verdammte Fenster eigentlich aufgehen müsste. Es will mir aber nicht gelingen, ihn zu bewegen.

»Helgi, hilf mir mal … Helgi?«

»Hier bin ich. Boah, das ist tierisch bequem!« Helgi hat sich in ein Bett geworfen, das, halb von einer Wand verborgen, in einer Nische steht. »In diesem Alkoven hat schon mein Urgroßvater gelegen, wenn die Menschen nicht zu Hause waren.«

»Spinnst du? Raus da mit dir. Du bist doch schwarz wie ein Rabe.«

»Na und? Du doch auch. Auf dem Fensterbrett sind überall deine Fußabdrücke.«

»Das ist mir schietegal. Ich versuche, das Fenster aufzukriegen.«

»Geht nicht, hab ich auch schon probiert«, sagt Helgi und wälzt sich wohlig fiepend im Bett. »Ich will hier auch gar nicht mehr raus. Zum ersten Mal in meinem Leben fühle ich mich irgendwie zu Hause. Kannst du mir das glauben?«

»Nein, kann ich nicht. Ich will nämlich raus hier und Knuts Mutter vor diesen Gangstern retten!«

»Ich hab dich nicht gebeten, reinzukommen. Du bist von selbst durch den Kamin gefallen.«

Nach diesem Spruch hat Helgi ein paar Federn weniger. Er pflegt die schmerzenden Stellen und guckt mich böse an. Dann hält er es aber doch für besser, mit einer, wie ich zugeben muss, guten Idee um die Ecke zu kommen: »Wir stapeln alles, was sich in diesem Haus findet und was wir zusammentragen können, im Kaminschacht übereinander, so hoch, bis wir hinausklettern können. Wenn das Museum morgen öffnet, werden sich die Menschen wundern«, sagt Helgi und lacht aus voller Kehle.

Um kurz vor neunzehn Uhr sitzen wir, man mag es kaum glauben, nahezu vollzählig auf dem Dach des Hauses von Knuts Mutter. Ich habe die restliche Truppe aus Hörnum geholt, und wir haben uns in Position gebracht. Zumindest diejenigen Möwen, die von unserer Bande noch übrig sind: Harry, Grey, Alki, Balthasar und unser Scheff. Helgi genießt es sichtlich, endlich mal im Mittelpunkt zu stehen. Während er unsere Erlebnisse im Museum und jetzt auch noch die Abenteuergeschichten seines Urgroßvaters zum Besten gibt, beobachte ich nervös die Straße.

Wie konnte ich nur der wahnwitzigen Idee verfallen, mit dieser Gurkentruppe einen menschlichen Überfall vereiteln zu wollen? Schon der Flug von Hörnum nach Keitum war ein einziges Abenteuer. Unser kurzsichtiger Scheff führte die Formation an, dicht gefolgt von Alki, der trotz seiner Sehkraft Kurven flog, und unserem Jungspund Grey, der seinen aufgeregten Schnabel gar nicht mehr zubekam, weil er es gar nicht erwarten konnte, einen echten Raubüberfall mitzuerleben. Ohne seinen Vater Harry und unseren schlauen Balthasar wären wir wohl nie in Keitum angekommen.

Immerhin hatte sich Helgi in der Zwischenzeit brav auf dem Hausdach von Knuts Mutter in Stellung gebracht. Bei unserer Ankunft meldete er keine besonderen Vorkommnisse. Es war ja aber auch noch nicht neunzehn Uhr, wie uns die Glockenschläge der Keitumer Kirche verrieten. Die Sankt-Severin-Kirche liegt etwas außerhalb des Ortes auf einer Anhöhe. Der rote Backsteinturm setzt sich markant gegen den blauen Himmel und das üppige Wiesengrün ab und wirkt für eine Kirche zugleich unscheinbar. Viele Möwen verirren sich nicht dorthin, dafür umso mehr Menschen.

Knuts Mutter lebt in einem großen Friesenhaus mit grünen Fensterumrandungen und einer schmucken Haustür. Darüber steht in verschnörkelten Zahlen das Jahr 1786, wie Balthasar abgelesen hat. In dem großen Garten sieht alles sehr ordentlich aus. Kein Unkraut sprießt in den Blumenbeeten, in dem Apfelbäumchen sitzt ein Rotkehlchen, und im Gartenteich planscht eine Jungmöwe. Eine Jungmöwe?

»Grey, komm sofort raus da!«, schreie ich, und Harry flattert in den Garten, um seinem Ausreißer-Sohn die Federn zu lesen.

In diesem Augenblick kommt Fietje-Spitzbart auf einem Roller um die Ecke gefahren. Er stellt ihn vor dem Haus ab, geht schnurstracks auf die Eingangstür zu und klingelt. Es hört gar nicht auf zu klingeln, obwohl er den Finger längst schon wieder von der Klingel weggenommen hat. Ich wundere mich kolossal, und Fietje guckt auch ganz irritiert – vor allem nach oben zu uns. Mir wird klar, dass gleichzeitig mit der Türklingel dieses verfluchte Handy unter Balthasars Flügel losgegangen ist.

»Mach endlich, dass dieses blöde Ding zu bimmeln aufhört«, keife ich. »Der guckt schon ganz komisch.«

Da macht Knuts Mutter die Tür auf.

»Fietje, wie nett, das ist ja eine Überraschung.« Sie geht im Hausmantel auf ihn zu und gibt ihm die Hand. Oder besser:

die Pranke. Eine arme, alte Frau sieht definitiv anders aus. Man hat den Eindruck, ein mit bunten Blümchen bemalter Bauernschrank würde auf Fietje-Spitzbart zutreten. Letzterer ist von Knuts Mutter so ziemlich genau die halbe Portion.

»Guten Tag, Frau Johannsen. Ich freue mich auch, Sie zu sehen.«

»Was gibt es denn, Fietje? Das ist ja wie in früheren Zeiten, als du nach der Schule vor der Tür standest und mit Knut spielen wolltest. Nur jetzt ... ist mein Sohn nicht mehr da.« Sie holt ein Taschentuch aus ihrem geblümten Hausmantel. »Entschuldige meinen Aufzug, ich habe heute gar keinen Besuch mehr erwartet.«

Also wenn diese Frau früher nicht mal Boxweltmeisterin war, dann fresse ich eine Gräte. Sie könnte sich locker gegen Fietje zur Wehr setzen – aber auch, wenn er eine Waffe hat? Es sieht im Moment allerdings nicht im Entferntesten so aus, als würde er überhaupt davon Gebrauch machen.

»Ach, Frau Johannsen, ich war nur gerade zufällig in der Gegend und wollte einfach kurz vorbeischauen und hören, wie es Ihnen geht.«

»Wie soll es mir schon gehen, nachdem sich mein Sohn umgebracht hat und der Krebs meine Lebensuhr rapide rückwärts dreht?«

»Entschuldigung, Sie brauchen bestimmt viel Ruhe. Es war dumm von mir, Sie einfach so zu stören.«

Harry und Grey landen neben mir. Harry schaut sich mit schräg geneigtem Kopf die Szene unter uns an und tippt sich dann an die Stirn. »Überfall auf Knuts Mutter? Möwenrollkommando? Sag mal, Ahoi – ist bei dir alles fit?«

Auch mein Scheff zieht die Stirn in krause Federn und neigt den Kopf zu mir rüber, die Augen leicht zusammengekniffen. Ich weiß, was er denkt: Restalkohol.

Grey wendet sich von uns ab und läuft zum anderen Ende des Dachfirsts. »Boah, ist das peinlich mit den Alten«, mault er. »Voll verpeilt sind die.«

Ich zweifle nun auch an meinem Verstand. Aber ich habe die

Waffe doch gesehen und mir das Gespräch mit dem Pizzabäcker sicher nicht eingebildet. Dafür war der Freiflug ins Hafenbecken zu schmerzhaft und das Wasser zu kalt.

»Ach was, Fietje, ist doch nett, dass du vorbeischaust. Der Krebs frisst meine Bauchspeicheldrüse auf, ob ich nun im Bett liege oder nicht. Momentan geht es mir ja noch sehr gut. Beim Arzt war ich nur wegen meiner Rückenschmerzen und dieser häufigen Bauchschmerzen. Er hat die Symptome erst mal abgetan – typische Zipperlein im Alter, hat er gesagt. Den Krebs hat er zufällig entdeckt. Ein halbes Jahr bleibt mir noch, höchstens. Wahrscheinlich eher drei Monate. Aber was schnacken wir hier wie an der Klöntür, komm doch rein.«

»Ach, Frau Johannsen, heutzutage gibt es doch Chemotherapien. Sie sind doch noch nicht alt, Sie könnten noch ein langes Leben haben.«

»Spätstadium. Der Krebs ist unheilbar und aggressiv. Und trügerisch, weil er sich lange unbemerkt in meinem Körper versteckt hat. Ich bin von der Diagnose direkt ins Spätstadium gerutscht. Noch sehe ich aus wie das blühende Leben, aber bald gibt es für mich nur noch Schmerztherapie. Meinen dreiundsiebzigsten Geburtstag werde ich mit Sicherheit nicht mehr erleben. Der Wahrsager damals hatte wieder recht. Er hat meinem Mann und mir kein hohes Alter vorhergesagt. Der Tod meines Mannes sollte schnell und schmerzlos sein – und er hatte vor sieben Jahren tatsächlich diesen Autounfall. Mir hat er einen langsamen und qualvollen Tod prophezeit. Er wird wieder recht behalten.«

Ich habe keine Ahnung, worüber sich die da unten so lange unterhalten, aber wenn Knuts Mutter einen Krebs gefangen hat, den sie nun doch nicht haben will, dann soll sie ihn doch wieder ins Meer schmeißen. Jedenfalls hat das Gespräch mit einem Überfall bisher so viel zu tun wie ich mit Wattwürmern. Ich setze Suzettes Sonnenbrille auf und möchte am liebsten im Erdboden versinken.

»Nu aber mal Butter bei die Fische, Fietje. Wo drückt der Schuh? Du hast doch etwas auf dem Herzen. Magst du nicht hereinkommen?«

»Doch, gern, aber ich möchte Sie wirklich nicht stören, Frau Johannsen.«

Knuts Mutter gibt Fietje einen Wink, ihr ins Haus zu folgen. Und kaum hat sie ihm den Rücken zugekehrt, zückt Fietje die Waffe und hält sie ihr ins Genick. Scheiße, jetzt geht das doch los.

»Ich halte mich auch nur so lange bei Ihnen auf, bis Sie uns bezahlt haben. Wollten Sie Boy nur mit Schmuck und ein paar tausend Euro abspeisen? Wir wollen alles – alles, was Sie haben.«

»Du und der Pizzabäcker? Unter einer Decke? Nein! Hilfe! Hiiilfe!«

»Sei still! Du weißt, was auf dem Spiel steht. Willst du deinen Sohn wiedersehen? Das könnte ganz leicht geschehen.«

Die Tür fällt ins Schloss.

Drinnen herrscht erschreckende Stille. Kann sie sich gegen ihn zur Wehr setzen? Ein Schrei von einer weiblichen Stimme. Offenkundig nicht.

»Wir müssen Knuts Mutter retten!«, ruft unser Scheff. »Die Dame ist in höchster Not.«

»Zur Stelle.« Harry salutiert. Dann lässt er den Flügel wieder sinken. »Es gibt keine Zugriffsmöglichkeit, die Haustür ist zu.«

Helgi und ich schauen uns an. Wir denken offenbar dasselbe. Ich hüpfe auf den Kamin, halte meine Sonnenbrille mit beiden Flügeln fest und rufe: »Attacke! Alle Mann mir nach!«

Binnen Sekunden purzeln sieben schwarze Feder-Ungetüme aus dem Kamin und landen im eleganten Wohnzimmer des Friesenhauses. Knuts Mutter fasst sich ans Herz und stößt einen weiteren Schrei aus, der noch gellender klingt als der davor.

Harry breitet die Flügel auf einen Meter sechzig Spannweite aus und flattert auf Fietje zu, wir düsen in Formation hinterher. Okay, Alki torkelt aus der Reihe, und unser Scheff muss von Balthasar in die richtige Richtung geschoben werden – aber unser Auftritt zeigt Wirkung.

Fietje-Spitzbart weicht zurück. »Scheiße, schon wieder diese verdammten Viecher. Werde ich von denen verfolgt? Ich knall euch alle ab!« Er zielt mit der Waffe auf uns. Neben mir stöhnt Helgi auf und fällt um. Das war zu viel für seine Nerven.

Fietje hält die Waffe auf uns gerichtet, der Schweiß steht ihm auf der Stirn, aber er scheint wild entschlossen zu sein. Jetzt geht mir doch die Muffe. Im Fernsehen sieht das alles leichter aus, wenn wir uns beim Public Viewing am Sonntagabend auf einem Balkongeländer aufreihen und den »Tatort« anschauen.

Da wir alle in Schockstarre verharren, richtet er die Waffe wieder auf Knuts Mutter. »Gib dein Bargeld und den restlichen Schmuck her. Du hast doch sicher noch viel mehr im Haus, als du Boy gegeben hast.«

»Ich habe nicht mehr. Wirklich nicht«, haucht Knuts Mutter. Sie ist ganz bleich und weicht zurück, bis sie an den Ohrensessel mit vergoldeter Holzlehne stößt. Erinnert mich an die Einrichtung im Museum, nur dass hier zusätzlich noch schemenhafte Landschaftsbilder hängen, die so aussehen, als seien Möwen mit bunt bemalten Füßen über das Bild getappt. Nicht ganz mein Stil.

»Willst du deinen Sohn wiedersehen, ja oder nein?«, fragt Fietje und kneift grimmig die Augen zusammen.

»Dort drüben in der Kommode liegen fünfhundert Euro, noch ein bisschen Schmuck und in einer schwarzen Schachtel die Rolex meines Mannes, Gott hab ihn selig.«

»So wenig ist dir das wert? Ich mache dir einen Vorschlag: Dein Erspartes von der Bank gibst du uns noch dazu. Bis in drei Tagen hast du hunderttausend Euro organisiert. In kleinen Scheinen, hörst du? Und keine Tricks. Wenn du das Geld beisammenhast, hängst du ein weißes Handtuch an die Wäscheleine. Wir teilen dir dann die Übergabemodalitäten mit.« Fietje geht mit gezückter Waffe zur Kommode und holt das Geld und die Uhrenschachtel heraus. Er findet auch noch ein paar kleine Schmuckschatullen, die er unbesehen einsteckt.

Plötzlich wird Fietje von der Seite angegriffen. Von Alki! Mit ihm hat niemand gerechnet, am allerwenigsten Fietje. Mit einem gezielten Angriff jagt Alki ihm die Waffe ab, packt sie fest mit seinen Krallen und flattert damit in den Kamin.

Jetzt sind wir an der Reihe. Wie auf ein unsichtbares Kommando hin flattern wir alle kreischend auf Spitzbart-Fietje zu.

Der reißt die Augen weit auf und ist einen Moment wie gelähmt. Dann löst sich seine Erstarrung. »Verfluchte Scheiße, das ist ja wie bei Hitchcock hier!«, ruft er und macht, dass er wegkommt.

Knuts Mutter hält sich an der Stuhllehne fest und starrt zum Kamin, aus dem Alki, frisch geschwärzt, gerade wieder herauswankt. Er holt die Waffe unterm Flügel vor und übergibt sie unserem Scheff.

»Hinterher«, ruft Baron Silver de Luft augenblicklich, »alle Möwen Fietje hinterher!«

»Aber Scheff, das geht nicht«, sagt Balthasar und bremst damit alle aus.

»Ihr macht, was ich euch sage!«, kreischt unser Scheff und flattert mit aufgespannten Flügeln.

Das wäre das erste Mal, denke ich mir im Stillen.

»Alle Möwen hinterher, habe ich gesagt!«

»Aber Scheff«, sagt Balthasar und tritt mit den Füßen auf der Stelle. »Alle Möwen geht wirklich nicht – Helgi ist immer noch ohnmächtig, der kann nicht fliegen.«

Unser Scheff stöhnt auf. »Warum straft mich der heilige Albatros nur mit dieser Truppe? Was habe ich getan? Also gut – Balthasar, du packst den ohnmächtigen Helgi an den Schwanzfedern und schleifst ihn zum Gartenteich.«

»Okay, ich guck mal, ob ich eine Erste-Hilfe-Äbb habe.« Mit diesen Worten zieht Balthasar sein Smartphone unterm Flügel vor.

»Pack das Ding weg, du sollst Frau Johannsen nicht noch mehr irritieren. Sobald Helgi wieder zu sich gekommen und flugtauglich ist, kommt ihr nach.«

Unser Scheff hat recht, Knuts Mutter sieht wirklich so aus, als würde ihr Kreislauf nicht mehr lange mitmachen. Sicherheitshalber nehme ich meine Sonnenbrille ab und verstecke sie auch unterm Flügel.

Baron Silver de Luft hingegen prüft den Sitz seiner Thunfischdose, tritt vor Frau Johannsen und salutiert. Okay, es sieht mehr so aus, als würde er sich den Flügel vor die Stirn schlagen, aber ich glaube, das ist der guten Frau ohnehin egal, die blasser und blasser wird. »Gnädige Frau, seien Sie ganz unbesorgt. Wir werden den Fall restlos aufklären und uns den Gangster schnappen. Wir werden Ihnen Ihren Sohn zurückbringen, das schwöre ich Ihnen.«

Mit einem Aufseufzen fällt die gute Dame zu Boden, direkt neben Helgi. Das war knapp.

»Um Frau Johannsen ebenfalls kümmern, Balthasar«, kommandiert der Scheff.

»Aber mein Erste-Hilfe-Schein ist so alt wie meine Fluglizenz.«

»Gesicht abschlecken, an den Ohren knabbern. Das wirst du doch wohl noch hinkriegen.«

»Ich bin doch nicht der Bernhardiner-Hilfsdienst!«

»Du machst, was ich dir sage«, kreischt unser Scheff und erhebt sich in die Luft. Er fliegt los, und ich will ihn noch warnen, dass das nicht der Weg zur Ausgangstür ist, sondern die Glastür, die zur Küche führt.

Zu spät.

Baron Silver de Luft prallt an der Glastür ab, schüttelt sich das Gefieder, rückt seine Thunfischdose zurecht und dreht sich breitbeinig zu uns um. Wir senken die Köpfe. Nicht lachen, denke ich. Nicht lachen.

»Alle Mann mir nach! Ahoi, du fliegst voraus. Und wehe, einer aus der Truppe findet das komisch.«

***

Truppe … denke ich beim Losfliegen resigniert. Grüppchen wäre wohl der passendere Ausdruck für die gerade mal fünf Möwen, die, mich eingerechnet, nun versuchen, die Spur von Fietje-Spitzbart aufzunehmen.

Immerhin gelingt es mir recht schnell, ihn auf seinem Roller zu erspähen. Dem Möwenhimmel sei Dank noch vor dem Kreisverkehr – denn vor Keitum kreuzen sich die Hauptverkehrsachsen. Nach Norden geht es in Richtung Kampen und List, nach

Osten in Richtung Archsum und Morsum und nach Westen in die Metropole, die Keitum zu Zeiten meines Großvaters als Hauptstadt den Rang abgelaufen hat.

Fietje entscheidet sich mit einem waghalsigen Abbiegemanöver für den schnurgeraden Feldweg durch die Tinnumer Wiesen. Ein Feldweg, der friedlicher nicht sein könnte, mit grasenden Kühen, Pferden und Schafen auf den endlosen Weiden – wenn er nicht als Umgehungsstraße von Westerland und damit als Rennstrecke genutzt werden würde.

Fietje schaut sich während seiner rasanten Fahrt immer wieder um, er sieht, dass wir hinter ihm sind. Okay, »wir« ist relativ. Eigentlich nur ich. Harry ist damit beschäftigt, unseren Scheff auf Kurs zu halten, während Grey sich einen Spaß daraus macht, Alki durch wahllos zugerufene Richtungswechsel von selbigem abzubringen. Alki zittern mächtig die Flügel, und er ruft bei jeder Kurve: »Ich kann nicht mehr, ich kann nicht mehr!«

»Grey, lass sofort unseren Alki in Ruhe.«

»Ey, ich mach doch gar nix, der fliegt von selber Kurven!«

»Grey …«, droht Harry, aber auch er sieht schließlich ein, dass jetzt keine Zeit für Diskussionen ist. Alki muss irgendwie durchhalten, auch wenn er nicht danach aussieht.

Das Gekreische, das wir veranstalten, genügt aber offenbar, um Fietje in Angst und Schrecken zu versetzen. Er beugt sich tief über seinen Lenker und gibt noch mehr Gas. Dem werden wir es heimzahlen! Als Erstes soll er den Schmuck rausrücken, und dann werden wir aus ihm rauspressen, wo Mensch-Knut ist. Ich gehe tiefer und nähere mich bis auf wenige Flügelschläge dem Roller. Meine Augen tränen von den Abgasen, ich bekomme schlecht Luft, aber das ist mir alles egal. Wenn Suzette mich jetzt nur sehen könnte, wie ich diesen Gangster heldenmutig zu stoppen versuche. Immerhin weiß ich meine Jungs hinter mir. Mehr oder weniger. Ich setze die Sonnenbrille auf, stoße einen markerschütternden Schrei aus, noch zwei, drei Flügelschläge … geschafft! Ich lande auf Fietjes Helm und sauge mich mit meinen Schwimmhäuten fest. Mission eins: erfolgreich.

Halleluja, jetzt fährt Fietje Schlangenlinien – ein entgegenkommender Radfahrer rettet sich durch einen beherzten Sprung in den Wassergraben. Fietje schreit unter seinem Helm, wirft den Kopf hin und her, aber so leicht lasse ich mich nicht abschütteln und klammere mich mit den Flügeln fest. Waah, was macht der denn jetzt?

Vollbremsung. Mit Absicht, um mich abzuschütteln. Quietschende Reifen. Eine Hundertachtzig-Grad-Drehung. Nein, dreihundertsechzig, noch mal neunzig, nein, hundertachtzig. Verdammt, auf Kreisflug ist ein Möwenhirn nicht ausgelegt. Mir wird kotzübel. Ich kralle mich fest, ducke mich und kneife den Schnabel zusammen. Dafür beginnt nun mein Darm zu rumoren. Hundertachtzig, neunzig, dreihundertsechzig ... Ich kann's nicht verhindern. Beschissene Situation, aber er hat's verdient.

Als ihm der Schiet ins Genick läuft, dreht Fietje völlig durch. Er reißt den Lenker in irgendeine Richtung und gibt Vollgas.

»Du musst ihm die Sicht freigeben«, schreit Harry. »Du verdeckst ihm mit deinen Flügeln die Sicht!«

Augenblicklich lasse ich los. Gerade noch rechtzeitig vor dem Wassergraben.

Mission zwei: erfolgreich.

Fietje rast nun in die Richtung zurück, aus der wir gekommen sind. Und ich denke, ich sehe durch meine Sonnenbrille nicht recht. Da vorne sitzt Alki auf dem Feldweg, mitten auf dem Weg, mit zitternden Flügeln und weit aufgerissenen Augen.

Baron Silver de Luft und Harry schweben über ihm und schreien: »Geh da weg! Alki! Beweg deinen Hintern! Bist du lebensmüde?«

Das Horrorszenario, das sich umgehend vor meinen Augen abspielt, scheint wahr zu werden. Alki reagiert nicht, der ist nicht nur flugunfähig, sondern vor Schreck starr geworden. Fietje ist das egal. Er hupt und schreit wie ein Wahnsinniger, ohne vom Gas zu gehen. Was soll ich nur tun? Mir bleiben noch ein oder zwei Sekunden. Ich setze zum Sprung an, zum Stunt meines Lebens, und lande auf der Lenkstange. Ich umkralle sie, breite die Flügel aus und ziehe mit den Flügeln an den Bremshebeln. Vollbremsung. Dann fliege ich, ohne mit den Flügeln zu schlagen, wie ein Pfeil über den Weg, den Wassergraben und lande auf dem dicken Leib eines der schwarz-weiß gefleckten Tiere, das dösend im Gras liegt.

»Muh«, sagt die Kuh.

»'tschuldigung«, sage ich und flattere etwas benommen zurück auf den Weg.

Unser Scheff, Harry und Grey landen neben Alki, der auf die Fahrbahn reihert. Ansonsten ist unser Kumpel unversehrt – dem Möwenhimmel sei Dank. Und noch besser: Die Sonnenbrille für Suzette ist bei der ganzen Aktion wie durch ein Wunder heil geblieben.

Mission drei: erfolgreich.

Nur Fietje rast jetzt zurück nach Keitum und droht am Ende des schnurgeraden Weges außer Sichtweite zu geraten.

»Auf, Jungs, weiter ihm nach«, rufe ich.

»Ich bewege keinen Flügel mehr«, sagt Alki keuchend. »Lasst mich hier liegen, ich will sterben. Das ist zu viel für meine Nerven.«

»Mann, Alki, ich habe dir gerade deinen verdammten Arsch gerettet«, rufe ich.

»Lass gut sein, Ahoi«, entgegnet der Scheff und legt einen Flügel über Alki. »Ich kümmere mich um ihn. Fliegt ihr diesem Erpresser hinterher und macht ihm den Garaus.«

VIER

Ratlos kreisen wir über dem Keitumer Kreisverkehr.

»Wo würdet ihr an Fietjes Stelle hinfahren?«, fragt Harry.

»Ich denke, er wird zunächst versuchen, den Schmuck zu verstecken.«

»Dann fährt er wieder nach Kampen zur Vogelkoje – los, hinterher!«, rufe ich.

»Das ist Quatsch«, meint Grey. »Der nimmt doch nicht noch mal dasselbe Versteck. Da wäre er ja schön blöd.«

»Menschen haben nun mal nicht so viel im Kopf wie wir, sonst könnten sie fliegen. Fietje weiß ja außerdem nicht, dass wir wissen, was er nicht weiß.«

»Hä?«, fragen Harry und Grey gleichzeitig. Selten, dass sich die beiden so einig sind.

»Fietje weiß doch bestimmt noch gar nicht, dass der Schmuck weg ist, er denkt, wir wüssten nichts von dem Versteck. Also müssen wir in Richtung Vogelkoje, weil Fietje da auch hinfährt.«

Grey flattert uns maulend hinterher und beschwert sich lautstark, dass wir Erwachsenen ruhig auch einmal auf ihn hören könnten.

Wir fliegen an der Keitumer Kirche vorbei, weiter die Straße am Watt entlang bis zum Hafen von Munkmarsch, wo ich einen verbotenen Moment lang überlege, mich auf einen der Fischteller zu stürzen, die uns da auf der Terrasse des besten Restaurants am Platze von den Touristen geradezu feilgeboten werden. Ich verkneife mir schweren Herzens die Einladung, und es geht weiter auf das weiße Kliff von Braderup zu, vor dem die Straße einen Bogen macht und sich gabelt.

Grey bleibt in der Luft stehen. »Ich sage es euch noch einmal, Fietje ist nicht geradeaus zur Vogelkoje gefahren. Ich denke, der ist hier Richtung Wenningstedt abgebogen.«

»Du denkst?«, fragt Harry amüsiert. »Das wäre ja ein ganz neuer Wesenszug an dir.«

»Ach, macht doch, was ihr wollt. Ihr könnt ja zur Vogelkoje fliegen. Ich kreise einmal über Wenningstedt. Ihr werdet schon sehen, wer recht hat. Wir treffen uns dann in Kampen, ihr kommt von Norden, ich von Süden.« Grey schwenkt links ein, ohne die Antwort seines Vaters abzuwarten.

Ich sehe Harry skeptisch an, doch der bleibt besonnen. »Lass ihn mal machen. Ich habe immer recht. Regel Nummer eins.«

»Regel Nummer zwei«, brummt Harry, als wir von der Vogelkoje zurück in Richtung Kampen fliegen. »Sollte ich einmal nicht recht haben, tritt Regel Nummer eins in Kraft.«

Das Versteck war leer, kein Gangster in Sicht. Dieser verdammte Fietje kann sich doch nicht in Luft aufgelöst haben.

Hat er auch nicht. Ortseingang Kampen kommt er uns auf der Hauptstraße mit seinem Roller entgegen, dicht gefolgt von Grey. Völlig außer Atem schreit der uns zu: »Ich habe Fietje in Wenningstedt entdeckt, beim Dorfteich. Gerade, als er wieder auf seinen Roller gestiegen ist.«

Wahrscheinlich hat er den Schmuck in dem kleinen und einzigen Süßwassersee auf der Insel versenkt, schlussfolgere ich. In der Dämmerung gut möglich, ohne dass es jemandem auffällt. Von Weitem würde ein über das Ufer gebeugter Mann jedenfalls so aussehen, als würde er die Enten füttern. Und jetzt will Fietje wahrscheinlich in die Whiskeymeile abbiegen, um sich dort mit seinem Komplizen zu treffen.

»Den schnapp ich mir, bevor er dem Pizzabäcker auch nur Hallo sagen kann!«, rufe ich und fliege ihm auf der breiten Hauptstraße entgegen. Ich schaue in Fietjes ungläubig aufgerissene Augen. Nein, mein Freund, du bist nicht im falschen Film gelandet. Ahoi wird dir jetzt zeigen, wozu Möwen in der Lage sind.

Landung auf dem Helm. Perfekt. Autos hupen, wir haben die Kreuzung fast erreicht – da sehe ich eine Möwe auf dem Gehsteig und traue meinen Augen kaum. Suzette. Sie flaniert an den Geschäften entlang und schaut sich die Auslagen der Modeboutiquen an. Vor einem goldgerahmten Schaufenster bleibt sie stehen. Sonnenbrillen. Und sie ist allein.

»Suzette!«, schreie ich gegen den Fahrtwind und den Lärm der Blechvögel an. »Suzette!«

Ein Ruck geht durch ihren Körper, und sie dreht sich um. Sie sieht mich. Ja, sie sieht mich! Ein kurzes Aufleuchten in ihren Augen, ein erstaunter Blick, dann lächelt sie. Ja, sie lächelt!

»Suzette! Ich habe ein Geschenk für dich!« Ich reiße mir die Sonnenbrille vom Gesicht und schwenke sie im Flügel. »Für dich!«

Vielleicht hätte ich Fietjes Helm besser nicht loslassen sollen, vielleicht ist auch die rote Ampel schuld, jedenfalls werde ich durch Fietjes unerwartete Vollbremsung wie ein Federball abgeschossen und fliege quer über die Kreuzung auf Suzette zu. Ich versuche noch zu lächeln, so zu tun, als sei das Teil meines Eroberungsplans, ein beeindruckender Stunt – der an der Schaufensterscheibe endet. Dort klebe ich jetzt wie ein Abziehbild und rutsche mit eingemeißeltem Lächeln langsam nach unten. Aus dem Augenwinkel sehe ich, wie Harry mit seinem Sohn Fietjes Verfolgung aufnimmt. Ich bleibe vor Suzettes Füßen liegen, neben mir die zerbrochene Sonnenbrille. Ich könnte heulen, bleibe aber tapfer und stehe auf, auch wenn mir jede Feder einzeln wehtut.

»Große Güte, Ahoi! Hast du dir wehgetan? Ist der Flügel gebrochen?« Vorsichtig tastet sie meinen Flügel ab; die zärtlichen Stupser mit ihrem Schnabel treiben mich schier in den Wahnsinn. Ja, denke ich. Ich habe mir alles gebrochen, was man sich als Möwe brechen kann – wenn sie mich nur weiter untersucht. Eine Gehirnerschütterung habe ich bestimmt, aber in meinem Liebestaumel nehme ich den Schwindel nicht besonders wahr.

»Ja«, hauche ich. »Ich habe solche Schmerzen, wahnsinnige Schmerzen, der Flügel ist bestimmt sogar mehrfach gebrochen. Wahrscheinlich kann ich nie wieder fliegen.«

Suzette tritt einen Schritt zurück. »Der Flügel ist in Ordnung. Da ist nichts gebrochen. Du hast unendliches Glück gehabt und kommst wahrscheinlich mit einer leichten Gehirnerschütterung davon. Was sollte denn die Aktion? Warum bist du dem Rollerfahrer auf den Helm gesprungen? Bist du verrückt geworden,

Ahoi? Wolltest du Stuntmöwe spielen und mich damit beeindrucken? Das wäre ziemlich kindisch von dir.«

Ich bin nicht kindisch – ich bin verliebt, hätte ich am liebsten geschrien. Aber ich schlucke meine Verzweiflung samt meiner Tränen runter und sage: »Nein, ich bin hinter Fietje her, dem Mann auf dem Roller. Er hat Knuts Mutter überfallen. Sie wird von ihm erpresst. Knut lebt nämlich, und Fietje weiß, wo er ist. Er hat ihn zusammen mit dem Pizzabäcker entführt.« Angesichts der beeindruckenden Erkenntnisse der Schoko-Crêpes habe ich mich beim Erzählen ein wenig aufgeplustert. Jetzt versuche ich eine andere Strategie, senke den Blick und flüstere verschwörerisch: »Suzette, wir brauchen dich im Team. Ich brauche dich. Bitte, komm mit.«

Harry und Grey kommen aufgeregt zurück. »Fietje hat Kontakt aufgenommen. Er will nach Rantum. Mehr haben wir nicht verstanden. Der Pizzabäcker wahrscheinlich auch nicht. Der musste aus der Bar torkeln, weil Fietje vor Angst nicht mal vom Roller abgestiegen ist.«

»Vielleicht halten sie unseren Knut in Rantum versteckt«, mutmaßt Grey.

Ich nicke. »Wir müssen dahin. Suzette, bitte, komm mit.«

Sie zögert und schaut an mir vorbei. Ich sehe ihrem Blick an, dass da jemand kommt, dem ich nicht begegnen will. Ich drehe mich dennoch um, und Mogulis stolziert auf mich zu. Meine Fresse, gegen ihn sehe ich aus wie ein gerupftes Hühnchen.

»Schon wieder dieser Typ, mein Schnäbelchen? Lässt er dich nicht in Ruhe?« Er tritt neben Suzette und legt einen Flügel über sie.

»Alles in Ordnung, mein Mogulis. Er hatte nur einen kleinen Unfall und wollte gerade weiterfliegen.«

Was ist nur in Suzette gefahren? Das ist doch nicht die Suzette, die ich kenne. Am liebsten würde ich sie an den Flügeln greifen und sie schütteln.

Aber das lasse ich besser bleiben. Hinter Mogulis haben sich seine Bodyguards aufgereiht, und auf einen Wink vom Boss hin schleppt einer von ihnen im Schnabel ein großes, buntes, im

Wind flatterndes Ding heran. Ein Plastikding, so groß wie eine Möwe.

»Schau mal, mein Täubchen, was ich für dich habe. Das ist das neueste Modell aus meiner Handtaschenkollektion. Exklusiv für dich.«

Das ist doch eine Plastiktüte!, denke ich. Eine billige, einfache Plastiktüte, wie sie die Menschen tausendfach mit sich herumtragen und dann in den Müll werfen. Aber Suzette scheint so von Mogulis verblendet zu sein, dass sie das nicht bemerkt oder nicht wahrhaben will und das Geschenk mit zarten Dankeslauten annimmt.

»Suzette …«, setze ich an.

»Wolltest du nicht weiterfliegen?«, fragt Mogulis und kneift die Augen zusammen.

Suzette entgegnet nichts. Sie steht da und hält die Plastiktüte fest im Schnabel. Vielleicht schweigt sie deshalb – das versuche ich mir zumindest einzureden, aber im Grunde meines Herzens weiß ich, dass es nur ein verzweifelter und ziemlich blöder Versuch ist, meinen Schmerz zu mindern.

»Ja, ganz richtig«, höre ich mich daher sagen. »Ich wollte gerade weiterfliegen. Ich lasse meine Truppe nämlich nicht im Stich!«

Der Gegenwind nimmt meine endlos fließenden Tränen fort, und ich hoffe, dass meine Kumpels in der Dämmerung nicht sehen, dass ich weine, denn auf Höhe von Westerland stoße ich auf Harry und Grey. Die beiden verfolgen Fietje auf seinem rasanten Kurs auf der Durchgangsstraße.

Ein Wunder, dass Fietje noch keinen Unfall gebaut hat. Noch mehr wundert mich aber, dass Harry und Grey die Spur nicht verloren haben, denn in der Dämmerung wird das immer schwieriger, und die beiden haben sich ganz schön in den Federn. Das bemerkt auch Balthasar, der, aus Richtung Keitum kommend, zu uns stößt.

»Ich will aber zum Dorfteich und nach dem Schatz suchen, Papa.«

»Hör jetzt auf damit. Ich hab dir schon tausendmal gesagt, dass das zu gefährlich ist. Es ist bald dunkel. Außerdem ist die Verfolgung von Fietje jetzt viel wichtiger, weil er uns auf die Spur von Knut führt.«

»Ich will aber einen echten Schatz heben! Dann bin ich der Größte bei meinen Kumpels.«

»Ich zupf dir gleich deine Flausen aus dem Gefieder. Ich habe gesagt: nein.«

»Du hast mir gar nichts zu sagen. Ich bin schon groß und kann auf mich selbst aufpassen.«

»Solange du den Schnabel noch nach meiner Beute ausstreckst, machst du, was ich dir sage.«

»Du hast aber seit Tagen keine Beute gemacht, schon vergessen? Also fliege ich allein zum Dorfteich.«

»Wenn du das machst, binde ich dir die nächsten vier Wochen die Flügel auf dem Rücken zusammen.«

»Harry«, mischt sich Balthasar ein. »Du musst deinem Sohn mehr Freiheiten geben. Er muss seine Fähigkeiten austesten. So ein Flugarrest bringt gar nichts. Er belastet nur euer Verhältnis.«

»Balthasar, misch dich nicht mit deinen oberschlauen Kommentaren in meine Erziehungsmethoden ein! Mein Sohn muss seine Fähigkeiten sicher nicht nachts allein am Dorfteich unter Beweis stellen.«

»Wo ist Helgi?«, frage ich, um die Situation zu entschärfen.

»Dem geht's nach einem Tauchbad im Gartenteich wieder gut«, sagt Balthasar. »Ich konnte ihn allerdings nicht überzeugen, mit mir mitzukommen. Der ist von seinem Hochseefelsen Orkanstürme gewohnt, kann aber nicht dem Stress standhalten, den die Ermittlungen in einem Kriminalfall mit sich bringen. Außerdem hat ihn, glaube ich, das Heimweh erwischt, und er ist wie besessen davon, seine Vergangenheit aufzuarbeiten. Er wollte unbedingt in Keitum bleiben und auf den Spuren seiner Vorfahren wandeln. Und er … wollte den Austritt aus unserer Gruppe beantragen.«

»Kann ich verstehen«, brummt Harry. »Ich habe so langsam auch den Schnabel voll von dieser Truppe.«

»Aber warum denn?«, fragt Balthasar. »Liegt es an etwas Bestimmtem, oder bist du mit der Gesamtsituation unzufrieden?«

Dass Harry nicht auf Balthasar losgeht, wird nur durch die Ankunft unseres Scheffs verhindert, der von den Tinnumer Wiesen her angeflogen kommt.

»Ihr macht ja ein Geschrei, dass man euch bald bis Keitum hören kann. Ruhe, aber sofort! Ich will von meiner Truppe keinen Streit in der Öffentlichkeit hören! Was macht das denn für einen Eindruck? Selbst die Menschen da unten auf dem Radweg schauen schon zu euch hoch.«

Welche Truppe?, hätte ich beinahe gefragt, verkneife es mir aber. Stattdessen frage ich: »Scheff, wo ist Alki?«

»Er nimmt sich eine Auszeit. Angesichts der jüngsten Vorfälle hat er sich zu einer Therapie entschlossen. Er wird in der kommenden Zeit nur zum Schlafen bei uns sein.«

»Eine Therapie?«

»Ja, in einer Tagesklinik. Morgens um fünf Uhr muss er antreten, die Betreuung geht bis abends um zehn Uhr. Inklusive Verpflegung.«

»Und wovon will er das bezahlen?«, fragt Balthasar.

»Das Angebot ist kostenlos. Es wird von der Deutschen Bahn finanziert. Und das Essen bekommt er von den Menschen, die in ihren Autos auf dem Zug sitzen. Der Therapeut achtet darauf, dass kein Alkohol an seine Patienten abgegeben wird. Alki muss den ganzen Tag auf dem Geländer sitzen und zwischen Niebüll und Westerland hin- und herfahren. So kann er nicht auf dumme Gedanken kommen.«

Wir sind beeindruckt und schweigen. Ich hoffe für Alki, dass er durchhält, und kann seine Entscheidung verstehen – im Gegensatz zu denen von Jonathan, Helgi und Suzette.

Suzette … Wenn ich könnte, würde ich sie am liebsten vergessen. Sie will also nun an diesem Mogulis hängen? Soll sie doch. Wenn sie so oberflächlich ist und sich von seinem Reichtum blenden lässt, hat sie mich überhaupt nicht verdient. Jawohl.

Aber sie ist nicht oberflächlich, und ich bin immer noch

verliebt, verdammt! Dieses Gefühl lässt sich nicht einfach in den Wind schreiben.

»Dieser Ostwind«, jammert unser Scheff unvermittelt.

»Kopfschmerzen?«, frage ich fürsorglich.

»Nein, der Gestank von der Mülldeponie weht wieder rüber.«

Jetzt bleibt auch mir fast die Luft weg, und ich richte den Blick gen Osten. Nie in meinem ganzen Leben will ich so tief sinken wie Hunderte andere Möwen, die keine Arbeit haben und von Möwenhilfe leben müssen. Wie eine Wolke schweben sie über der Müllhalde. Wer einen Berechtigungsschein hat, darf sich bedienen.

»Fietje biegt auf den Rantumer Campingplatz ab«, schreit Balthasar, der als Einziger aufmerksam geblieben ist. Ein Glück, dass der riesige Campingplatz südlich liegt und wir den Geruch hinter uns lassen können.

Fietje fährt auf dem schmalen Fahrweg zwischen den Wohnwagen hindurch, als wäre der Teufel hinter ihm her. Vor einem Wohnwagen mit einem orangefarbenen Seitenstreifen ohne Vorzelt wirft er seinen Roller hin und flüchtet sich ins Wohnwageninnere, noch ehe wir ihn erreicht haben. Ob unser Mensch-Knut darin gefangen gehalten wird? Wir landen auf dem Wohnwagen, klopfen mit unseren Schnäbeln auf das Dach und veranstalten ein Kreischkonzert. Es passiert jedoch nichts, außer dass bei den umliegenden Wohnwagen Leute aus den Vorzelten kommen und versuchen, uns zu verscheuchen. Fietje lässt sich nicht mehr blicken.

Die Dunkelheit legt sich langsam über den Campingplatz, der eingebettet zwischen Dünen, einem aufgestauten See und einer Ansammlung von Bäumen liegt, die die Sylter tapfer als Wald bezeichnen.

Wir befinden uns nicht weit von der Stelle, wo die Insel am schmalsten ist und mit nur zwei Flügelschlägen überflogen werden kann.

Balthasar geht mit auf dem Rücken verschränkten Flügeln auf dem Wohnwagendach auf und ab. »Fassen wir noch einmal zusammen«, sagt er. »Unsere erste Vermutung war, dass der Abschiedsbrief gefälscht ist. Also kein Selbstmord, sondern ein getarnter Mord.«

»Genau, weil ich das Rezept für den Crêpes-Teig am Hintern kleben hatte. Mensch-Knut hätte das bei einem Selbstmord niemals in der Wohnung liegen lassen.«

»Damit lagen wir ja zumindest teilweise auch richtig. Diese Gangster haben unseren Knut entführt, davon müssen wir jetzt ausgehen, und sie erpressen seine Mutter«, sagt Harry.

»Also, ich steig da nicht mehr so ganz durch«, meldet sich Grey noch einmal zu Wort. »Wozu ein falscher Abschiedsbrief, wenn Mensch-Knut entführt wurde? Ich meine, ihr haltet mich vielleicht alle für jung und doof, aber ich habe in meinem Leben auch schon ein paar Filme gesehen, in denen …«

»Was hast du?«, fragt Harry und hebt die Schwinge.

»Ey hallo? Ich bin vier Jahre alt. Meine Kumpels dürfen auch alle auf 'nem Hochhausbalkon in Westerland sitzen und fernsehgucken.«

»Das sehe ich anders. In deinem Alter hast du im Möwenkino noch nichts zu suchen. Wenn ich dich dabei erwische, dass du durch ein Wohnzimmerfenster auf einen Fernseher schaust, dann …«

»Schon okay, hab's kapiert. Und trotzdem weiß ich, dass man bei einer Entführung einen *Erpresserbrief* schreiben muss – keinen Abschiedsbrief.«

»Hm«, macht Balthasar. »Das passt zugegebenermaßen nicht so ganz ins Konzept.«

»Und was ist mit der Wohnung? Die sah total chaotisch aus«, sage ich. »Das passt auch nicht. Was haben die beiden da gesucht? Auf das Rezept können sie es nicht abgesehen haben, das lag ja ganz offen rum. Und ich glaube nicht, dass Mensch-Knut in seiner Bude irgendwas Wertvolles hatte.«

»Es ist doch merkwürdig, dass er das Rezept nach zehn Jahren noch nicht auswendig kann«, murmelt Harry.

»Warum lebt Mensch-Knut überhaupt in so einer Behausung?«, fragt unser Scheff. »Ich meine, da kommt ja nicht mal richtig Licht rein, und wenn man sich dagegen das Haus seiner Mutter anschaut …«

»So, wie es in Knuts Abschiedsbrief stand, hatte er ein sehr gutes Verhältnis zu seiner Mutter«, wende ich ein. »Aber wahrscheinlich wollte er als Erwachsener eben auch nicht mehr das Nest mit ihr teilen und sich füttern lassen, sondern auf eigenen Beinen stehen. Da kann ich ihn ziemlich gut verstehen. Und Knuts Crêpes-Bude hat immer genug Heringe abgeworfen …«

»Geld heißt das bei den Menschen«, revanchiert sich Balthasar neunmalklug. »Und nach dem, was ich aus der Zeitung weiß, haben die Menschen ein ziemliches Nistproblem auf der Insel, weil alle nur an die Touris vermieten wollen. Die Insulaner kriegen keine festen Nistplätze, und wenn doch, müssen sie sehr viel Geld bezahlen. Insofern ist es kein Wunder, dass unser Knut in so einem Loch lebt. Oder gelebt hat.«

»Was ist eigentlich mit Mensch-Knuts Freundin?«, fragt Baron Silver de Luft. »Alki hat sie auf dem Autozug gesehen, am Abend, nachdem wir sein Verschwinden bemerkt haben. Wenn sie davor noch in der Wohnung war, muss sie den Abschiedsbrief gesehen haben.«

»Was hat sie überhaupt nach dem Streit gemacht?«, überlege ich laut. »Ich meine, da liegt eine ganze Nacht dazwischen. Was ist, wenn das alles eine große Verschwörung ist? Wenn sie mit diesen Gangstern unter einer Decke steckt?«

»Wir finden das heraus. Nachtwache«, ordnet unser Scheff an, als wir schon kaum mehr den Flügel vor Augen sehen können. »Balthasar, du übernimmst die erste Schicht. Harry, Grey, Ahoi, ihr steckt den Schnabel ins Gefieder und schlaft.«

Wir drehen uns kollektiv gegen den Wind, weil der Windstärkenmesser unterm Flügel deutlich mehr als vier Beaufort anzeigt, und schauen in Richtung Rantumer Becken, das unmittelbar an den Campingplatz grenzt. Auf dem künstlich aufgestauten See ist ziemlich viel internationales Vogelpublikum versammelt, und es herrscht ständiger Durchreiseverkehr. Für mich wäre das Leben in so einer Großkolonie nix. Dieses ständige unverständliche Stimmengewirr, und zudem noch Menschen, die auf dem Dammweg stehen bleiben und von denen man unablässig beobachtet wird. Dabei murmeln sie etwas von Vogelparadies. Die haben echt keine Ahnung.

Ich lege mich aufs Wohnwagendach, ziehe meine Füße ins Bauchgefieder und denke an Suzette, die immer so leicht friert. Ich wünsche mir nichts sehnlicher, als dass sie jetzt an meiner Seite wäre und ich ihre selbst im Hochsommer eiskalten Füße wärmen dürfte. Gibt es als Mann einen größeren Liebesbeweis als den, dass man bereit ist, diese Folter zu ertragen?

Es dauert nicht lange, bis mir vor Erschöpfung die Augen zufallen. Ich träume, dass ich Suzette zu unserem zukünftigen Nistplatz führe. Wir kauern uns nebeneinander und bringen glucksende Laute hervor. Dazu ahmen wir das Füttern unserer künftigen Küken nach. Für alle Außenstehenden ist diese Verlobungsanzeige unmissverständlich. Gleichzeitig bedeutet sie die Markierung meines Reviers, die jedes Männchen sofort versteht und respektiert. Auch Mogulis. Ich höre seine tiefe Stimme, noch leise und fern, und lege unruhig meinen Flügel über Suzette, will sie nicht wieder loslassen, jetzt, wo sie endlich zu mir gehört. Viel zu lange habe ich auf diesen Moment gewartet, viel zu lange war ich einfach zu feige und nur heimlich in sie verliebt, und beinahe hätte ich auch gegen Mogulis klein beigegeben. Seine Stimme wird bedrohlicher, er kommt mir viel zu nahe … Ich mache mein rechtes Auge auf und sehe einen Mann vor dem Wohnwagen stehen.

Der Pizzabäcker.

»Fietje«, raunt dieser und klopft gegen die Wohnwagentür. »Aufmachen!«

Jetzt schreckt auch Balthasar hoch. »Aufwachen? Jawohl, Scheff, bin wach!«

»Was ist los?«, fragt unser Scheff und reibt sich die Augen.

Ich lege den Kopf schräg. »Balthasar, hast du etwa geschlafen, anstatt Wache zu halten?«

»Nein, niemals nicht. Ich habe mediniert.«

»Du hast was?«, fragt der Scheff.

»Ich glaube, er meint meditiert.« Ich seufze.

Unterdessen hat Fietje die Wohnwagentür einen winzigen Spalt geöffnet. »Ich mach nicht mehr mit«, hören wir ihn mit zitternder, fast weinerlicher Stimme sagen.

»Spinnst du?«, entgegnet der blonde Pizzabäcker flüsternd. »Was ist denn in dich gefahren? Is was schiefgelaufen?«

»Scheiß auf die Kohle, ich bin raus. Die Möwen sind hinter mir her!«

»Was faselst du da?«

»Hast du die Biester nicht gesehen?« Seine Hand schiebt sich durch den Türspalt und deutet zu uns nach oben.

»Wen? Die Möwen da auf deinem Wohnwagendach?«

»Ja, die fliegen mir gezielt nach, verfolgen mich, greifen mich an … Das ist schlimmer als bei Hitchcock.«

»Fietje? Is bei dir 'ne Sicherung durch? Komm, ich hab uns 'ne Flasche Friesengeist mitgebracht, dann sieht die Welt gleich ganz anders aus.« Der Pizzabäcker wirft noch einen amüsierten Blick zu uns rauf und schiebt sich dann in den Wohnwagen.

Kann es sein, dass der uns nicht ernst nimmt? Dass er uns Möwen nichts zutraut? Na, der hat uns im Gegensatz zu Fietje noch nicht kennengelernt. Wir hören die Stimmen der beiden jetzt gedämpfter, aber immer noch gut verständlich.

»Los, Fietje, zünd den Friesengeist an. Hier haste mein Feuerzeug.«

»Wie Irrlicht im Moor flackert's empor. Lösch aus. Trink aus. Genieße leise, auf echte Friesenweise …«, beginnt Fietje.

»Nich lang schnacken, Kopp in'n Nacken«, unterbricht ihn der Pizzabäcker. »Morgen ist alles wieder gut.«

Gläser klirren gegeneinander. Dann hören wir wieder Fietjes Stimme. »Nichts wird gut. Ich habe eine Waffe auf die Mutter meines alten Schulfreundes gerichtet und sie erpresst.«

»Kriegst du jetzt einen Moralischen, oder was? Was ist das schon, so ein kleines bisschen Erpressung. Wir haben nur im richtigen Moment eine Beobachtung gemacht, die bares Geld wert ist. Los, darauf trinken wir noch einen. Auf die Hunderttausend!«

»Auf die Hunderttausend«, erwidert Fietje mit einem Seufzen.

»Und darauf, dass du nie wieder Krabben pulen musst. In Zukunft wirst du den Kaviar mit Löffeln fressen!«

»Und wenn ich das gar nicht will?«

»Komm schon, natürlich willst du, sonst hätte ich dich nicht so leicht überzeugen können mitzumachen. Wir liegen bald unter Palmen und können uns die heißen Mädels im Bikini jeden Tag anschauen. Hier gibt es die Babes ja selbst im August nur noch im Friesennerz.«

»Mann, ich bin an dem Abend nur deshalb in Hörnum auf dein Boot gestiegen, weil wir gute Geschäftskumpels sind. Hätte ich gewusst, dass wir die Viktoria sehen und Zeugen werden, wie sie Knuts Leiche im Meer versenkt …«

»Das war unser Glücksmoment! Du hast mir jahrelang die besten frischen Krabben für meine Pizza geliefert, nun serviere ich dir den Kaviar. Und mal ehrlich, es war doch ganz leicht, bei Frau Johannsen zu klingeln und sie mit der Frage zu erpressen, ob sie ihren Sohn wiedersehen will. Du wirst sehen, sie zahlt.«

»Wenn das so leicht wäre, warum hast du mich dann vorgeschickt, verdammt?«

»Ach Fietchen, ich dachte, das hättest du begriffen. Das Säckchen mit dem Schmuck habe ich ja freundlichst persönlich bei Frau Johannsen erbeten. Sie hat es mir auch sehr bereitwillig gegeben. Aber ich konnte nicht wissen, ob sie nicht die Polizei ruft, sobald sie mich ein zweites Mal in der Nähe ihres Hauses sieht. Drum habe ich dich geschickt. Ich wusste, dir als altem Schulfreund von Knut vertraut sie. Lass uns anstoßen. Auf den sonnigen Süden!«

»Auf den sonnigen Süden«, sagt Fietje nach langem Zögern leise.

»Heiliger Albatros!«, entfährt es unserem Scheff. »Die arme Mutter weiß nicht, dass ihr Sohn tot ist, und wird trotzdem erpresst – das muss sie von uns erfahren! Sobald die Sonne über dem Horizont aufgeht, fliegen wir zu ihr.«

»Sind wir jetzt echt mitten in einem Krimi? Boah, wie cool, mit einem echten Toten!« Grey springt wie eine Hüpfdohle auf und ab.

»Sohnemann, halt den Schnabel. Es geht um unseren Knut! Und wer ist diese Viktoria?«

»Das ist doch klar«, ruft Grey theatralisch, »supersonnenmeeresklar sogar. Knuts Freundin natürlich.«

»Du hast keine Ahnung, mein Sohn, also halt lieber den Schnabel. Knuts Freundin heißt Eva – Eva Schatz. Wir haben doch oft genug gehört, dass Knut sie so genannt hat, wenn er im Crêpes-Stand mit ihr telefoniert hat.«

»Na super, Daddy, wenn du so schlau bist, dann sag du uns doch einfach, wer Viktoria ist. Oder bist du jetzt plötzlich nicht mehr so allwissend?«

Unser Scheff hebt den Flügel, bevor es zu einer weiteren Auseinandersetzung zwischen Harry und seinem Sohn kommen kann. »Wir finden heraus, wer diese Viktoria ist und in welchem Verhältnis sie zu Knut stand. Und gleich morgen früh suchen wir noch einmal Knuts Mutter auf. Jetzt ist weiter Nachtwache angesagt. Ich übernehme. Dann muss ich keine Angst haben, dass ein Wachhabender aus dieser Spatzentruppe einfach einschläft!«

FÜNF

Am nächsten Morgen werde ich von einem Rascheln direkt neben meinem Ohr geweckt. Es ist noch früh. Die Sonne hat sich gerade über den Horizont geschoben, und auf dem Campingplatz ist wenig los. Aus dem Wohnwagen dringen die tiefen Schnarchgeräusche, unter denen ich eingeschlafen war. Neben mir steht Harry mit einer Papiertüte im Schnabel, und ich rieche … Brötchen!

»Frisch beim Campingplatz-Bäcker geklaut«, brüstet er sich stolz. »Ich glaub, ich geh wieder in meinen alten Job zurück.«

»Mach auf!«, schreien wir durcheinander. Okay, fast alle. Baron Silver de Luft sitzt noch immer mit dem Hintern zu uns in Schlafstellung, seine Thunfischdose über die Augen gezogen, und reagiert erst jetzt.

»Aufwachen!«, kreischt er. »Alle Möwen an die Gewehre. Feind naht!«

»Scheff, ähm, umdrehen bitte, wir sind schon wach«, sage ich mutig. »Ist auch kein Feind in der Nähe. Harry hat Brötchen besorgt.«

Unser Scheff dreht sich zu uns um. »Das war nur ein Test«, sagt er grummelnd. Er guckt verschlafener, als eine Möwe normalerweise gucken kann. In seinem Alter sollte er vielleicht nicht mehr versuchen, die Nacht durchzumachen.

Harry öffnet die prall gefüllte Brötchentüte, und ein Duft, der mich fast den Verstand verlieren lässt, steigt mir in die Nase.

»Alle Möwen in Reih und Glied zum Frühstück antreten, ich verteile die Ratio…« Weiter kommt der Scheff nicht. Wir machen uns über die Brötchen her, als gäbe es kein Morgen. Es fliegen die Fetzen, und ich schlinge die trockenen Happen hinunter, dass mir die Kehle wehtut, dafür aber verliert sich das brennende Hungergefühl im Magen. Die Brötchen sind nur leider sehr trocken. Sie kleben regelrecht an der Zunge und am Gaumen fest und schmecken ziemlich nach … Papier. Wäh, pfui, bäh, ich habe die Papiertüte erwischt, während die anderen genüsslich ihre Brötchen vertilgen. Warum eigentlich immer ich? Eine Runde Mitleid bitte.

Das Wohnwagendach sieht aus wie ein Schlachtfeld. Zwischen Papierfetzen und Federn, die mancher von uns lassen musste, liegen unzählige Krümel, von denen jedoch höchstens noch ein Spatz satt wird.

Doch da, neben Balthasars Fuß, liegt noch ein halbes Brötchen. Was er nicht mal bemerkt, weil er einen Mann im Bademantel beobachtet. Der läuft im Morgengrauen mit einer Zeitung unterm Arm zu seinem Wohnwagen zurück. Und für Balthasar ist ein Frühstück nur mit Zeitung perfekt.

»Balthasar, kann ich das Brö…?« Er hört mich nicht mal mehr, sondern geht in diesem Augenblick zum Angriff auf die Zeitung über. Ich schnappe mir das Brötchen. Himmlisch schmeckt das.

Unser Scheff stemmt die Flügel in die Hüften und tippelt mit dem Fuß auf das Wohnwagendach. »Sind jetzt alle satt, und können wir mit der Besprechung anfangen?«

»Wo ist eigentlich Grey?«, fragt Harry unvermittelt. »Der war doch eben, bevor ich zum Bäcker geflogen bin, noch da.«

Stimmt, beim Kampf um die Brötchen ist mir gar nicht aufgefallen, dass Grey fehlt. Doch jetzt ist es offensichtlich. Hat er es also wahr gemacht und die kurze Abwesenheit seines Vaters genutzt, um unbemerkt zu verschwinden?

Harry scheint meinen Gedanken gefolgt zu sein. »Ich ahne schon, wo er hin ist. Was könnte für meinen Sohn wohl wichtiger sein als Brötchen?« Er sieht uns der Reihe nach an. »Genau – der Schatz im Dorfteich. Er hat nur auf einen günstigen Moment gewartet. Oh weh, ich bin echt langsam zu alt für diese Flausen. Wenn man sich nur nicht immer solche Sorgen um das Jungvieh machen müsste.«

Harry lässt den Kopf hängen, und ich lege meinen Flügel über ihn. Dabei renke ich mir wegen seiner imposanten Größe fast die Schulter aus. »Komm, Kumpel, eigentlich ist dein Sohn alt genug, und schwimmen kann er schließlich auch.«

»Stimmt schon, ich muss aber trotzdem nach ihm …«

Er wird vom Geschrei des Campers unterbrochen, auf den Balthasar zugeflogen ist. Auf dem schmalen Fußweg zwischen den Wohnwagen hat der Mann keine Möglichkeit zur Flucht, also bleibt ihm nichts anderes übrig, als sich zu ergeben. Zum Zeichen geht der Mann in die menschentypische Duckhaltung, zieht den Kopf ein und erstarrt. Mit einem gezielten Schnabelgriff erbeutet Balthasar die Zeitung.

Der Camper steht immer noch wie vom Donner gerührt da und hebt jetzt langsam wieder den Kopf. Ich will nicht wissen, was in ihm vorgeht, als er sieht, wie Balthasar zurück zu uns aufs Wohnwagendach fliegt, seine runde Brille unterm Flügel hervorholt und die Zeitung aufschlägt. Ich bin mir aber sicher, dass der Mann niemandem gegenüber ein Wort über dieses morgendliche Erlebnis verlieren wird. Wie gut für uns, dass die Menschen sich untereinander so leicht für verrückt erklären.

Unser Scheff hingegen erklärt derweil die morgendliche Sitzung für eröffnet. »Sind alle Mitglieder der Schoko-Crêpes anwesend?«

Ich gucke ihn an, als hätte er nicht mehr alle Halme im Nest. »Ähm, nein. Jonathan, Suzette, Helgi und Alki fehlen.«

»Und seit gerade eben auch noch mein Sohn«, ergänzt Harry.

»Gut, dann kommen wir zum ersten Tagesordnungspunkt.«

Gut? frage ich mich. Baron Silver de Luft scheint den Umstand, dass sich unsere Truppe langsam, aber sicher auflöst, einfach zu ignorieren. Dennoch, irgendwo hat er ja auch recht. Die Ermittlungen müssen weitergehen. Mal abgesehen von Grey, den Harry wieder einfangen wird, hoffe ich auf die Einsicht meiner Kumpels und darauf, dass sie bald wieder zu uns stoßen – wenn ich bei Suzette und Jonathan auch nicht so recht daran glaube. Suzette …

»Ahoi, du führst das Protokoll«, höre ich den Scheff in meine Gedanken hinein sagen.

»Ach nö, Scheff, warum denn ich? Balthasar kann das doch viel besser.«

»Schreib! Damit dir keine dummen Gedanken kommen. Ich habe deinen verklärten Blick in Richtung Kampen gesehen.«

Na super. Mit einem unterdrückten Schmerzenslaut rupfe ich mir eine Feder aus, lege sie vor mich auf das Wohnwagendach, halte sie mit einem Fuß fest und beuge mich tief darüber, bis mein Schnabel in Schreibposition ist. Dann schaue ich noch mal von unten hoch und versuche eine letzte Ausrede: »Aber Scheff, mein Schnabel ist immer noch ziemlich lädiert, und ich habe noch solche Schmerzen …«

»Schreib. Erster Tagesordnungspunkt: Aufräumen. Hier sieht es aus wie nach einer Taubeninvasion. Wir sind eine ordentliche Truppe!«

Wie ein Specht mit Schüttelfrost hacke ich auf die Federäste ein und bringe jedes einzelne Härchen buchstabenweise auf die entsprechende Länge. Boah, ich hasse diese Tippsenarbeit. Balthasar ist sowieso der Einzige von uns, der das Protokoll anschließend lesen wird – und wehe ihm, er macht mich auch nur auf einen Längenfehler im Fahnensatz aufmerksam.

»Zweiter Tagesordnungspunkt: Jungmöwe Grey suchen. Das übernimmt sein Vater. Dritter Punkt: Herausfinden, wer diese Viktoria ist. Vierter Punkt: Balthasar und Ahoi fliegen nach Keitum und …«

»Moment, Scheff, ich komme nicht hinterher.« Genauer gesagt stehe ich kurz vor einer Gehirnerschütterung.

Baron Silver de Luft denkt gar nicht daran, eine Pause zu machen. »Ihr fliegt zu Knuts Mutter und werdet sie darüber informieren, dass ihr Sohn tot ist und sie unbedingt die Polizei einschalten muss.«

»Aber Scheff«, nuschle ich, weil sich mein Schnabel so dick anfühlt, als wäre ich ein Papagei. »Schie verschteht unsch doch nisch.«

»Dich versteht im Moment tatsächlich niemand. Aber Balthasar kann sich mit den Menschen unterhalten, er hält ihnen oft Vorträge. Balthasar, du übernimmst also … Balthasar, hörst du überhaupt zu?«

»Hm?« Balthasar taucht hinter seiner Morgenlektüre auf.

»Während einer Sitzung wird keine Zeitung gelesen. Klapp das Ding zu.«

»Aber Scheff! Da ist ein Artikel über uns drin.«
»Über uns?«
Puh, denke ich. Einmal im Leben kann Balthasar auch meine Rettung sein.
»Ja, sogar mit Foto – also, zumindest vom Altfriesischen Haus. Wir werden als Zeugen gesucht.«
»Was sagst du? Lies vor.«

Museum als Tatort?

Keitum. Seit gestern muss sich die Polizei in Westerland mit einem rätselhaften Einbruch in das Altfriesische Haus, ein Museum am Keitumer Watt, beschäftigen. Die Täter hinterließen keine Spuren, und nach Auskunft der »Söl'ring Foriining«, dem zuständigen Träger des Museums, wurde nichts gestohlen. Allerdings hat man die Federbetten des Alkovens mit Ruß beschmiert. Weitere Gegenstände weisen ebenfalls Verschmutzungen auf. Da sich auch die Fußabdrücke von Möwen darunter befinden, ging die Polizei zunächst davon aus, dass ein oder mehrere Vögel aus unbekannter Ursache den Kaminschacht hinuntergefallen oder von Menschenhand dort hinuntergeworfen worden sein könnten. Tatsächlich berichten Passanten von vermehrtem Möwengeschrei. Doch die Tat gibt der Polizei weitere Rätsel auf. Gegenstände des Museums wurden auf der Feuerstelle den Kaminschacht hinaufgestapelt, was nur von Menschenhand verrichtet worden sein kann. Da es sich jedoch um einen äußerst fragilen Turmbau handelt und der Kaminschacht zudem für einen Menschen zu eng ist, kann nicht von einem Fluchtweg der Täter ausgegangen werden.
Unklar ist auch, ob dieses merkwürdige Geschehen mit einem Überfall auf die 72-jährige Johanna J. in ihrem historischen Friesenhaus in Keitum am Abend desselben Tages zusammenhängen könnte. Nachbarn hörten Hilfeschreie aus dem Friesenhaus und alarmierten die Polizei. Als diese wenige Minuten später eintraf, fanden die Beamten die verschreckte, jedoch unversehrte Johanna J. in ihrem Haus vor, umgeben von schwarzen Fußspuren von Möwen. Johanna J. sagte aus, die Tiere seien durch den Kamin hereingekommen, dadurch habe sie sich erschrocken und geschrien. Eine der Möwen habe eine Sonnenbrille getragen, und eine andere habe eine

Thunfischdose auf dem Kopf gehabt, erzählte die betagte Dame unserer Zeitung. Sie habe zudem ein Handy unter dem Gefieder einer Möwe klingeln gehört, dessen sei sie sich ganz sicher. Ein ärztliches Gutachten soll nun die Aussagekraft der Beobachtung überprüfen. Weitere Angaben zum Überfall konnte Johanna J. nicht machen.
Wer gestern in der Nähe des Museums Altfriesisches Haus oder im Uwe-Jens-Lornsen-Wai Beobachtungen gemacht hat, die mit einer der beiden Taten in Verbindung stehen könnten, wird gebeten, sich mit der nächsten Polizeidienststelle oder dem zuständigen Polizeiposten in Westerland in Verbindung zu setzen.

Balthasar klappt die Zeitung zu. »Wir müssen sofort zur Polizei und unsere Aussage machen. Wir sind wichtige Zeugen in diesem Fall.«

Ich schüttle den Kopf. »Ähm, Balthasar, nur noch mal zur Erinnerung: Wir sind Möwen – wir können nicht mit den Menschen sprechen. Und außerdem – warum wird nicht erwähnt, dass ein Mann mit vorgehaltener Pistole ins Haus eingedrungen ist?«

»Sehr richtig! Dass wir Fietje in die Flucht geschlagen haben, hätte Knuts Mutter ruhig auch mal erwähnen können«, plustert sich Harry auf.

»Das verdeutlicht die Brisanz des Falles«, ruft unser Scheff. »Obwohl Frau Johannsen Fietje erkannt hat, ist weder von ihm noch von der Erpressung die Rede. Bestimmt will die Polizei Knuts Mutter dadurch schützen und Fietje nicht unnötig nervös machen.«

Balthasar verschränkt seine Flügel auf dem Rücken und beginnt seine Wanderung um uns herum, wie er es immer tut, wenn er nervös wird und nachdenken muss. »Und was wäre, wenn Knuts Mutter der Polizei gar nichts von der Erpressung erzählt hat? Oder davon, dass Fietje bei ihr war?«

»Weil sie Angst um das Leben ihres Sohnes hat, wenn sie den Erpressungsversuch anzeigt?«, frage ich. »Ich weiß nicht. Selbst wenn sie das Lösegeld aufbringen will, hat sie sicher Verstand genug, zur Übergabe die Polizei einzuschalten.«

Balthasar bleibt abrupt stehen. »Das ist es. In dem Bericht steht, dass die Nachbarn die Polizei gerufen haben. Die *Nachbarn*, darauf liegt die Betonung. Sie hat nicht selbst angerufen. Helgi und ich waren ja noch vor Ort, als sie das Bewusstsein wiedererlangte. Kaum dass ihr weg wart, habe ich Helgi in den Gartenteich geworfen. Er war noch nicht wieder rausgekrabbelt, da haben die Nachbarn geklingelt. Ich bin davon ausgegangen, dass Knuts Mutter noch ohnmächtig ist, aber plötzlich stand sie in ihrer Eingangstür und machte eigentlich einen ganz fitten Eindruck, auch wenn sie noch ein bisschen blass war. Sie kann also nicht gerade erst aus ihrer Ohnmacht erwacht sein. Auf die Nachfrage der Nachbarn hin versicherte sie, es sei alles in Ordnung, sie habe sich nur erschrocken. Sie sagte noch, dass ganz bestimmt keine Polizei notwendig sei, und machte die Tür zu. Wahrscheinlich kam das den Nachbarn doch komisch vor, jedenfalls haben wir dann vom Gartenteich aus beobachtet, wie die Polizei und ein Krankenwagen kamen. Die Polizisten haben sich lange mit Knuts Mutter unterhalten, aber der Krankenwagen ist ohne sie weggefahren.« Balthasar streicht sich nachdenklich mit dem Flügel die Stirnfedern glatt. »Warum wollte Knuts Mutter keine Polizei rufen? Aus Angst vor Fietje und dem Pizzabäcker? Das glaube ich nicht. Sie hätte den Beamten doch nur ihre Namen nennen müssen. Ich glaube, sie hatte vor etwas anderem Angst, nur wovor? Verdammt, wenn wir nur wüssten, wer diese Viktoria ist.«

Dumpf brütend sitzen wir da, und ich merke bald, dass mir der Schädel brummt. Aber nicht nur vom Protokolltippen und vom Nachdenken – nein, der Wind hat gedreht. Ostwind. Und mit ihm kommen die Gewitterwolken als gewaltige blaugraue Wand in atemberaubender Geschwindigkeit auf uns zu. Es wird nicht mehr lange dauern, bis es anfängt zu regnen. Es blitzt, und nur einen Wimpernschlag später kracht über uns ein Donnerschlag, als würde die Erde aufreißen.

»Abflug!«, ordnet unser Scheff an. »Balthasar, du hältst die Stellung und passt auf unsere Freunde im Wohnwagen auf.«

Balthasar beginnt am ganzen Leib zu zittern und macht sich fast ins Gefieder. Er hasst Gewitter.

»Alles in Ordnung? Soll ich an deiner Stelle bleiben, und du fliegst mit den anderen mit?«, frage ich ihn. Es gibt Momente, da tut mir sogar Balthasar leid.

»Neineineineinein«, stottert Balthasar mit aufeinanderschlagenden Schnabelkanten. »Schononon okkkay.«

Die zähflüssige Masse, die sich hinter seinen Füßen kreisförmig ausbreitet, spricht eine andere Sprache.

Dennoch gibt unser Scheff Balthasar letzte Anweisungen, auch die, sich nötigenfalls unter dem Wohnwagen zu verkriechen. Die ersten dicken Regentropfen fallen.

»Regenjacken anziehen«, ruft unser Scheff und beginnt als Erster damit, sein Gefieder frisch mit Drüsensekret einzufetten.

Es blitzt wieder, und in diesem Augenblick schreit Balthasar auf. »Aua! Jetzt hat mich der Blitz beim Scheißen getroffen.«

Harry beguckt sich Balthasars Schwanzspitze. »Nicht weiter dramatisch. Nur ein bisschen verkohlt. Das bringt Glück.«

»Meine Schwanzfedern sind mir egal, das Handy ist wichtiger! Wenn das nun kaputt ist …« Aufgeregt holt Balthasar es unter seinem Flügel hervor und tippt darauf herum. »Dem heiligen Albatros sei Dank, es funktioniert noch.«

»Balthasar, du hast echt nicht mehr alle Federn am Flügel.« Ich verdrehe die Augen.

»Ich weiß. Und genau deshalb werde ich jetzt gleich mal diese Äbb suchen und installieren, damit mir so was nicht noch mal passiert.«

»Was für eine Äbb?«

Balthasar tippt auf dem mittlerweile schon regennassen Display herum. »Kennst du die nicht? Die muss man unbedingt haben. Ah, da hab ich sie ja schon. Mobile Blitzer-Warnung. Reden die Menschen ständig von. Muss ich mir gleich installieren.«

»Los jetzt«, ruft Harry. »Wir müssen uns beeilen. Bei dem Wetter ist es lebensgefährlich, wenn mein Sohn auf dem Dorfteich schwimmt. So selten, wie wir hier auf der Insel Gewitter haben, hat Grey meine Warnung sicher nicht mehr im Kopf.«

Während sich das Morgenlicht durch den Regen kämpft und es zunehmend heller wird, fliegen wir die Nordroute entlang. Wenn es nicht so regnen würde, könnten wir jetzt eigentlich schon Wenningstedt vor uns sehen. Der Ort liegt nur einen Flügelschlag von Westerland entfernt und ist für viele zu Unrecht ein unbedeutendes Stiefkind, ein Ort, den man nur deshalb wahrnimmt, weil die Hauptstraße von Westerland nach Kampen zwangsläufig durch ihn hindurchführt.

Unser Scheff kneift die Augen zusammen. Unvermittelt ertönt sein Befehl: »Aufsteigen. Sofort in höhere Luftschicht aufsteigen! Da vorne ist eine begrünte Düne vom Himmel gefallen!«

Vor Erstaunen vergesse ich sogar, mit den Flügeln zu schlagen. »Eine was?« Ich versuche zu ermitteln, was unseren Scheff so in Aufregung versetzt hat – und es wird mir schnell klar. »Scheff, das ist keine Düne, das ist das Gebäude vom neuen Fischtempel. Das Dach hat die Form einer Welle, auf der Gras wächst.«

»Lass deine Scherze, Ahoi, und sieh zu, dass du Höhenmeter unter deinen Rumpf bekommst. Neuer Fischtempel ... Du hast wohl schon Halluzinationen vor lauter Hunger.«

»Neu?«, mischt sich jetzt Harry ein. »Das heißt, die Revierverhältnisse sind noch nicht geklärt?«

Ich versuche, mir einen Überblick zu verschaffen. Über dem Gebäude kreisen bestimmt zwanzig Möwen, augenscheinlich unterteilt in verschiedene Banden, deren Scheffs sofort Protest erheben, sobald eine Möwe auch nur mit der Flügelspitze den Luftraum des Gegners berührt. »So wie die sich gegenseitig angoschen, vermutlich nicht. Die sind wohl noch dabei, die Hoheitsgebiete im Luftraum zu klären.«

Die Möwenkinder rutschen, davon unbeeindruckt, das geschwungene Dach hinunter und nutzen den unteren Bogen wie eine Schanze, um sich wieder in die Luft zu katapultieren. Das könnte Grey auch gefallen, aber er ist nicht unter ihnen.

»Hm«, macht Harry, »das sind zwei größere und eine kleinere Bande, wenn ich das recht überblicke ... Ich denke mal, die schwächere Gruppe würde sich über Verstärkung freuen. Aber jetzt muss ich erst mal meinen Sohn auftreiben.«

Mir wird wegen Harrys Bemerkungen ziemlich flau im Magen. Denkt er an ein neues Revier für die Bande oder den Ausstieg für sich und Grey? Zweifelnd suche ich Blickkontakt zu unserem Scheff, was der von der Sache hält.

Baron Silver de Luft breitet die Schwingen aus und geht in den Gleitflug über. »Eure blühende Phantasie möchte ich haben. Da vorne ist nichts weiter als eine Gruppe von Möwen, die sich fragt, wie diese Düne wohl vom Himmel gefallen sein könnte. Und jetzt fliegen wir zum Dorfteich weiter.«

Nimmt der Scheff eigentlich gar nichts mehr wahr, ist der nun auch noch blind für die Stimmung innerhalb der Gruppe? Meinetwegen, dann soll er die Tendenzen erst mal ignorieren, aber er sollte nicht aufs weite Meer hinausfliegen. »Ähm, Scheff, das ist die falsche Richtung, linker Flügel ist nur die Nordsee. Bitte weiter nordöstlichen Kurs.«

»Tatsächlich? Bei dem Regen sieht man aber auch wirklich nichts.«

Der Dorfteich liegt, gut versteckt von einer Baumreihe, neben der Friesenkapelle. Die Wasseroberfläche zittert unter den Regentropfen, und wir kreisen mehrmals über dem Gewässer. Nichts, keine Spur von Grey. Wir setzen uns auf die Brüstung des Stegs, der fast bis zur Mitte des Sees reicht und Übersicht bietet. Keiner will aussprechen, was alle denken.

Noch nie habe ich Harry so verzweifelt gesehen. Diese imposante Möwe lässt ihre Flügel enormen Ausmaßes nunmehr kraftlos hängen, und wenn es nicht so stark regnen würde, könnte ich mit Sicherheit sagen, dass er Tränen in den Augen hat.

»Ihm wird schon nichts passiert sein«, sage ich. »Dein Sohn ist clever. Er hat sicher irgendwo Unterschlupf gesucht. Komm, wir fragen mal die Enten da drüben im Dickicht.«

Früher hätte Harry das Schnattervieh nicht mit dem Hintern angeguckt, jetzt fliegt er sofort mit mir zum Ufergebüsch, aus dem zahlreiche Entenschnäbel herausschauen. Als wir auf sie zugehen, weichen die Enten ins Dickicht zurück, und dann beginnt ein vielstimmiges Protestgeschnatter.

»Seid doch mal still«, ruft Harry, »wir wollen keinen Unterschlupf, ich will nur wissen, ob ihr meinen Sohn gesehen habt.«

Eine Entenmutter tritt einen Schritt aus dem Dickicht hervor. »So eine Jungmöwe, die versucht hat, im See zu tauchen?«

Bei Harry stellen sich die Nackenfedern auf. »Ja, das ist Grey! Wo habt ihr ihn zuletzt gesehen?«

Die Entenmutter zeigt mit dem Flügel etwa in die Mitte des Sees. »Dort. Das sah vielleicht komisch aus.« Die anderen Enten verfallen in zustimmendes Schnattergelächter. »Selten so eine wasserscheue Möwe gesehen. Kaum dass er seinen Kopf unter Wasser hatte, hat er sich jedes Mal verschluckt. In dem Alter müsste er sich seine Nahrung aus dem Meer doch längst selbst beschaffen können. Wie soll denn aus dem Kind jemals eine anständige Möwe werden? Und dann treibt er sich bei diesem Wetter auch noch allein hier rum, von den Eltern im Stich gelassen. Wo ist denn überhaupt die Mutter dieses armen Jungen?«

»Das geht dich einen Möwendreck an. Ich habe dich nicht um deine Meinung gebeten und ramme dich mit deinem vorlauten Schnabel gleich ungespitzt in den Boden, wenn du mir keine Antwort auf meine Frage gibst!«

»Schscht«, versuche ich beruhigend auf Harry einzuwirken.

»Ich habe dir eine Antwort gegeben«, gibt die Entenmutter unerschrocken zurück.

»Und wo ist mein Sohn jetzt?«

Die Ente zuckt mit den Flügeln. »Zuletzt haben wir ihn bei seinen Tauchversuchen gesehen. Dann ging das Gewitter los.«

Drohend breitet Harry seine Schwingen aus. »Wehe, mein Sohn ist ertrunken, und ihr habt ihm nicht geholfen. Dann verarbeite ich euch zu Ente süß-sauer!«

»Hä? Du bist doch sauer, nicht wir.«

Ich lege dem geifernden Harry den Flügel an die Brust und schiebe ihn sanft, aber bestimmt rückwärts. »Lass gut sein, Harry. Die kennen nur Algen an Schlammsauce. Und noch ist nicht gesagt, dass Grey etwas passiert ist. Lass uns weiter nach ihm suchen. Du darfst die Hoffnung nicht aufgeben. Vielleicht hat er drüben in der Kapelle Schutz gesucht und wartet ab, bis der Regen nachlässt.«

Nach einer weiteren Drohgeste lässt Harry es gut sein. Doch mit jedem Schritt, den wir uns von den Enten entfernen, wird er mutloser.

»Dieser verdammte Schatz, diese verdammte Mordkommission – wenn wir die nicht ins Leben gerufen hätten, wäre mein Sohn nie verschwunden. Ich hab den Schnabel voll. Diese blöde Ente hat schon recht. Für eine Jungmöwe ist dieses Leben in einer kriminellen Vereinigung nichts.«

Die letzten Worte muss unser Scheff mitbekommen haben. Er sitzt immer noch auf der Brüstung, beobachtet die Wasseroberfläche und lässt stoisch die Regentropfen auf die Thunfischdose prasseln. Jetzt aber dreht er den Kopf zu uns und sagt: »Ich dachte, Harry, du wärest so erpicht darauf, mein Nachfolger zu werden?«

»Dein Nachfolger? Von welcher Truppe denn ganz genau? Siehst du hier noch irgendwen außer uns dreien? Wenn mir der heilige Albatros meinen Sohn lebend zurückgibt, dann soll Grey ein besseres Leben führen und nicht in meine Fußstapfen treten müssen. Ich werde ihm ein Vorbild sein, mir eine Frau suchen und ihm ein Leben in einer ordentlichen Familie bieten.«

»Deine Einsicht in allen Ehren, lieber Harry, aber sie kommt reichlich spät«, konstatiert unser Scheff und langt damit voll in die Wunde.

Harry ist drauf und dran, zu ihm auf die Brüstung zu hüpfen und die Sache an Ort und Stelle zu klären. Da ich aber keine Lust habe, einen von beiden – und zwar wahrscheinlich unseren Scheff – aus dem Dorfteich zu fischen, versuche ich es mit Vernunft.

»Wenn wir Grey finden wollen, bringt es nichts, dass wir uns jetzt streiten, oder? Lasst uns in der Friesenkapelle nachsehen.«

Der Eingang zur Kirche liegt vom Wind geschützt, und die Tür steht offen. Wir schleichen uns hinein. Der Innenraum wirkt hell und freundlich, trotz des wenigen Lichts, das von draußen hereinfällt. Wir gehen an den hellblau gestrichenen Holzbänken entlang. Kein Mensch da. Wir rufen nach Grey. Wow, ist das ein Echo. Da hätte Grey seine wahre Freude dran. Ich muss schlucken, bei dem Gedanken, den Jungen vielleicht nie wieder zu sehen. Aber noch gebe ich die Hoffnung nicht auf.

Harry flattert zu dem riesigen Kronleuchter, der von der Mitte der Decke hängt, und lässt sich auf einem der vielen Arme nieder, um sich einen Überblick zu verschaffen. Wir tun es ihm gleich – wobei »wir« mal wieder etwas zu weit gegriffen ist. Genau genommen greift unser Scheff zu weit. Ob die Thunfischdose oder unser Scheff zuerst vorne am Altar aufknallt, vermag ich anhand des Geräusches nicht eindeutig zu sagen. Aber bei dem Sturz kann sich Baron Silver de Luft alle Flügel und Füße gebrochen haben.

»Oh nein, nein, nein«, jammert unser Scheff.

Ich fliege sofort zu ihm runter. »Wo tut's weh, Scheff?«

Er guckt mich verwirrt an, und so richtig fixieren kann er mich auch nicht. Immerhin kann er sich selbst aufrappeln. Er streckt zuerst ein Bein, dann das andere und zuletzt die Flügel. Alles funktioniert. Trotzdem jammert er weiter.

»Mein Helm, das gute Erbstück, total verbeult. Schaut doch mal, damit kann ich mich nirgendwo mehr blicken lassen. Und das alles nur wegen deines ungezogenen Sohnes, Harry!«

Der Angesprochene stößt sich vom Kronleuchter ab, der gefährlich ins Wanken gerät, und landet wutentbrannt neben uns.

»Daran soll mein Sohn schuld sein? Im Blindflug durch die Gegend eiern und sich dann über einen Absturz beschweren, das haben wir gern. Der große Scheff ist ja niemals selbst schuld.«

»Wir können das gleich hier an Ort und Stelle klären, falls du Zweifel daran hast, dass ich der Scheff bin.«

»Oh ja, die habe ich. Was hat denn der Scheff gemacht, als mein ach so ungezogener Sohn heute Morgen abgehauen ist, während ich uns Brötchen erbeutet habe? Gepennt hat er, der große Scheff, obwohl er sich selbst zum Wachdienst eingeteilt hat. Weil *wir* angeblich die Gurkentruppe sind!«

»Das seid ihr auch. Und natürlich hättest du deinem Sohn die Flausen aus dem Gefieder zupfen müssen, dafür bin ich nicht zuständig.«

Die beiden umkreisen sich wie zwei Kampfhähne.

»Könnt ihr vielleicht normal miteinander sprechen?«, frage ich. Gleichzeitig weiß ich, dass unser Harry nicht der Typ für gepflegten Meinungsaustausch ist. Er geht nicht mit seiner Meinung zum Scheff, um mit dessen Meinung zurückzukommen. Und ich weiß, dass es für mich besser ist, jetzt in Deckung zu gehen, denn die beiden sind bereits dabei, beim Drohschreiten imaginäre Dünengräser aus dem Boden zu rupfen – und das verheißt nichts Gutes.

Tatsächlich kann ich mich gerade noch rechtzeitig in Sicherheit bringen, als auch schon die ersten Federn fliegen. In der Sorge um seinen Sohn ist Harry nicht mehr zurechnungsfähig. Und noch weniger kann er mit der Schuldzuweisung umgehen, nicht auf ihn aufgepasst zu haben. Das könnte ich in seiner Situation wohl auch nicht, aber ich würde zunächst weiter nach meinem Sohn suchen, bis ich Gewissheit hätte. Harry jedoch befürchtet bereits das Schlimmste, und damit diese Befürchtung nicht allzu schnell Wahrheit wird, hält er sich mit diesem sinnlosen Kampf auf.

Das Gewitter ist abgezogen, und der Regen hat nachgelassen, als ich aus der Kirche trete. Es nieselt noch leicht, aber der Wind treibt die grauen Wolken auseinander, und vereinzelt bricht die Sonne durch. Auf dem Dorfteich schwimmen schon wieder ein paar Enten. Es wäre die perfekte Idylle, wenn da nicht die Sorge um Grey wäre.

Die Sonnenstrahlen treffen auf den Spielplatz, der mit Friesenkapelle und Dorfteich ein Dreieck bildet. In der Schutzhütte beim Spielplatz könnte er sich untergestellt haben, denke ich und sehe nach. Doch leider ist er da nicht. Der Spielplatz wäre aber ganz nach Greys Geschmack. Eine Schaukel zum Weitflugüben, ein Klettergerüst zum Wetthüpfen und eine Rutsche für den

Sturzflug mit Schanze. Hach, was haben wir das früher gern gemacht. Einen Moment lang juckt es mich in den Flügeln, aber nachdem ich Grey auch auf dem Spielplatz nirgends entdecke, wird mir ganz anders zumute. Es wird doch nicht wahr werden, was nicht wahr sein darf?

Ich trotte um den Spielplatz herum und komme über eine Wiese wieder zurück zur Friesenkapelle. Das Gekreische von dort drinnen klingt alles andere als besinnlich und schon gar nicht nach einem Ende des Kampfes. Ich bin gespannt, was morgen wieder über uns in der Zeitung stehen wird. Nach dem morgendlichen Gewitter wagen sich die ersten Spaziergänger auf die Straße und pilgern zum Bäcker. Eine Frau mit Einkaufstasche schaut ganz irritiert zur Kapelle rüber, aber offenkundig funktioniert das Geräuschortungssystem dieses Weibchens nicht so gut wie bei uns Möwen, denn sie schaut in den Himmel. Wenn mein Scheff und Harry so weitermachen, dauert es aber sicher nicht lange, bis ein Mensch auf die Idee kommt, in der Kapelle nachzusehen.

Zum Beispiel jener Mann dort, der sich in dem kleinen Holzunterstand nahe der Kapelle in Lauerstellung bringt. Ich weiß, worauf er wartet, auch wenn ich den Sinn der Sache wohl nie begreifen werde: Er wartet auf andere Menschen, die ihm diese unverdaulichen Münzen aushändigen – nur damit sie sich durch einen der beiden möwenbreiten Eingänge ins Innere des Denghoogs quetschen dürfen, eines grasbewachsenen Hügels, in dem es nichts weiter gibt als einen höhlenartigen Raum.

Dem Mann erscheint das Möwengeschrei aus der Friesenkapelle tatsächlich seltsam, und er verlässt seinen Posten, um nachzusehen. Der wird sein weißgefiedertes Wunder erleben – zwei Kampfmöwen in der Kirche. Aber so, wie der Mann aussieht, wird er nicht lange fackeln und meine Kumpels an die frische Luft setzen. Ich halte mich da mal fein raus. Schließlich will ich mein schönes Federkleid für Suzette behalten. Suzette … was sie jetzt gerade wohl macht? In den vergangenen Stunden musste ich weniger an sie denken, aber jetzt steht sie mir wieder vor Augen, mit allem Herzschmerz. Ich will nicht, dass mir diese

Bilder wieder in den Kopf kommen, sie tun es trotzdem. Wenn die Suche nach Grey nicht wäre, könnte ich den Drang, nach Kampen zu fliegen, kaum mehr unterdrücken.

In der Kapelle wird es schlagartig ruhig. Dafür höre ich jetzt etwas aus dem Denghoog. Gedämpfte Rufe einer Möwe, seltsam gepresste Laute, und trotzdem erkenne ich eindeutig Greys Jungmöwenstimme. Es klingt, als wäre ihm der Schnabel zugeklebt. Ein Gedanke kommt mir in den Sinn. Heiliger Albatros – Grey wurde gekidnappt! Und jetzt? Schnelles Handeln ist angesagt, solange der Mann mit meinen Kumpels beschäftigt ist.

Zuletzt bin ich mit meiner zweiten Brutpartnerin nachts durch das Gitter geschlüpft, das den Kriechgang vor den Menschen verschließt, solange sie nicht bezahlt haben. Meine Freundin hatte sich diesen Ort allerdings etwas romantischer vorgestellt, und ich muss wieder an ihr Geschimpfe denken, sich hier bloß die Federn schmutzig zu machen, als ich jetzt durch den matschigen Gang gehe.

Was für banale Sorgen ich damals hatte, angesichts von Greys Hilferufen jetzt. Ich taste mich langsam und leise voran. Was wird mich am Ende des Ganges erwarten? Dort, wo sich tonnenschwere Felsblöcke zu einer erdfeuchten Kammer aufspannen? Von oben ist sie durch einen zusätzlichen, etwas bequemeren Treppeneinstieg für die Menschen zugänglich. Was, wenn Grey sich in der Hand eines solchen Menschen befindet? Wer weiß schon, ob es wahr ist, dass Menschen wirklich nur Enten und Gänse essen und keine Möwen? Was, wenn an den Schauergeschichten unserer Großväter doch etwas dran ist? Mein Herz klopft so stark, dass mir die Federn am Brustkorb vibrieren. Es ist dunkel, kaum etwas ist zu erkennen. Nur wenig Licht reicht von draußen bis in die Kammer. Jetzt hätte ich doch gerne Harry an meiner Seite, und für einen kurzen Moment denke ich darüber nach, umzukehren. Aber die Hilferufe von Grey klingen so erbärmlich.

Unvermittelt bleibe ich stehen. Ich sehe ihn. Oder vielmehr seinen Hintern. Etwa zwei Möwenlängen über mir steckt er, Schnabel voran, in einer der Felsspalten. Mit Füßen und Flügeln stemmt er sich an den glatten Felsblöcken ab und versucht, den Schnabel aus der Klemme zu ziehen. Dabei gibt er diese schauerlichen Laute von sich.

»Grey, was machst du denn da?«

»Scheisch Frage. Tschillen. Isch'n neuer Trend.«

Ich lege den Kopf schräg und versuche, die Situation einzuschätzen. Vom Boden aus komme ich nicht an ihn dran. Also hänge ich mich an seine Flügel, um ihn mit meinem eigenen Gewicht nach unten zu ziehen.

Whumm. Okay, der Aufprall auf mein Hinterteil war ziemlich hart, aber endlich mal wieder eine Mission, die geklappt hat. Nur – wo ist Grey? Oh, okay, der hängt immer noch da oben, weil ich nur von ihm abgerutscht bin. Kleiner Fehler im System, kann ja mal passieren. Beim zweiten Versuch klappt es. Grey sitzt neben mir auf dem Boden und weiß nicht, ob er sich zuerst den schmerzenden Schnabel oder den Hintern reiben soll. Aber glaubt einer, die heutige Jugend würde mal Dankbarkeit zeigen?

»Alter Falter, das hat aber gedauert, bis mich mal einer gefunden hat. Ihr habt mich ja offensichtlich nicht sehr bald vermisst.«

Ich bin drauf und dran, Grey zu packen und ihn wieder in die Felsspalte zu stecken. »Dir müsste man deinen frechen Schnabel zubinden! Hast du eigentlich die geringste Ahnung, welche Sorgen wir uns um dich gemacht haben? Dein Vater denkt, du wärst ertrunken – tot!«

»Papa? Er macht sich tatsächlich Sorgen um mich?« Grey klingt plötzlich kleinlaut.

»Ja, logisch! Deshalb hat er sich sogar noch mit unserem Scheff ordentlich in die Daunen gekriegt. Wir sollten gleich mal zur Friesenkapelle rübergehen, dort sind die beiden und rupfen sich gegenseitig die Federn aus.«

Grey sieht nicht sehr begeistert aus. »Aber er ist bestimmt böse auf mich, weil ich abgehauen bin.«

»Er wird heilfroh sein, dich lebend zu sehen. Warum bist du nur dieser stumpfsinnigen Idee gefolgt, von der Truppe abzuhauen?«

»Ey, chill mal.«

Okay, denke ich. Da ist er wieder, unser Grey. Seine Reumütigkeit hat nicht lange angehalten. Aber es kommt noch dicker.

»Ich bin mit meinen vier Jahren fast erwachsen und will sowieso nicht mehr zur Truppe gehören. Ihr hackt doch immer nur auf mir rum – nichts kann ich euch recht machen.«

Ich will mich nicht darauf einlassen und wende mich zum Gehen. »Komm, junge Möwe, das klärst du am besten mit deinem Vater.«

»Ich bin alt genug, meine eigenen Entscheidungen zu treffen.«

»Ähm, und wo bitte willst du hingehen?«

»Keine Ahnung. Aber hier in Wenningstedt ist es voll cool. Es gibt Neubaureviere mit Fischbrötchen, jede Menge Spielplätze und den Dorfteich, wo man Enten ärgern kann. Was will ich denn mehr? Hier ist immer was los, und ins Möwenkino nach Westerland isses nur einen Flügelschlag weit. Hörnum liegt doch am Arsch der Welt. Und hier gibt es Menschen mit Humor. Warst du mal in der Friesenkapelle drin? Ich hab so was noch nie gesehen, aber das ist definitiv abgefahren: Unser heiliger Albatros in Menschengestalt an ein Lattenkreuz genagelt, damit es so aussieht, als ob er fliegen könnte. In Unterhose! Wie geil ist das denn? Also, ich bleib hier.«

»Sag das deinem Vater. Ihm wirst du sowieso noch einiges mehr erklären müssen. Weshalb hast du überhaupt hier drin festgesteckt?«

»Weil ich ein kleiner, unerfahrener Jungvogel bin?«

»Na siehst du, da hast du's.«

»Genau. Als dämliche Jungmöwe habe ich den Schmuck zuerst im Dorfteich gesucht und mich dann vor dem Gewitter hier drin in Sicherheit gebracht. Als ich mich ein bisschen umsah, habe ich, gar nicht so dämlich, die von Fietje versteckte Beute entdeckt.« Mit dem Flügel zeigt er auf die Stelle, wo er festgesteckt hat.

Tatsächlich. Im Zwielicht ist sie zwar kaum erkennbar, aber da liegt eine dunkle Schatulle in der Felsspalte.

»Und, bin ich immer noch ein kleiner, dummer, unerfahrener Jungvogel?« Grey sieht mich triumphierend an. »Schlau gedacht von Fietje, weil kaum ein Mensch da hinschaut. Die meisten können hier drin wegen ihrer Größe nur sitzen, und zwar mit dem Rücken zum Felsen. Aber nicht clever genug für eine Möwe wie mich.«

Ich schaue mich um und begutachte die Felsspalte. »Aber wo ist der restliche Schmuck? Er hat doch noch mehr von Knuts Mutter erpresst als diese Schatulle.«

Jetzt fängt Grey an zu lachen. »Ich sag's ja. Ich bin echt falsch bei der Truppe. Möwe in einer Mordkommission willst du sein? Ein Blindfisch bist du. Guck mal in die Nische da oben oder in die dunkle Ritze da. Blöd nur, dass die Sachen so festsitzen, dass nicht mal ich mit meinem dünnen Schnabel sie rausbekomme.«

Na super, denke ich. Jetzt leistet eine Jungmöwe hier die Aufklärungsarbeit. »Komm jetzt«, sage ich barsch. »Wir müssen zu deinem Vater und mit unserem Scheff beraten, wie wir der Polizei diese Entdeckung mitteilen.«

Von Baron Silver de Luft ist weit und breit nix zu sehen. Dafür sitzt Harry ziemlich zusammengefaltet mit geschlossenen Augen an der rückseitigen Kirchenmauer.

Ich räuspere mich. »Harry, dein Sohn ist wieder …« Weiter komme ich nicht. Harry springt auf, nein, okay, er rappelt sich auf und humpelt auf seinen Sohn zu. Wortlos legt er ihm einen Flügel um die Schultern und drückt ihn an sich.

Grey senkt den Kopf. »'tschuldigung, Papa.«

Harry wischt sich verstohlen eine Träne aus dem Auge. »Schon okay, war mein Fehler. Ich hab was kapiert. Eine kriminelle Vereinigung ist nichts für eine Jungmöwe. Dem Albatros sei Dank, dass du wieder da bist. Wir fangen jetzt ein neues Leben an. Ich habe Baron Silver de Luft meinen Ausstieg erklärt.«

Mich setzt es beinah auf mein Hinterteil. »Du hast was?«

»Du hast richtig gehört. Gleich nachdem ein Mann unsere Auseinandersetzung gestört und uns aus der Kirche gescheucht hat. Zu diesem Zeitpunkt hatte ich den Oberflügel gewonnen, aber nachdem unser Scheff auf Unentschieden gepocht hat und seinen Posten nicht räumen wollte, habe ich meine Konsequenzen gezogen.«

»Und wo ist unser Scheff jetzt?« Ich habe das verdammt ungute Gefühl, dass ich ab sofort allein dastehe – oder noch schlimmer: allein mit dem Scheff.

»Der ist nach Keitum geflogen.«

»Und wir bleiben in Wenningstedt, Papa? Nur wir beide? Mit eigenem Revier? Cool!«

War ja klar, dass es Grey im gemachten Nest doch besser gefällt. Nur mir gefallen Harrys Pläne ganz und gar nicht.

»Aber Harry, wenn ihr beiden jetzt auch noch geht, dann gibt es unsere Truppe wirklich nicht mehr.«

»Die gibt es schon seit Knuts Verschwinden nicht mehr, kapierst du das nicht? Diese dämlichen Crêpes waren alles, was uns als Truppe zusammengehalten hat. Wir haben sonst nichts gemeinsam, sind grundverschiedene Typen.«

»Aber ich dachte, wir hätten trotzdem …«

»Es tut mir leid, Ahoi. Aber du hast doch eine Perspektive. Auf Hallig Hooge erwartet dich ein wertvolles Brutgebiet.«

»Da scheiß ich drauf. Wenn euch das Schicksal von Mensch-Knut egal ist, obwohl er jahrelang unser Dealer war, dann haut doch ab. Ich will denjenigen drankriegen, der ihn umgebracht hat. Das sind wir ihm schuldig. Schon vergessen, er hat uns … nein, derjenige, der den Abschiedsbrief gefälscht hat und wohl gleichzeitig der Mörder ist, hat uns die Schuld an Knuts Tod gegeben.«

Harry und Grey machen betroffene Gesichter. Aber sie sagen nichts auf meine Frage hin, schütteln nur die Köpfe.

»Ihr bleibt also hier? Tja … okay, dann fliege ich jetzt allein nach Keitum, um unseren Scheff zu unterstützen.« Ich tue so, als würde ich mich auf den Weg machen wollen. Irgendwie hege ich immer noch die Hoffnung, dass ich meinen Weg nicht allein fortsetzen muss.

»Ahoi, unsere Entscheidung steht fest.«

Ich schwanke zwischen Wut und Trauer, als ich den Flügel hebe. »Gut, dann … ist das hier wohl ein Abschied.« Verdammt, jetzt sitzt mir ein Kloß im Hals. »Alles Gute für euch, und vielleicht fliegen wir uns ja mal wieder über den Weg …«

»Bestimmt – und dir auch viel Erfolg!«, ruft Harry mir hinterher.

Ich habe mich schon umgedreht. Ich will nicht, dass die beiden meine Tränen sehen. Ach Mann, eigentlich will ich gar nicht heulen, eine Möwe heult nicht, und eigentlich bin ich stinksauer, dass mich meine Kumpels so hängen lassen, aber gleichzeitig eben auch unfassbar traurig, dass es unsere Truppe nicht mehr geben soll.

Was bleibt mir nun anderes übrig, als Kurs in Richtung Keitum zu nehmen? Meinen Scheff will ich lieber nicht allein lassen. Sicher ist sicher.

Über Keitum hängen noch regenschwarze Wolken, während rundum die Sonne durchbricht. Die Backsteinfassade des Kirchturms leuchtet regelrecht vor dem dunklen Hintergrund. Diese Farben … Es gibt sie wirklich nur auf Sylt, auf dieser Insel. Aber ist es noch meine Insel? Was hält mich hier noch?

Viel Erfolg … wobei eigentlich? Bei einer längst gescheiterten Mordkommission? Bei der aussichtslosen Eroberung von Suzette? Oder viel Erfolg dabei, mein verkorkstes Leben neu aufzubauen?

Als ich Keitum erreiche, fängt es wieder an zu regnen. Genauer gesagt schüttet es wie aus Eimern. Dazu Windböen, die mich ins Trudeln bringen. Boah, dieses Wetter hier kann einem echt zusetzen. Stündlich schlägt es um, und während es an einem Ort schüttet, scheint ein paar Flügelschläge weiter die Sonne. Die Festlandmöwen schwören auf dieses Klima, sie schwärmen von der guten Luft, in der man herrliche Spazierflüge machen kann. Die müssen auch nicht bei jedem Wetter fliegen, verdammt. Und wehe, es gibt während ihres Urlaubs länger als einen Tag Regen und Sturm. Dann hört man nur noch Gekreische und Gezänk und kommt den Touri-Möwen besser nicht in die Flugbahn. Schließlich haben sie das gute Wetter mitgebucht, und wir Inselmöwen sind für das schlechte Wetter höchstpersönlich verantwortlich. Vielleicht sollte ich mich einfach nicht an dieser

Insel festkrallen, zurück in meine ruhige Heimat fliegen und auf Hallig Hooge das annehmen, was mir zusteht. Vernünftig wäre das, denke ich mir, aber seit wann bin ich vernünftig? Mein Bruder wird zudem kaum erfreut sein, wenn er mich für sein Erbe des Nistplatzes mit Wattgebiet von bestem Nährwert entschädigen muss.

Während ich in den Landeanflug auf das historische Friesenhaus von Knuts Mutter gehe, kommt mir ein Gedanke: Knut hatte auch einen Bruder. Was wäre, wenn Sönke ihn aus dem Weg geräumt hat, damit er beim Erbe nicht teilen muss? Wenn er vielleicht sogar ein Verhältnis mit Knuts Freundin Eva hatte? Was, wenn die beiden gemeinsame Sache gemacht haben? Nur warum reden der Pizzabäcker und Spitzbart-Fietje dann von einer Viktoria, die die Leiche im Meer versenkt hat? Wie auch immer, zunächst muss ich Knuts Mutter irgendwie begreiflich machen, dass ihr Sohn Knut leider tot ist und sie sich nicht länger erpressen lassen darf. Aber vielleicht hat das mein Scheff schon erledigt.

Im strömenden Regen mache ich mich zum Landeanflug auf den Kamin des Anwesens von Knuts Mutter bereit, als ich aus dem Augenwinkel im Garten etwas sehe – eine ziemlich gangunsichere, um nicht zu sagen torkelnde Möwe zwischen Gartenteich und Strandkorb. Mein Scheff. Wie ein Pfeil schieße ich zu ihm hinunter und lande neben ihm.

Seine Thunfischdose, neuerdings nicht nur rostig, sondern auch ziemlich verbeult, hängt bedenklich schräg über seinem rechten Auge. Seine Federn sehen aus, als wäre er gerade noch einmal lebendig einem Triebwerk entkommen, und genauso verpeilt schaut er mich auch an, während der Regen auf seine Blechkappe trommelt. Zudem geht ein gewaltiger Alkoholgestank von ihm aus; so streng riecht Alki in seinen schlimmsten Phasen nicht.

Mein Scheff – wobei mir die Bezeichnung Ex-Scheff bei diesem peinlichen Auftritt inzwischen lieber ist – wird sich doch nicht Mut angesoffen haben, um Frau Johannsen gegenüberzutreten und ihr den Tod ihres Sohnes mitzuteilen? Seit wann trinkt Baron Silver de Luft überhaupt? Und auch noch am helllichten Tag? Die Sache wird noch viel merkwürdiger: Aus dem mir halb zugewandten Strandkorb sehe ich stämmige Waden herausschauen, die Füße in Hausschuhen, die Knie nur von einem geblümten Hausmantel bedeckt.

Was, um alles in der Welt, macht Knuts Mutter bei diesem Regen draußen im Strandkorb? Sie kann sich doch den Tod holen. Ein Gedanke durchfährt mich, und ich schaue nach. Frau Johannsen sitzt mit geschlossenen Augen da, der Mund steht offen und die Hände sind im Schoß gefaltet. Richtig friedlich sieht sie aus.

»Scheff, was ist hier los?«

Baron Silver de Luft schaut mich an, als würde ich wie ein Huhn gackern. An seinem Blick kann ich förmlich sehen, wie seine verknoteten Gehirnwindungen arbeiten. Mit dem Flügel zeigt er auf Knuts Mutter, bemüht sich dabei um Haltung, macht den Schnabel auf und klappt ihn wieder zu.

»Scheff?«

Erneut öffnet er den Schnabel; seine Zunge macht Gymnastikübungen, damit er den offenbar ziemlich komplizierten Satz über die Schnabelkante bringt. Genau ein Wort bringt er schließlich heraus, und das klingt wie an ein Gummiseil angebunden.

»Tooohoot.«

»Ja, aber … wie … warum … wer …?« Verdammt, jetzt fange ich auch schon an zu stottern. Aber immerhin scheint mein Scheff grundsätzlich auskunftsfreudig zu sein, denn er holt tief Luft und plustert sich auf, bis sich sein Brustkorb vorwölbt. Dann hält er mitten in der Atembewegung inne, als hätte er vergessen, was er sagen wollte.

»Scheff?«

Er breitet die Flügel aus, macht eine todernste Miene und scheint sich sicher, dass er mir den komplexen Sachverhalt jetzt mitteilen kann. Dann platzt es aus ihm heraus: *»I'm singing in the rain, I'm singing in the rain …«* Er wirft ein Bein enthusiastisch in die Luft und dreht sich um die eigene Achse. *»What a gloriiiiious feeling, I'm happy again. I'm laughing at clouds …«* Noch eine

Drehung, und damit fällt er vor die Füße von Frau Johannsen beziehungsweise vor eine dunkle Flasche. Sie ist leer, aber allein der Geruch sagt mir, dass dieses Zeug selbst unseren Alki umhauen würde. Mit einem Schlag werden mir zwei Dinge klar: Erstens, Frau Johannsen ist nicht tot, sie schläft nur, und zweitens wird sich mein Scheff nachher die Seele aus dem Leib kotzen. Mein Ex-Scheff.

»Wie viel haben Sie davon getrunken?«, frage ich ihn, um die Dauer seiner Flugunfähigkeit einschätzen zu können. Ich habe nämlich keinen Bock, hier noch länger im Regen rumzustehen. Und bis Knuts Mutter aufwacht, das kann noch dauern.

»Nisch viel. Abba guutes Seug.«

»Wie viel ist nicht viel?«

»Nur ananallüsiert. Ich bin der Scheff. Der Scheff. Habe alles unnersucht. Alles.«

»Das merke ich. Die gute Frau Johannsen ist aber nicht tot. Sie ist nur betrunken und schläft ihren Rausch aus.«

»Neihein, sie is toohoot.«

Man sollte seinem Scheff nicht widersprechen, auch nicht, wenn es der Ex-Scheff ist, und schon gar nicht, wenn er betrunken ist. Ich tue es trotzdem, sonst hieße ich nicht Ahoi.

»Sie schläft nur. Menschen vertragen viel mehr als Möwen.«

»Abba dasda nist …« Er hüpft wagemutig auf den Oberschenkel von Frau Johannsen, dass nicht nur seine Thunfischdose gefährlich in Schieflage gerät, und ich bete darum, dass sie nicht doch plötzlich aufwacht. Der Anblick meines Scheffs würde ihr Herz definitiv zum Stillstand bringen.

»Guckst du da«, sagt Baron Silver de Luft und deutet mit dem Flügel in die Ecke des Strandkorbs. Das bringt ihn ein zweites Mal fast aus dem Gleichgewicht, und ich hüpfe zu ihm hinauf, um ihn vor dem Absturz zu bewahren.

Neben Knuts Mutter sehe ich eine kleine weiße Plastikdose liegen.

»Das ischein Beweis«, tönt es neben mir.

In meinem Hirn ist der Teufel los. Also doch tot. »Hat sie sich etwa umgebracht?«

Baron Silver de Luft ringt um sein Gleichgewicht wie ein betrunkener Matrose auf schwankenden Schiffsplanken. »Jawoll, hat sie. Sie is tot. Bumms, zack, aus. Habbich alles analallüsiert. Mausetot. Wie eine mausetote Möwe.« Er fängt an zu lachen und kriegt sich nicht mehr ein. »Mausetote Möwe!«

Mir wird ganz anders. Alkohol, Tabletten – das habe ich schon zu oft im Möwenkino gesehen. Aber noch nie hatte ich einen toten Menschen vor und einen besoffenen Ex-Scheff neben mir.

»Aber Sie haben doch die Tabletten nicht etwa auch analysiert?«

»Neihein, waren keine mehr drin. Sauerei.« Er fängt wieder an zu lachen. »Sauerei, dassis komisch.«

»Hier ist leider nichts komisch.«

Baron Silver de Luft macht eine ernste Miene, soweit ihm das möglich ist. »Nein?«

»Nein. Was machen wir denn jetzt?« Derart überfordert mit einer Situation habe ich mich in meinem ganzen Möwenleben noch nicht gefühlt.

Ein Lächeln geht über des Scheffs Gesicht, als sei ihm schlagartig etwas eingefallen. Mahnend hebt er den Flügel. Ganz gleich, welchen Rat er mir jetzt gibt, ich werde ihn befolgen.

»What shall we do with a drunken seagull, what shall we do with a drunken seagull, what shall we do with a drunken seagull early in the morning ...«

Boah, wenn ich keine Angst haben müsste, dass er mir ersäuft, würde ich ihn zur Ausnüchterung in den Gartenteich werfen. Was soll ich denn jetzt machen? Was tut man mit einer Leiche und einem besoffenen Scheff? Richtig. Man nimmt die Beine unter die Flügel und guckt, dass man Himmel gewinnt. Allerdings meldet sich sofort mein schlechtes Gewissen. Ich kann doch Baron Silver de Luft hier nicht im Stich lassen, nein, das gehört sich nicht. Hm, ich könnte meinen Scheff an ein Seil anbinden und ihn abschleppen. Nur, wo finde ich ein Seil? Mist, Knuts Mutter trägt keinen Stoffgürtel an ihrem Morgenmantel – dafür entdecke ich unter dem Obstbaum einen langen, dünnen Zweig, den der Sturm abgebrochen hat. Dann eben eine Abschleppstange. Das dürfte klappen, wenn mein Scheff sich den Zweig zwischen den Schnabel klemmt. Guter Plan. So kommen wir auf jeden Fall bis nach Hause, und wenn er dann wieder nüchtern ist, können wir in Ruhe nachdenken.

»Scheff, wir nehmen diesen Zweig als ... Scheff?« Das darf doch nicht wahr sein. Er liegt auf dem breiten Schoß von Knuts Mutter und ist eingepennt. Tief und fest. Da hilft auch kein Rütteln. Also gut, neuer Plan. Vielleicht funktioniert der auch nicht.

SECHS

»Ich will nicht Taxi fahren«, mault Baron Silver de Luft.

»Das ist auch kein Taxi, das ist ein Polizeiauto.« Am liebsten hätte ich noch hinzugefügt: Und jetzt halten Sie Ihren verdammten Schnabel! Aber ich verkneife es mir, weil ich keine Meuterei auf dem Blaulicht haben will. Ich bin froh, dass die Jungs uns mitnehmen, wenn auch unwissentlich auf dem Autodach, aber genau deshalb soll Baron Silver de Luft jetzt ja auch seinen Schnabel halten. Die Polizei war schneller da, als ich mir einen Plan ausdenken konnte. Denn offenbar hat mein Scheff sein Seemöwen-Lied laut genug gesungen, dass die Nachbarn auf uns aufmerksam wurden – und dabei natürlich auch auf Frau Johannsen. Schon bald gab es ein Großaufgebot an uniformierten Menschen im Garten. Ich habe den Polizisten zugebrüllt, dass sie nach einer Viktoria und der Leiche von Mensch-Knut suchen müssen. Aber anstatt mir zuzuhören, haben sie nur in meine Richtung zurückgebrüllt, was denn dieses elende Geschrei soll, und weiter die Nachbarn befragt. Die haben ausgesagt, Frau Johannsen habe sich in den vergangenen Wochen sehr zurückgezogen, sie habe niemanden sehen wollen, und zuletzt sei nur ein alter Schulfreund ihres verschwundenen Sohnes zu Besuch gewesen.

»Taaatüüü, taaataaaa!«, schreit mein Scheff, nachdem meine Info nun auch bis in seine Promillezellen durchgesickert ist.

Die Beamten wollen Fietje einen Besuch abstatten, deshalb befinden wir uns jetzt in rasanter Anfahrt auf den Rantumer Campingplatz. Wenigstens regnet es nicht mehr, aber bei dem Fahrtwind müssen wir ganz schön in Deckung gehen, und ich befinde mich in ständiger Angst um meinen Scheff, der fast vom Dach fällt. Gleich sind wir da.

Hoffentlich hat Balthasar die beiden Ganoven gut im Auge behalten. Dem wird gleich ganz schön der Schnabel aufklappen, wenn er uns mit dem Streifenwagen kommen sieht.

»Is mir schlecht«, jammert der Baron, als wir auf den Campingplatz einbiegen und die Beamten zielstrebig auf Fietjes Wohnwagen zusteuern.

»Wir sind gleich da. Durchhalten, Scheff.«

Der Streifenwagen parkt vor dem Wohnwagen mit dem orangeroten Streifen. Ein paar Campingplatznachbarn stehen sofort von ihren Liegen auf und schauen über den Windschutz.

Die Polizisten steigen aus, wobei der Beifahrer nahe am Fahrzeug bleibt und seinem Kollegen Rückendeckung gibt.

»Aufmachen, Polizei!«

Boah, jetzt sind wir echt mitten in einem Krimi. Nur wo ist Balthasar? Auch unterm Wohnwagen finde ich ihn nicht. Himmel, wo ist er hin? Kann man sich denn in dieser Truppe auf gar niemanden verlassen? Ich hüpfe aufs Wohnwagendach, um mir einen Überblick zu verschaffen. Und tatsächlich entdecke ich Balthasar ziemlich schnell. Ist auch gar nicht so schwer. Dort, wo sich eine Menschentraube gebildet hat, sitzt Balthasar auf dem Dach eines Wohnwagens, die Zeitung von heute Morgen aufgeschlagen und posiert im Blitzlichtgewitter. Den Rest kann ich mir denken.

Ich fliege zu ihm hin, obwohl ich echt keinen Bock auf Rampenlicht habe, aber der braucht einen Einlauf. »Was in drei Krähen Namen machst du hier? Du solltest auf Fietje aufpassen! Wo ist er hin?« Das vergebliche Klopfen des Polizisten an der Wohnwagentür höre ich bis hierher.

Balthasar schaut mich mit schräg gelegtem Kopf an. »Was ich hier mache? Ich betreibe Aufklärungsarbeit. Ich informiere die Camper über unsere Ermittlungsergebnisse im Fall Knut. Was dagegen? Vielleicht sind wichtige Zeugen unter ihnen.« Das kurzzeitig abgeklungene Blitzlichtgewitter beginnt von Neuem.

»Balthasaaaar! Noch einmal langsam und zum Mitschreiben für dich: Die Menschen verstehen uns nicht. Das ist vergeblich, was du da machst. Und wenn ein Mensch eine wichtige Beobachtung gemacht hat, geht er zur Polizei. Die klopft da drüben übrigens gerade vergeblich an Fietjes Wohnwagen. Wir haben Knuts Mutter tot im Strandkorb gefunden, wahrscheinlich Selbstmord, aber noch wissen wir das nicht genau. Die Polizei geht den letzten Kontakten nach, die Frau Johannsen hatte. Wenn du deinen Job richtig gemacht hättest, könnten die Polizisten sich Fietje jetzt zum Verhör schnappen!«

Balthasar stemmt die Flügel in die Hüften und funkelt mich an: »Ich habe versagt, ja?«

»Ja, hast du.« Kaum ausgesprochen, merke ich, dass es ein Fehler war, Balthasar so anzugreifen. Aber habe ich deswegen unrecht? Ich stemme ebenfalls die Flügel in die Hüften. »Du hattest die Anweisung von unserem Scheff, Fietje nicht aus den Augen zu lassen.«

»Schau mal, die Möwe da ist eifersüchtig«, tönt es aus der Menge.

»Die sollen mal aufhören, sich zu zanken.«

»Ich will unbedingt noch ein Foto von der Möwe machen, wenn sie in die Zeitung schaut.«

Balthasar lächelt zufrieden, ordnet sich die Federn und beugt sich wieder über das aufgeschlagene Blatt.

»Das sieht echt so aus, als könnte die Möwe lesen.«

»Das glaubt mir zu Hause keiner!«

Fassungslos umkreise ich Balthasar, der die Menschen nun lauthals über den Tod von Knuts Mutter informiert.

»Das ist jetzt nicht dein Ernst, Balthasar. Lass den Unfug bleiben und hilf mir, Fietje zu suchen! Ich habe nur unseren besoffenen Scheff im Schlepptau.«

Die Menschenmenge wird unruhig. »Die andere Möwe soll weg, sie stiehlt unserer die Show.«

»Da hörst du es! Die Menschen wollen mich! Schau dir mal den Presserummel an. Alle hängen an meinem Schnabel. Und was sagst du da über unseren Scheff? Besoffen? Aber *ich* habe versagt, weil ich mich auf die Suche nach Zeugen gemacht und die Menschen über die Arbeit unserer Mordkommission informiert habe, ja? Hätte ich stattdessen tatenlos stundenlang auf dem Wohnwagendach rumsitzen sollen? Weißt du was, so langsam scheiße ich auf die ganze Sache. Wo sind überhaupt Harry und Grey? Sollen die dir doch helfen, Fietje aufzuspüren.«

»Die beiden …« Nach kurzem Nachdenken entschließe ich

mich, Balthasar die Wahrheit zu sagen, früher oder später wird er es ja sowieso mitkriegen, und vielleicht bewegt es ihn dazu, mich nicht auch noch im Stich zu lassen. »Harry hat mit unserem Scheff ein ziemliches Federlesen veranstaltet und ist mit Grey aus der Truppe ausgestiegen. Die beiden wollen ein neues Leben in Wenningstedt anfangen, abseits jeglicher Kriminalität.«

»Eine weise Entscheidung. Ich kann Harry nur dazu beglückwünschen. Bitte bestell unserem besoffenen Scheff, dass ich fortan ebenfalls kein Mitglied unserer kriminellen Vereinigung mehr sein möchte. Meinen Rücktritt erkläre ich ihm dann auch noch schriftlich.«

»Aber unser Scheff hat doch nur die Flasche …«

»Es ist mir egal, was passiert ist. Wenn er wieder nüchtern ist, kann er sich die Gründe für meinen Rücktritt gerne durchlesen. Der Tod unseres Dealers war ein Flügelwink unseres heiligen Albatros, mich wieder auf den richtigen Weg zu besinnen und eine ehrliche Möwe zu werden. Es hat lange genug gedauert, bis ich das erkannt habe. Suzette, Jonathan, Helgi, Alki, Harry und sein Sohn, sie alle haben einen Neuanfang gemacht.«

»Und wovon willst du leben?«

»Ich werde mich davon ernähren, den Menschen Vorträge über das Möwensterben zu halten und darüber, wie wichtig die Erhaltung unserer Art ist – das ist ehrliche Arbeit. Außerdem werde ich studieren. Das ist schon lange mein Traum.«

»Ich dachte, du hättest schon mal ein paar Semester an einer Universität studiert?«

»Silvester an der Unität heißt das. Das hab ich dir schon mal gesagt. Wenn ich herausgefunden habe, wie man in die Bibliothek in Westerland einbricht, werde ich alle Bücher über die menschliche Seele lesen, und dann werde ich psychotropischer Peratheut. Und jetzt stör mich bitte nicht länger bei der Arbeit. Schau doch, die Ersten gehen schon.«

»Und? Haben sie dir was zu fressen gegeben? Nein! Weil die Menschen uns nicht füttern dürfen. Wir müssen uns das Essen schon von ihnen holen. Die wollten nur ein Foto von dir, mehr nicht.«

»Glaubst du etwa, ich mache mich hier zur Bordsteinschwalbe? Du traust mir wohl kein neues, ordentliches Leben zu?«

»Doch, Balthasar, du schaffst alles – auch mich.« Wutentbrannt, aber auch unendlich enttäuscht, fliege ich zum Polizeiwagen und zu Baron Silver de Luft zurück.

»Das können Sie vergessen – der Fietje hat mal wieder die ganze Nacht gefeiert …«, tönt einer der Nachbarn. Der kommt gerade aus seinem Vorzelt, als ich wieder auf dem Polizeiauto lande. Wenigstens hat der Scheff sich nicht von der Stelle gerührt. Kunststück, so wie der aussieht, macht er eher bald den Abflug ins Jenseits. Hinter dem älteren Mann drängt sich eine braun gebrannte Frau im Bikini heraus, die so viele Falten hat, wie ich Federn am Körper. Beide kommen nach vorn an den Windschutz, der die Grenze zu Fietjes Parzelle bildet. Fietje hat keinen Windschutz und auch kein Vorzelt.

»Der Fietje, der ist vorhin mit seinem Roller weggefahren, obwohl er bestimmt noch nicht nüchtern ist«, sagt die Frau.

Ich fühle mich, als würde ich auf der Stromleitung sitzen. »Scheff«, raune ich. »Alles okay? Wir müssen der Polizei helfen … wir suchen Fietje vom Luftraum aus.«

Baron Silver de Luft reagiert nicht, guckt mich nur stier an und kneift den Schnabel zusammen. Okay, ich helfe der Polizei, aber dazu müsste ich wenigstens wissen, ob Fietje nach Norden oder Süden gefahren ist. Das versuchen die Männer gerade zu klären.

»Wissen Sie, wo Herr Paulsen hingefahren ist, Frau …?«

»Schmidt-Schulze. Natürlich habe ich das gesehen. Ich habe auch gesehen, wie der Pizzabäcker aus Hörnum heute kurz nach Sonnenaufgang den Wohnwagen verließ und vorne beim Parkplatz in ein wartendes Taxi stieg. Die beiden haben nämlich vergangene Nacht ein Saufgelage veranstaltet, und ich bin diesem Lebemann im Morgenrock hinterher, um ihn über die Platzvorschriften aufzuklären. Ich habe ihn leider nur nicht mehr rechtzeitig erreicht.«

»Aber Sie sind sicher, dass der Pizzabäcker in das Taxi gestiegen ist?«

»Natürlich, wer sonst? Im Restaurant wird nie so lange gefeiert.«

»Es könnte auch jeder andere auf dem Campingplatz ein Taxi gerufen haben. Sie sind dem Mann ja nicht gleich hinterher, sondern haben nur jemanden Herrn Paulsens Wohnwagen verlassen gehört. Sind Sie sicher, dass es der Hörnumer Pizzabäcker war?«

»Natürlich! So einem Menschen muss man doch die Meinung sagen. Und Fietje wird eine Verwarnung vom Platzwart bekommen, dafür werde ich schon sorgen. So jemand in der Nachbarschaft, das ist doch kein Zustand …«

»Und wohin ist Herr Paulsen nun gefahren?«

»Na, dem Pizzabäcker hinterher, das ist doch klar.«

»Aber Sie haben es nicht genau gesehen?«

»Was heißt genau? Ich habe definitiv gesehen, dass Fietje losgefahren ist. Und wo soll er sonst hin, heute an seinem freien Tag? Wenn Sie mich fragen, haben die beiden eine Rechnung miteinander offen. Der Sache sollten Sie mal nachgehen.«

»Das tun wir gerade, Frau Schmidt-Schulze. Vielen Dank für Ihre Auskunft, wenn wir noch Fragen haben, kommen wir auf Sie zurück.«

Der Polizist will sich abwenden. Die Faltenfrau scheint aber gar nicht damit einverstanden, dass ihr Auftritt schon wieder vorbei sein soll. Sie zieht die Augenbrauen hoch, sodass sich darüber eine wahre Gebirgslandschaft auftut.

»Können Sie nicht mal was gegen diese lästigen Möwen unternehmen?« Sie zeigt auf uns. »Heute früh saßen diese Biester auf Fietjes Wohnwagen und haben so ein Geschrei veranstaltet, dass der ganze Campingplatz schon vor Sonnenaufgang wach war.«

»Dann gibt es ja bestimmt noch andere Zeugen, die uns etwas zu Herrn Paulsen sagen können.«

»Nein, nein, so meinte ich das auch nicht. Bestimmt kann Ihnen niemand sonst so detailliert Auskunft geben wie ich, aber gegen diese gefiederten Biester müssen Sie wirklich mal etwas unternehmen – das sind doch auch Verbrecher.«

Ihr Mann, ebenso faltig wie die Frau, allerdings um einiges

kleiner und schmaler, legt ihr die Hand auf die Schulter. Menschen haben manchmal einen komischen Brutpartnergeschmack.

»Ach, lass gut sein, Hilde. Die Herren haben etwas anderes zu tun. Außerdem sind die Möwen auf dem Polizeiauto doch ganz putzig, nur die eine sieht ein bisschen krank aus.«

»Scheff, haben Sie das gehört? Putzig! Der Mann hat gesagt, wir seien putzig. Unverschämtheit. Scheff ... alles okay?« Sieht nicht so aus. Baron Silver de Luft kauert an der Außenkante des Dachs und macht mit dem Oberkörper wellenartige Bewegungen.

»Gegen die Möwen können wir leider keinen Haftbefehl erwirken, Frau Schmidt-Schulze. Christian, einsteigen! Ruf Verstärkung, such das Kennzeichen raus und gib beim Sylt-Shuttle Bescheid.«

»Mach ich. Ich geb auch gleich noch bei der Fähre die Personenbeschreibung durch. Igitt, pfui Teufel! Jetzt hat mir diese Möwe doch tatsächlich ins Genick gereihert.«

»Jammer nicht, und sei froh, dass sie nicht geschissen hat. Das Zeug kriegste nämlich nie wieder raus.«

Die Türen knallen zu, der Motor wird angelassen.

»Festhalten«, kann ich meinem Scheff gerade noch zubrüllen. Sein Schnabel ist fast so weiß wie sein Gefieder. Kein gutes Zeichen. Aber wenigstens lässt er sich die Sache jetzt endlich durch den Kopf gehen.

Der Wagen prescht die schnurgerade Zufahrt zum Campingplatz entlang, wo sich im letzten Moment die Schranke öffnet.

»Kopf einziehen!« Eigentlich nicht notwendig, das zu betonen. Der Baron liegt ohnehin platt wie eine Flunder auf dem Autodach. Nur hätte ich vielleicht meiner eigenen Aufforderung Folge leisten sollen, dann hätte ich das Brett nicht vor den Kopf gekriegt. Im hohen Bogen mache ich den Abflug und lande nach einem Salto mit einem Bauchplatscher auf dem Zufahrtsweg. Aua. Nichts anmerken lassen, denke ich. Nichts anmerken lassen. Das hat von den Menschen beim Bäcker und an der Rezeption niemand gesehen, niemals nicht, die gucken alle nur so fasziniert, weil die B-Note richtig gut war.

Der Aufprall muss doch heftiger gewesen sein als gedacht, denn plötzlich sehe ich weiter vorne den Pizzabäcker, wie er mit Fietjes Roller wie angewurzelt auf dem Weg vor dem Polizeiauto steht, das eine Vollbremsung hinlegt. Er hat einen Helm auf, aber die Statur und vor allem die Kleidung ... Hab ich jetzt Halluzinationen, oder ist er den Jungs direkt in die Arme gefahren, während sich Fietje doch noch im Wohnwagen versteckt hält?

Ich fliege auf das Autodach, der Pizzabäcker sieht mich und stößt einen schaurigen Schrei unter seinem Helm aus: »Tatsächlich! Die Vögel!«

Ein Gefühl der Genugtuung überkommt mich. Haben wir ihm also doch ordentlich Angst eingejagt. Der wird sich hüten, noch mal eine Möwe mit einem Fußtritt ins Hafenbecken zu befördern, geschweige denn über uns zu lachen. Er reißt den Lenker herum und prescht zurück auf die Hauptstraße, ohne Rücksicht auf den Verkehr. Die Polizisten ohne Rücksicht auf uns hinterher.

Verfolgungsjagd! Ich stoße einen Jauchzer aus. Dass ich das in meinem Möwenleben noch erleben darf. Die Reetdachhäuser von Rantum, sie schießen nur so an mir vorbei. Ist das geil, so eine Geschwindigkeit zu haben und mal nicht selbst fliegen zu müssen. Dazu der irrsinnige Sound der Sirene und die Lichteffekte. Traum und Alptraum können allerdings ziemlich nah beieinander liegen, denke ich mir mitleidig. Genau eine Möwenlänge auf dem Autodach.

Der Pizzabäcker rast unbeirrt durch Rantum in Richtung Süden, die Polizei klebt ihm dicht am Reifen. Warum tut er das? Auf der Insel entkommt er doch sowieso nicht. Nicht, wenn ihm die Polizei so dicht folgt. Jetzt erreichen wir den Ortsausgang.

Dieser Geschwindigkeitsrausch, das ist der wahre Kick! Vorbei an der Verkehrsinsel. Mein Körper ruckt wie bei einer zackigen Tangofigur in eine neue Position und wieder zurück. Wie, Sie glauben, dass eine Möwe von Tango keinen Schimmer hat? Haben Sie eine Ahnung! Ich werde es Ihnen später noch beweisen, warten Sie nur ab. Mein Scheff hat weniger Glück, der hängt jetzt mit seinem Hintern am Beifahrerfenster runter und klammert sich mit den Flügeln am Blaulichtkasten fest. Verdammt, lange wird er sich nicht mehr halten können. Ich strecke meinen Flügel nach ihm aus – erreiche aber nur seine Federspitzen. Ich hangle mich am Blaulichtkasten entlang. Die Sirene ist so laut, dass wir uns nur mit Blicken verständigen können. Sein Blick sagt: Scheiße.

Ich robbe noch ein Stück vorwärts. Bei der Geschwindigkeit presst es mir die Federn nach hinten, dass mein Hinterteil wie das einer fetten Gans aussehen muss. Ich mache den Hals lang und noch ein bisschen länger, noch ein bisschen. Ich mache den Schnabel auf, um meinen Scheff am Flügel zu packen. In dem Moment rutscht er weiter ab. Was sein Blick jetzt sagt, will ich lieber nicht übersetzen. Noch eine halbe Schnabellänge. Verdammt, ich rutsche gleich selbst ab. Jetzt! Ich hab ihn. Unter Einsatz all meiner Kräfte ziehe ich den Baron zurück aufs Dach. Dem Möwenhimmel sei Dank! Und wieder muss ich an Suzette denken. Wenn sie das jetzt gesehen hätte, wäre ich ihr Held. Für immer und ewig.

Waaah, sagte ich eben etwas von Geschwindigkeit? Der Pizzabäcker hat mit dem Roller eine Hundertachtzig-Grad-Drehung hingelegt, und wir sind an ihm vorbeigeschossen, aber nur zwei Sekunden lang, bis unser Fahrer reagiert hat. Zwei Sekunden bis zu unserem gratis Freiflug in die Dünen. Zwei, eins. Scheiß Fliehkraft. Salto, Salto, Überschlag … Scheiß Erdanziehungskraft.

Unser Polizei-Taxi fährt ohne uns hinter dem Roller her zurück nach Rantum.

»Ich bin tot, ich bin tot …«, jammert Baron Silver de Luft.

Ich seufze und denke über eine Möglichkeit nach, ihn erst mal nach Hause zu bringen. So einen turbulenten Start in den Morgen braucht echt keine Möwe. Es ist derart viel passiert, dass ich kaum glauben kann, dass die Sonne erst jetzt an ihrem höchsten Punkt steht.

Zum Geier, immer, wenn man ein Möwentaxi braucht, ist keines in der Nähe. Ich lege meinen Kopf in den Nacken und schreie, so laut ich nur kann: »Taxi!«

Gott sei Dank erhalten wir kurze Zeit später einen Bestätigungsschrei der Leitzentrale. Jetzt heißt es warten, bis das Taxi endlich eintrudelt. Die brauchen immer ewig, bis sie mal in die Hufe kommen und sich von ihrem Posten in den Tinnumer Wiesen vom Acker gemacht haben. Und dann weiß man immer nicht, was kommt, Großraumlimousine, Ferrari oder Smart.

Gefühlte Stunden später sehe ich den Rasenmäher auf uns zulaufen. Das Schaf begrüßt uns und fragt nach Familie Spatz. Als wir verneinen, murmelt es: »Sorry, anderer Auftrag«, und trottet weiter. Vor Verzweiflung habe ich mir bald alle Federn ausgerupft, als endlich die Großraumlimousine neben uns hält. Die Kuh begrüßt uns mit einem unfreundlichen »Muh«, und obwohl sie so ewig gebraucht hat, lässt sie uns jetzt kaum eine Sekunde Zeit, auf ihren breiten Rücken aufzusteigen. Auf unsere Beschwerde hin murmelt sie was von »Hauptsaison«, ein Wort, das alles entschuldigen soll, und trottet mit uns auf dem Rücken gen Hörnum los.

»Ich hasse Möwentaxi«, jammert mein Scheff.

Ich kann kaum verständlich sprechen, weil meine Stimme genauso schaukelt wie der Rücken der Kuh. Warum müssen Taxifahrer immer einen so verdammt unangenehmen Fahrstil haben? Schön immer das Positive sehen, denke ich mir. »Scheff, seien Sie froh, dass wir hier sitzen. Und hoffen Sie lieber, dass wir so bis Hörnum kommen. Nicht dass uns wieder irgendein Polizist die Tour versaut, weil unser Taxifahrer in seinen Augen keine gültige Lizenz hat und festgenommen wird.«

***

»Es gibt guuute Nachrichten«, trällert mein Ex-Scheff in meinen Schlaf hinein.

Ich klappe ein Auge halb auf. Wir stehen im Stau, mitten auf der Kreuzung zum Hörnumer Hafen, in Sichtweite zu unserem Crêpes-Stand. Dass die Kreuzung von der Kuh blockiert wird, erschließt sich mir erst, als die zahlreichen Blechvögel ihr Hupkonzert beginnen. Nun bin ich schlagartig wach. Ich informiere unseren Taxifahrer, dass wir hier aussteigen wollen, und falle fast hintenüber, als ich den Tarif genannt bekomme: »Das macht fünfundzwanzig Maiskolben, in kleinen Stücken. Und wehe, die Feder ist nicht gedeckt.«

Grummelnd reiße ich mir eine Deckfeder aus. Mais habe ich noch genügend auf der Bauernhof-Bank in Tinnum, nur keine Heringe, mit denen ich etwas anfangen könnte. »Bitte schön.« Ich klemme der Kuh die Feder ins Maul. Boah, wie ich diese Wiederkäuer hasse.

»Kein Trinkgeld?«

»Ähm, ja doch, klar.« Ich zeige geradeaus. »Da hinten geht es zur Golfplatz-Wiese. Auf dem Parkplatz vor dem Hotel links abbiegen, ist frei zugänglich.«

Unbeeindruckt von den Blechvögeln trottet sie in die angegebene Richtung.

»Und was genau war jetzt die gute Nachricht?«, frage ich meinen Ex-Scheff.

»Heiiimaaaat, oh Heimmaaat«, ruft er und wankt auf den geschlossenen Crêpes-Stand zu.

Nun sitze ich da, bewache meinen Ex-Scheff beim Rausch-Ausschlafen und habe vor allem eines: Hunger. Ich schaue der Robbe Willi zu – sie erinnern sich, dieses dicke, kugelrunde Vieh, das trotz ihres Namens weiblich ist und als einzige ihrer Spezies seit Jahrzehnten im Hörnumer Hafenbecken lebt, das Jagen völlig aufgegeben hat und sich stattdessen von Touristen füttern lässt. Ich schmiede den Plan, ihr einen zugeworfenen Hering aus der Luft abzujagen.

In der Ecke des Hafens, wo Willi wohnt, drängen sich wie jeden Tag kleine und große Menschen dicht am Kai und beugen sich so weit vornüber, dass man Angst haben muss, einer von ihnen könnte die drei Meter hinunter ins Wasser fallen. Auch sie lauern, jeder einen Fotoapparat in der Hand.

Nur wer sich nicht blicken lässt, ist Willi. Dabei war sie vor zehn Minuten, als es einen Hering gab, noch da. Weit weg kann sie nicht sein, nicht in der Hauptsaison. Erstens ist diese kleine

Ecke ihr Revier, zweitens weiß sie ganz genau, dass jetzt viele Touristen da sind, und drittens tut sie zwar so, als könne sie keine zwei Meter weit schwimmen. Sobald aber die Saison vorbei ist, schwupps, schwimmt sie raus zur Sandbank vor Sylt, wo ihre Artgenossen leben.

Jetzt ist es so weit. Ein kleiner Junge kommt mit einem Hering in der Plastiktüte vom nahen Fischhändler die Treppen zum Kai hinunter. Gefährlich nah stellt er sich an die Kante, beugt sich dabei noch weit vor und hält den Hering an der Schwanzflosse am ausgestreckten Arm übers Wasser. Meine Beine zucken, und ich unterdrücke nur mühsam meinen Beutereflex. Das ist ein Kind, und einem Kind jagen wir nichts ab. Möwenehrenkodex.

Wie aus dem Nichts taucht Willi auf. Wobei auftauchen etwas zu viel gesagt ist. Es ist vielmehr so, dass sie ihren walartigen Körper im Kampf gegen die Schwerkraft an die Oberfläche hievt. Sie hängt sich mit den Flossen in ein knapp unter der Wasseroberfläche verlaufendes Tau ein und streckt dann den Kopf gerade so weit heraus, dass sie den Mund öffnen kann. Clever ist dieses Vieh ja. Und was ich mich schon immer frage: Wie hat sie den Hering, der gut drei Meter über ihr schwebt, aus den Tiefen des trüben Hafenbeckens gesehen? Gerochen? Ich weiß nicht, wie sie das macht. Jedenfalls, wo ein Hering ist, ist auch Willi. Umgekehrt gilt das auch. Letzteres zu meinem Glück – hoffentlich.

Mit ihren kugelrunden pechschwarzen Augen fixiert sie den Fisch. Mir läuft das Wasser im Schnabel zusammen. Ich mache mich startklar. Jetzt entscheiden Sekundenbruchteile. Mit zugegebenermaßen niedlich-hinreißendem Blick löst Willi den menschlichen Fütterungsreflex aus. Die Hand des Jungen zuckt.

Diesen Blick muss ich mir unbedingt auch antrainieren, denke ich noch und stoße mich von meinem Pfeiler ab. Ich schieße knapp über Willis Kopf hinweg – und knalle mit offenem Schnabel gegen den dicken Hafenpfeiler in meinem persönlichen Bermudadreieck. Als ich mich umblicke, hält der Junge den Hering immer noch in der Hand.

Alle Aufmerksamkeit liegt jetzt auf dem bemitleidenswertesten, unter größtem Hunger leidenden, ärmsten Tier auf der ganzen großen weiten Welt – auf Willi. Die posiert nämlich mit lang gerecktem Hals, und der Junge wartet, bis auch jeder Anwesende mindestens sein Handy gezückt hat und ein Foto schießen konnte. Jetzt lässt er den Fisch fallen, und der landet direkt in Willis Schlund. Nicht mal schlucken muss dieses bequeme Vieh! Willi wartet noch kurz, ob es vielleicht Nachschub gibt, und als das erkennbar nicht der Fall ist, taucht sie wieder ab.

Ich könnte mich mit geschlossenen Flügeln vom Leuchtturm stürzen.

Während ich, im Hafenbecken treibend, ernsthaft darüber nachdenke und mich nur der Gedanke an Suzette davon abhält, taucht Willi neben mir auf.

»Du suchst doch euren Knut, oder?«

»Lass mich in Ruhe.« Am liebsten würde ich ihr jetzt in den Schlund klettern und den Hering suchen.

»Ich dachte nur, es würde dich vielleicht interessieren, wo er ist. Ich könnte es dir sagen ...«

Ich schlage mit den Flügeln aufs Wasser, dass es Wellen gibt. »Was? Und damit kommst du erst jetzt an? Dann spuck es aus!«

»Na, na, na. Spricht man so mit einer Dame? Ich habe Zeit, wie du gemerkt hast. Ich dachte mir nur, ich sollte so langsam an meinen Winterspeck denken. Fünfzig Makrelen im Austausch gegen die Information, wo ihr euren Dealer findet.«

»Tot oder lebendig?«

»Die Makrelen? Fangfrisch, bitte. Mir stehen die Heringe nach der Saison echt bis zum Hals.«

Ja, denke ich. Und genau dort würde ich dich erwürgen, wenn ich es könnte.

»Ach, komm, verarschen kann ich mich selbst«, entgegne ich. »Du hast doch keine Ahnung, was mit Knut passiert ist.« Ich drehe mich weg und schwimme demonstrativ in die andere Richtung. Richtung Leuchtturm. Als ich mich wieder umschaue, ist Willi abgetaucht.

Hätte ich je gedacht, dass mein Leben so endet? Das frage ich mich, als ich auf dem Dach des Leuchtturms sitze. Das Meer ist ungewöhnlich ruhig heute, träge glitzernd liegt es vor mir in der Sonne. Amrum und Föhr erscheinen zum Greifen nahe, ich kann sogar die Strandkörbe wie Tupfen auf dem Kniepsand erkennen. Dahinter liegen die Halligen, Inseln, auf denen manchmal nur ein einziges Haus steht, und die zweitgrößte unter ihnen, Hallig Hooge, ist meine Heimat.

Hätte ich dem Ruf meiner Tante folgen sollen? Meinen Pflichtteil einfordern? Aber wozu? Um in einem von Wattwürmern wimmelnden Brutgebiet ein Leben zu führen, das ich nicht will? Die Schreie der am Strand spielenden Kinder dringen gedämpft zu mir hinauf, wie immer gehen die lautesten Jauchzer von der großen Trampolinfläche aus, wo wir früher nachts manchmal Wetthüpfen gemacht haben.

Alles ist zum Greifen nah, der Ort, die Gedanken, und trotzdem ist alles unendlich weit weg. Vergangen. Wie meine Liebe zu Suzette. Sie fand ein Ende, bevor sie überhaupt richtig begonnen hat. Ich habe nichts mehr, womit ich um sie kämpfen könnte. Nichts außer mir selbst. Ich bin ein Niemand geworden. Ich bin nicht mal mehr ein Späher.

Ich schaue hinunter auf den Strand und den geschlossenen Crêpes-Stand, wo mein Scheff seinen Rausch ausschläft. Er wird nicht mal mitbekommen, dass sich auch sein letztes Teammitglied von ihm verabschiedet, für immer. Will ich mich überhaupt von jemandem verabschieden? Würde ich wollen, dass mich jemand aufhält?

Nein. Ich presse meine Flügel eng an den Körper, schließe die Augen, kneife sie fest zu, beuge mich nach vorn – und lasse mich fallen. Ich spüre den Wind. Dieses Gefühl will ich als Letztes in Erinnerung behalten. Es ist schön. Der Wind, der mich mein ganzes Leben getragen hat und mich jetzt wieder trägt. Ja, er drängt sich unter meine Flügel, aber ich lasse nicht zu, dass er sie ausbreitet. Gleich ist es vorbei, und ich bereue meine Entscheidung nicht.

Der Aufprall ist gar nicht so hart, wie ich ihn mir vorgestellt habe, sogar ziemlich weich. Jetzt ändert sich meine Flugbahn, mein Körper wird nach oben katapultiert … wie wunderbar, ich komme in den Möwenhimmel. Weit nach oben. Gleich werde ich auf einer Wolke sitzen. Aber was ist das? Mein Körper folgt wieder der Schwerkraft.

Bäh, nein, auf dieser nassen Wolke will ich nicht bleiben, das war eine verdammt unbequeme Landung, noch dazu bekomme ich keine Luft. Luft! Ich reiße die Augen auf und kämpfe mich an die Wasseroberfläche, huste und würge.

Auf dem Riesentrampolin haben die Kinder aufgehört zu springen und starren zu mir aufs Meer hinaus.

Verdammt, ich bin sogar zu blöd, mich umzubringen.

»Ach, hier bist du.« Neben mir wälzt sich Willi durchs Wasser. »Ich wollte nur eben dieses Beweisstück aus meinem Lager holen.« Sie hält mir eine blaue Mütze mit aufgenähtem gelbem Fisch vor den Schnabel. »Fünfzig Makrelen, fangfrisch, und ich sage dir, wo Knut ist.«

Ich atme tief durch. Wenigstens hat sie nichts von meinem missglückten Selbstmordversuch bemerkt. Viel wichtiger ist aber die Frage: Wo, in Albatros' Namen, soll ich so viele Makrelen herkriegen? »Ich kann ja nicht mal *eine* fangen«, sage ich laut.

»Das ist dein Problem. Cooler Stunt übrigens, damit könntest du vielleicht was verdienen.« Willi winkt mir mit der Flosse zu. »Beeil dich«, sagt sie noch und taucht ab. Die Schirmmütze lässt sie auf der Wasseroberfläche treiben.

Ich schnappe mir das Käppi und setzte mich damit auf das Dach des Crêpes-Standes neben meinen schlafenden Scheff. Meine Güte, wie soll ich denn bei dem Geschnarche nachdenken? Gerade eben wollte ich mich noch umbringen – jetzt will ich auf der Stelle tot sein. Oder fünfzig Makrelen haben. Wie soll ich das schaffen? Und wo ist Knut?

Mit diesen Fragen stehe ich allein da, während mein Team zwischenzeitlich vor ganz anderen Herausforderungen steht. Suzette mit ihrem steinreichen Liebhaber, Jonathan als Fotomodell auf dem Lister Ausflugsschiff, Harry auf Reviersuche mit Grey, der sich nicht von den Spielplätzen in Wenningstedt trennen kann, Alki mit seiner Therapie auf dem Autozug, Helgi im Keitumer Museum, wo er sich in der Nähe seiner Ahnen endlich angekommen fühlt, während Balthasar auf dem Rantumer Campingplatz von Wohnwagen zu Wohnwagen zieht und Vorträge über aussterbende Möwen hält.

Willi beobachtet mich vom Hafenbecken aus. Die blöde Robbe denkt wohl, dass ich an den fünfzig Makrelen verzweifle. Tue ich auch, aber muss sie das wissen?

»Scheff … Scheff …« Jedes Rütteln ist vergeblich. Und eine Hilfe wäre er mir sowieso nicht. Wer könnte mir denn jetzt noch helfen? Mir wird bewusst, dass ich außer meiner Truppe gar keine Freunde habe. Und meine Kinder leben verstreut an der Nordseeküste, ich weiß gar nicht genau, wo. Kontakt zu meiner Familie habe ich nicht. Wozu auch? All die Jahre waren Suzette und Jonathan, Alki, Helgi, Harry und Grey, Baron Silver de Luft und sogar Balthasar meine Familie. Jetzt habe ich sie verloren, weil wir eben doch nur Freunde waren, vielleicht sogar nur eine Zweckgemeinschaft, jedenfalls keine echte Familie.

Denn muss man als echte Familie in solchen Momenten nicht zusammenhalten? Einander helfen? Mein Bruder fällt mir ein. Genau genommen ist er mir sogar was schuldig. Er hat sich all die Jahre von unseren Eltern durchfüttern lassen. Ich würde ihm auch helfen, wenn er in der Klemme wäre und ich das könnte. Für meine Mutter wäre ich im Ernstfall sowieso da, egal, wie wenig sie mich geliebt hat. Mein Entschluss reift in mir heran. Ich fliege nach Hallig Hooge.

SIEBEN

Ein grünes Eiland im Dunkelblau des Wassers, ein schmales Oval, von einem kaum nennenswerten, hellen Sandstreifen umgürtelt. Mehr Wasserpriele als Wege durchkreuzen die Insel. Die wenigen Häuser stehen wie vom Himmel gefallen in weitem Abstand zueinander auf einer der zehn Warften, die aus meiner Perspektive wie bewohnte Maulwurfshügel aussehen. Mal ist es ein einziges kleines Gebäude, mal, wie auf der Hauptwarft, eine Ansammlung von einem guten Dutzend Häuser. Hier ist die Welt noch in Ordnung, hier gibt es mehr Möwen als Menschen. Aber nicht nur deshalb empfinde ich es als eine andere Welt – ich kann es nicht erklären, man spürt es, weil man sich wie verzaubert fühlt, sobald man über der Insel in den Sinkflug geht. Hier gibt es keine Revierkämpfe, und ja, auch keine Kriminalität. Dafür jede Menge Ruhe und Abgeschiedenheit.

Mit der Ruhe ist es allerdings vorbei, wenn es mal wieder »Landunter« heißt. Wenn eine Sturmflut kommt, müssen die Jungvögel eingesammelt und alle Nahrungsvorräte auf eine der Warften gebracht werden. Glücklich schätzen dürfen sich dann die wenigen Vögel, die wie meine Familie einen wertvollen Nistplatz auf einer Warft besitzen und nicht bei jeder Sturmflut das Nest verlieren.

Für einige Stunden, manchmal auch Tage, wird eine Warft dann zu einer Insel auf der Insel. Für uns Hooger Möwen ist so eine Sturmflut angesichts der Gewalt des Meeres zwar Respekt einflößend, aber auch so etwas wie Routine geworden. Während die Weibchen auf die Jungmöwen aufpassen, gehen wir Männer meist noch mal raus, um Hab und Gut zu retten, auch das des Nachbarn.

Lachmöwe, Brandseeschwalbe, Heringsmöwe, Kormorane – hier halten alle zusammen. Schließlich könnte es beim nächsten Mal das eigene Nest treffen. Auch die gut einhundert menschlichen Bewohner holen bei drohendem Landunter ihre

Kühe, Schafe, Pferde und Traktoren nahe ans Haus, alle rücken zusammen.

Ich gehe tiefer, überfliege den Fähranleger, wo bald das nächste Schiff ankommen soll, und überlege kurz, ob ich mir nach dem anstrengenden Flug nicht doch ein Taxi nehmen soll. Nein, nicht so eines, wie Sie jetzt denken. Hier am Hafen warten gezähmte Ferraris vor gelben Kutschen, und so eine bequeme Fahrt auf dem Kutschbock hat schon was. Einspänner sind neben dem Fahrrad das Hauptfortbewegungsmittel auf der Hallig, letzteres aber natürlich nicht für uns.

Es hat sich auf den ersten Blick nichts verändert, seit ich vor zehn Jahren hier weggegangen bin. Selbst Kutscher Hansi nicht. In aller Gemütsruhe wartet er am Hafen auf die Tagestouristen, um sie stundenlang über die Insel zu fahren. Mit ihm konnte ich früher immer einen prima Schnack halten, zumindest kann er gut zuhören und weiß, ebenso wie seine Kollegen, alles über die Insel. Er würde nie die Hand gegen uns erheben und uns verscheuchen.

Vielleicht habe ich Hallig Hooge nur deshalb so schlecht in Erinnerung, weil ich damals noch jung war, die Welt sehen und was erleben wollte. Vielleicht wird es wirklich Zeit für eine Rückkehr. Allein oder mit Suzette, wenn es für unsere Beziehung noch einen Funken Hoffnung gibt.

Hier zu brüten ist wie im Paradies, sagen die Möwen von Hallig Hooge, und das stimmt schon. Die Menschen haben sogar riesige Wiesenflächen eigens für uns umzäunt, damit uns kein unbedachter Fußtritt aufschreckt. Was für ein Luxus. Nur für Balthasar wäre das Leben hier nix, die Tageszeitung kommt frühestens um zwölf Uhr mit der ersten Fähre – sofern die nicht wegen Sturm ausfällt.

Und im April und Mai bucht man als Hooger Möwe besser seinen Urlaub – dann nämlich wird die Insel regelmäßig von einer Horde Ringelgänse heimgesucht. Das finden Sie nicht besonders schlimm? Ich muss mich wohl deutlicher ausdrücken: Ich meine eine Horde von *zehntausend* Gänsen, die auf ihrer Flugroute in die Brutgebiete regelmäßig auf Hooge Station machen, um sich mit sattgrünem Gras die Wampe vollzuschlagen. Zehntausend Gänse auf einer Insel, die Sie als Mensch in nicht mal drei Stunden zu Fuß umrundet haben. Das finden sie immer noch nicht besonders dramatisch? Sie würden sogar extra für dieses Naturschauspiel hierher pilgern? Na gut, Sie müssen ja auch nicht kniehoch durch Gänsekot waten!

Ich entscheide mich jedenfalls gegen die Taxifahrt, sonst werde ich von meiner Familie gleich schräg angeschaut und gefragt, ob ich keine Flügel am Körper habe. Wobei mein Bruder wegen jeder Kleinigkeit mit dem Taxi fährt.

Sag ich es nicht? Da unten fährt er gerade auf dem Kutschendach an der Lorenzwarft vorbei. Ich habe ihn sofort wiedererkannt. Wir stammen ja schließlich aus einem Gelege, und meine Mutter behauptet zwar, dass er als Erster seine Schale durchbrochen hätte, allerdings glaube ich, dass sie das nur behauptet, weil er ihr Lieblingssohn ist. Ganz schön dick ist er geworden, aber das ist so ziemlich das Einzige, was uns unterscheidet. Optisch. Vom Charakter will ich hingegen nicht anfangen.

»Hallo, Aaron«, rufe ich ihm zu, ehe ich neben ihm auf der Kutsche lande.

»Na, sieh einer an, der verlorene Sohn.« Er hebt den Flügel. »Ahoi, Ahoi!« Diesen blöden Scherz hat er schon als Jungmöwe gemacht.

»Ich dachte, aus diesem Alter wären wir raus.«

»Stimmt, du bist ganz schön alt geworden. Und du siehst ziemlich angestrengt aus.«

»Ich habe gut eineinhalb Stunden Flug hinter mir.« Und einen missglückten Selbstmordversuch, denke ich im Stillen.

»Und was führt dich her?«

»Ich habe eine Feder von unserer Tante bekommen, dass unser Vater in ein Triebwerk geraten ist.«

»Ah, daher weht der Wind. Dir geht es also ums Erbe.«

»Nein. Ich wollte wissen, wie es hier in meiner alten Heimat aussieht, und unsere Mutter besuchen.«

»Hättest schon längst eine Trauerfeder schicken können.«

»Mutter hat es ja nicht mal für nötig befunden, mich selbst über den Tod unseres Vaters zu informieren.«

»Wir wussten ja nicht, wo du dich rumtreibst.«

»Ach? Tante Emma kannte meine Adresse ganz offenkundig, und ja, es stimmt, ich bin nicht nur deshalb hier, sondern auch, weil ich deine Hilfe in einer wichtigen Angelegenheit benötige.«

»Ich habe wenig Zeit, ich fahre gerade zu meiner Herings- und Markrelenfabrik, um dort nach dem Rechten zu sehen. Es gibt Probleme bei der Weiterverarbeitung.«

Makrelenfabrik ... Mir ist, als hätte mir der Himmel ein Geschenk gemacht. Nur die Probleme klingen weniger gut. »Du hast eine Fabrik?«

»Seit ein paar Jahren schon, nichts Besonderes, ein netter Nebenerwerb zu meinen Hauptanteilen an den Austernbänken. Ich bin dort Großaktionär und sitze im Aufsichtsrat. Die Herings- und Makrelenfabrik ist nur ein kleiner mittelständischer Betrieb mit rund einhundert Mitarbeitern, draußen auf dem Japsand, kannst du dir gerne mal anschauen. Ist ein reines Saisongeschäft. Im Frühjahr sind es hauptsächlich die Heringe, später im Sommer ziehen dann die Makrelenschwärme vorbei, und wir kommen mit der Fangarbeit kaum nach. Unsere Mutter arbeitet auch dort, dann kannst du gleich mit ihr reden.«

Kleiner Betrieb mit einhundert Mitarbeitern? Wir fliegen zu einer großen Sandbank, die westlich vor Hooge liegt und die auch bei Flut nicht überspült wird. Und jetzt sehe ich auch, was mein Bruder unter »Weiterverarbeitungsproblemen« versteht: Kürzlich muss ein riesiger Schwarm Makrelen vorbeigekommen sein. Ein Großteil davon stapelt sich, teilweise noch zuckend, auf der großen Sandbank, sodass von dieser selbst kaum mehr etwas zu sehen ist, während Aarons Mitarbeiter versuchen, der Lage Herr zu werden.

»Meine Güte, bin ich eigentlich nur von Dilettanten umgeben?«, schreit mein Bruder, und ich fühle mich schmerzhaft an meinen Scheff erinnert. »Wenn ihr schon so viele Fische fangt, müsst ihr doch auch wissen, wohin damit. Auslagern auf die nächste Sandbank, aber zack, zack! Wilhelm, wie sieht es mit der Salzproduktion aus?«

Ein ziemlich alter Seehund hebt den Kopf und zeigt auf die zahlreichen flachen Pastikwannen, bewacht von einer Kolonie von Seehunden. Plastikwannen, in denen normalerweise der Fang von Schiffen an Land gebracht wird. Jetzt befindet sich darin Meerwasser, unter dem sich durch Verdunstung bereits eine ordentliche Schicht Salz abzeichnet.

»Alles im Griff, Boss, nur bei der Einlagerung gibt es Probleme.«

Ich fasse es nicht, vor meinem Bruder kuschen sogar die Seehunde. Und nicht nur die, auch die Kormorane. Die riesigen schwarzen Vögel sind anscheinend für die Holzfässer zuständig, aus denen die Makrelen geradezu herausquellen. Unzählige Möwen fliegen nun mit Makrelen im Schnabel zur angewiesenen Sandbank.

Ein hübsches Möwenweibchen hingegen kommt näher. Sie sieht natürlich nicht so gut aus wie meine Suzette, dabei scheint sie noch einige Jahre jünger zu sein, und sie fällt vollends aus meinem Beuteschema, als sie sich mit zärtlichen Gurrlauten an meinen Bruder schmiegt.

»Darf ich vorstellen, meine Saisonpartnerin. Sie hat dieses Jahr schon fünf ganz phantastische Küken ausgebrütet. So viele Eier hat noch kein Weibchen vor ihr gelegt.«

Es ist ja allein schon eine Frechheit, sie offen als Saisonpartnerin zu bezeichnen, aber weshalb ist er dann nach dem Schlüpfen der Kinder immer noch mit ihr zusammen? Will er ihr Hoffnungen auf eine Dauerbrutpartnerschaft machen, solange er nicht weiß, ob sich im nächsten Jahr was Besseres findet? Ich habe den Eindruck, dass mein Bruder nicht mal ihren Namen weiß.

Er gibt seiner Freundin einen Klaps auf den Hintern. »Komm, mein Spätzchen, mach dich wieder an die Arbeit, es gibt viel zu tun. Und sag meiner Sekretärin, sie möchte doch bitte später noch zum Diktat in meinem Büro vorbeikommen. Ich möchte Federn an alle meine Mitarbeiter verteilen, dass es angesichts des

Fangvolumens diesen Monat eine zusätzliche Gewinnbeteiligung von zehn Makrelen für jeden Mitarbeiter gibt.«

Das Möwenweibchen strahlt über den ganzen Schnabel und verabschiedet sich mit den Worten: »Oh Aaron, du bist nicht nur ein ganz toller Vater für unsere Küken, du bist auch ein so wunderbarer Chef!«

Mir dreht es bald den Magen um, aber es steht mir nicht zu, mich in die Beziehung meines Bruders einzumischen. Ich bin schließlich wegen eines anderen Anliegens hier.

»Aaron, ich möchte dich um deine Hilfe bitten. Ich benötige dringend fünfzig Makrelen.«

»Und was bekomme ich dafür?«

»Ich … ich kann dir nichts dafür geben – zumindest im Moment nicht. Aber ich würde dir auch helfen, als Bruder. Jederzeit.«

Nun lacht Aaron aus vollem Hals. »Helfen? Du mir? Bist du gekommen, um mir Witze zu erzählen?«

»Nein, es ist mir bitterernst. Um nicht zu sagen: todernst. Es ist überlebenswichtig, bitte.«

»Es tut mir leid, ich habe nichts zu verschenken. Allein jeder Kormoran hier verdient siebenhundert Gramm Fisch am Tag, weit über Tarif, das muss man erst mal reinholen – aber ich lasse mir nichts nachsagen. Ich trage Verantwortung für meine Firma und das Wohlergehen meiner Mitarbeiter. Was bildest du dir eigentlich ein, nach zehn Jahren plötzlich mit so einer Forderung hier anzukommen? Wenn dein kriminelles Leben zu nichts geführt hat, muss ich jetzt nicht dafür geradestehen.«

»Ich habe keine Forderung gestellt, nur eine Bitte geäußert. Aber wenn du mir nicht mit fünfzig Makrelen aushelfen kannst oder willst, bleibt mir nichts anderes übrig, als mein schlichtes Recht einzufordern und mich mit dir ums Erbe zu streiten.«

»Versuch es doch. Ich habe für so einen Quatsch jetzt keine Zeit. Ich habe zu tun, wie du siehst. Schönen Tag noch und guten Heimflug.«

»Ahoi«, höre ich jemanden rufen, und eine Möwe kommt auf mich zugehüpft, kaum dass mein Bruder anderweitig beschäftigt ist.

Meine Tante Emma!

»Wie schön, dich zu sehen.« Sie legt einen Flügel über mich. »Hat dich meine Feder erreicht? Ich dachte schon, du würdest gar nicht kommen. Wie geht's dir? Du siehst traurig aus. Nimmt dich der Tod deines Vaters so mit?«

Trotz meines aufgewühlten Zustands muss ich in mich hineinlächeln. Meine Tante Emma. So war sie schon immer, und sie ist wirklich besorgt, aber mir ist im Moment nicht nach Fragenbeantworten. »Weißt du, wo meine Mutter ist?« Ich schaue mich unter den arbeitenden Möwen um, weil ich sie immer noch nicht entdeckt habe.

»Oh, die ist schon heute Mittag heimgeflogen. Sie fühlt sich in letzter Zeit öfter schlecht. Du bist auch so dünn! Magst du etwas abhaben?« Sie holt eine Makrele unter ihrem anderen Flügel hervor. »Ich hatte zu viel zum Mittagessen heute. Ist noch von meiner Portion übrig.«

Dankbar, oder besser gesagt: gierig sperre ich den Schnabel auf, und sie wirft mir lächelnd die Makrele zu. Das ist fast so wie in früheren Zeiten, als sie mir Wattwürmer ans Nest gebracht hat, weil mein Bruder schon von Anfang an mehr zu fressen bekam als ich.

»Tante Emma, kannst du mir eventuell fünfzig Makrelen geben? Es ist ein echter Notfall.«

»Fünfzig Makrelen? Meine Güte! Ich würde dir ja gern helfen, aber so viel habe ich nicht. Hm, und ich würde auch nur einen Vorschuss von zehn Makrelen bekommen. Was können wir denn da tun? Und dein Bruder, der Geizhals, will dir nicht helfen?«

»Nein.«

»Das war so klar, der kriegt den Schnabel nicht voll. Als Boss ist er wirklich in Ordnung, die Arbeitsbedingungen sind fair, aber er ist ein knallharter Geschäftsmann ohne jeglichen Familiensinn.«

»Was ist mit meiner Mutter? Ist sie krank?«, frage ich, während ich diese zweite Absage verdauen muss.

»Das weiß keiner so genau. Aber man kann zuschauen, wie

sie von Tag zu Tag abnimmt, obwohl sie eigentlich normal isst. Sie hat kaum mehr Kraft zu arbeiten. Ich würde sie eigentlich ganz gern davon überzeugen, sich in Pflege zu begeben, bevor es zu spät ist. Aber auf mich will sie ja nicht hören. Schau dir ihren Zustand mal an, vielleicht können wir sie gemeinsam dazu bringen.«

Wir fliegen meinem früheren Zuhause entgegen, dem Ort meiner Kindheit. Schon von Weitem sehe ich unseren Nistplatz, den kleinen, schon damals stillgelegten Schornstein des ehemaligen Backhauses, das heute als Lagerraum genutzt wird. Von den Wänden bröckelt der Putz, und von den ehemals rot gestrichenen Fensterläden ist die Farbe abgeplatzt, aber ich sehe mich noch als Jungmöwe auf dem Dach herumhüpfen und mit dem Wind fangen spielen, als wäre keine Zeit vergangen. Und doch ist etwas anders. Auf dem Kamin thront jetzt kein kuscheliges, praktisches Möwennest wie früher, sondern ein Nistplatz in beinahe so wuchtiger Präsenz wie ein Storchennest. Darin sind dieses Jahr die angesprochenen Küken meines Bruders zur Welt gekommen. Wenn man die Brutzeit berechnet, irgendwann zwischen Anfang und Mitte Juni, und gut vier Wochen später flügge geworden. Jetzt ist Mitte August, das heißt, er hat seine Freundin wieder arbeiten geschickt, kaum dass die Küken das Nest verlassen haben. Dabei können die Kleinen doch noch nicht allein auf sich aufpassen. Sie brauchen hin und wieder elterliche Fütterung und vor allem Erziehung. Glaubt mein Bruder denn, nur weil aus ihm was geworden ist, muss er sich um seine Kinder nicht kümmern?

Meine Mutter entdecke ich an der windabgewandten Seite am Kamin. Obwohl sie in der Sonne liegt, zittern ihre Flügel. Und sie ist wirklich schmal. Man glaubt fast schon die Knochen unter ihren Federn zu sehen. Ganz stumpf ist ihr Gefieder, früher hatte es einen prächtigen Glanz.

Sie hebt fragend den Kopf und richtet das Wort an ihre Schwester. »Hallo, Emma, wen hast du denn da mitgebracht? Ganz schön jung, dein neuer Freund.«

Ich muss schlucken. Die Enttäuschung sitzt mir so fest in der

Kehle, dass ich glaube, kein Wort dran vorbeizubringen. »Ich bin es, Ahoi. Dein Sohn.«

Sie macht die Augen weit auf. »Duu?«

Also, Begeisterung klingt anders.

»Ich habe gehört, es geht dir nicht so gut, Mutter.« Die Worte klingen merkwürdig in meinen Ohren. Aber was soll man auch sagen, wenn man sich nach zehn Jahren zum ersten Mal wieder gegenübersteht?

»Was willst du hier?« Sie fragt es ohne Vorwurf. Das Verletzende ist die Gleichgültigkeit in ihrer Stimme.

»Ich habe Aaron um finanzielle Hilfe gebeten, aber die hat er mir verweigert. Dabei geht es um einen Notfall. Ich benötige dringend fünfzig Makrelen.«

»Ach, und wo soll ich die hernehmen? Dein Bruder verwaltet meinen gesamten Vorrat, ich habe ihm die Vollmacht übertragen.«

Meine Tante zieht die Federn kraus. »Du wirst doch wohl noch selbst über deine Finanzen entscheiden dürfen? So, wie ich dich kenne, hast du doch noch irgendwo auf einer Sandbank ein Lager, von dem nicht mal Aaron was weiß. Vor dir steht dein Sohn, Irma, er braucht dich. Gut, fünfzig Makrelen sind eine Menge, aber es ist kein Vermögen – vor allem nicht bei euren Verhältnissen. Willst du ihm nicht helfen?«

»Ich habe mich um Ahoi gekümmert, bis er vier Jahre alt und damit erwachsen war. Mehr ist ja wohl nicht meine Pflicht als Mutter.«

»Gekümmert? Du hättest ihn schon im Nest verhungern lassen, wenn ich ihn nicht heimlich gefüttert hätte.«

Jetzt ist der Moment gekommen, an dem ich die Frage stellen muss, die mich mein ganzes Leben lang quälte: »Mama, warum magst du mich nicht? Was habe ich falsch gemacht? Du konntest mich von Anfang an nicht leiden, richtig?«

Meine Mutter zögert. Schmerzhaft lange. Für einen Moment verfalle ich dem Glauben, sie würde mir versichern, dass ich mir das nur einbilde und alles ein großes Missverständnis ist und sie mich liebt. Ich werde eines Besseren belehrt.

»Du möchtest die Wahrheit hören? Nun gut. Du willst es nicht anders. Ich hätte bis an mein Lebensende geschwiegen, aber vielleicht ist es jetzt an der Zeit. Du bist erwachsen genug, dich mit deinem Schicksal auseinanderzusetzen.« Noch ehe ich mich wirklich fragen kann, was sie damit meint, fährt sie fort: »Du bist schuld, dass dein Vater tot ist.«

»Wie bitte?« Ohne überhaupt zu wissen, was ich getan haben könnte, fernab auf Sylt, überrollt mich eine heiße Welle von Schuldgefühlen.

»Er stand dir näher als ich, hat sich heimlich Sorgen um dich gemacht. Vergangenen Monat hat er mir eines schönen Morgens eröffnet, dass er dich besuchen will. Zum ersten Mal überhaupt hat er unsere kleine Heimatinsel verlassen und ist über Sylt in das Triebwerk eines solchen Monstervogels geraten.«

»Aber daran bin doch nicht ich schuld!« Wenn die Situation nicht so dramatisch wäre, müsste ich fast lachen.

»Doch. Und der Rabe hat mir das Unglück prophezeit.«

»Welcher Rabe?« Auch Tante Emma ist jetzt entsetzt.

»Als ich damals gebrütet habe, zog er als Unglücksrabe umher und hat seine Wahrsagerdienste angeboten. Ich habe ihn zur Zukunft meiner Kinder befragt. Er hat sich die Eierschalen angesehen, die schwarzen Punkte darauf gezählt und aus den unterschiedlichen Formen und Größen die Zukunft herausgelesen. Dir, Ahoi, hat er einen kriminellen Werdegang prophezeit, und dass du deinen Vater damit eines Tages ins Grab bringen würdest.«

Tante Emma stößt einen Schrei aus, während ich gar nicht mehr reagieren kann. In meinem Kopf herrscht trotz der Fülle an Informationen absolute Leere. Meine Tante kann sich hingegen gar nicht mehr beruhigen.

»Sag mal, Irma, hast du noch alle Halme am Nest? Bist du schon mal auf die Idee gekommen, dass dieser Unglücksrabe ein Betrüger war? Ein schräger Vogel, der dir einfach irgendwelche Geschichten erzählt hat, um das schnelle Geld zu machen?«

Meine Mutter putzt sich angelegentlich das Gefieder. »Er war zugegeben ziemlich teuer, weil er mit hier seltenen

Regenwürmern bezahlt werden wollte – aber was willst du? Was nichts kostet, taugt nichts. Ich weiß auch, dass es in der Branche ziemlich viele diebische Elstern gibt, aber er war ein echter Unglücksrabe und sein Geld wert, schließlich hat er recht behalten!«

»Schon mal was von einer selbsterfüllenden Prophezeiung gehört?«, kreischt Tante Emma. »Du hast Ahoi vernachlässigt, weil du geglaubt hast, aus ihm würde sowieso nichts werden. Ja, jetzt glaube ich sogar, du wolltest ihn als Küken absichtlich verhungern lassen, damit er nicht zum Schandfleck für die Familie wird. Du hast all deine Energie in Aaron gesteckt, ihm hast du alles beigebracht – da ist es doch nicht verwunderlich, dass Ahoi sich einer kriminellen Bande angeschlossen hat. Von irgendwas muss er sich ja ernähren, und er hat eine Ersatz-Familie gebraucht, nachdem du ihn von Hooge weggeekelt hast. Und dass Ahoi seinen Vater durch sein Verhalten ins Grab bringt, das ist doch nichts als ein dummer Spruch. Ahoi kann rein gar nichts für den Tod seines Vaters – du willst es nur glauben, weil dir dieser Wahrsager-Vogel ins Hirn geschissen hat!«

»Lass gut sein, Tante Emma.« Sie hat ja recht, es tut mir nur so furchtbar weh, das alles zu hören. Ich könnte meiner Mutter noch viel mehr entgegenschreien, aber was bringt das jetzt noch? Sie hat diesem Unglücksraben mehr vertraut, als dass sie an mich geglaubt hat. Meine Tante hat es schon richtig erfasst: selbsterfüllende Prophezeiung.

»Weißt du was, Mutter?«, sage ich erstaunlich ruhig. »Du hast mich immer spüren lassen, dass ich in deinen Augen nichts wert bin, deshalb war ich mir oft selbst nichts wert. Ich war sogar bereit, auf mein Erbe zu verzichten und mich überhaupt nie wieder hier blicken zu lassen. Aber nun bleibt mir nichts anderes übrig, als meinen Pflichtteil zu fordern. In bar. Ich benötige fünfzig Makrelen, frisch. Jetzt sofort.«

»Ach, scher dich doch zum Raben!« Meine Mutter steht auf und schlägt mit den ausgebreiteten Flügeln in die Luft, um ihre Aussage zu unterstreichen.

Da sehe ich etwas in der Beuge zwischen Flügel und Oberkörper, was sich unter den dünnen Federn deutlich abzeichnet. »Was ist denn das für ein Knoten?«

Auch meine Tante macht einen Schritt auf meine Mutter zu. »Das habe ich auch noch nicht gesehen. Zeig mal her.«

»Lasst mich in Ruhe, alle miteinander! Ich bin nicht krank.«

»Doch, das bist du«, sagt meine Tante. »Das kann etwas sehr Ernstes sein. Das solltest du abklären lassen.«

»Die Menschen in der Schutzstation können dir bestimmt noch helfen, wenn du frühzeitig hingehst«, pflichte ich meiner Tante bei, auch wenn ich wenig Hoffnung habe, dass ausgerechnet ich meine Mutter erreiche.

So ist es auch. Mit ungeahnter Aggressivität in der Stimme schreit sie mich an: »Ich soll in ein Pflegeheim gehen? Niemals!«

»Schutzstation, nicht Heim. Die Hooger Schutzstation kümmert sich wirklich ganz toll, ich war doch als Jungvogel ständig dort, weil ich mich wieder bei irgendeiner verrückten Aktion verletzt habe, schon vergessen? Die Menschen dort sind echt alle supernett und kümmern sich.«

»Wenn ich in dieses Heim gehe, muss ich für immer bleiben und komme nie mehr in Freiheit.«

»Noch mal: Das ist kein Heim, nur eine Pflegestation.«

»Du willst mich loswerden? Deshalb bist du gekommen, ja? Der Rabe hatte wieder recht: Du wirst eines Tages mit einer Person gemeinsame Sache machen, um an Makrelen zu kommen. Hat Emma dich gerufen, damit ihr mich in diese angeblich harmlose Schutzstation stecken könnt?«

»Nein, habe ich nicht«, ereifert sich meine Tante. »Aber ich habe ihm von meiner Angst geschrieben, dass sich Aaron alles unter die Kralle reißt und Ahoi nichts vom Erbe seines Vaters bekommt – weil ihm niemand mitteilt, dass sein Vater überhaupt gestorben ist!«

Meine Mutter bleibt von dem versteckten Vorwurf sichtlich unbeeindruckt. Sie kneift nur die Augen zusammen. »Und jetzt willst du dir gleich das Familienerbe sichern?«

Ich bringe ein müdes Lächeln zustande. »Nein, ich weiß, dass du Aaron den Nistplatz vermachen wirst, aber ich werde meinen

Pflichtteil einfordern, wenn es so weit ist und du nicht mehr da bist.«

»Aaron kann dich nicht mit Wattgebiet entschädigen. Die Austernbänke und die Herings- und Makrelenfabrik liegen in diesem Bereich.«

Jetzt spiele ich den Gleichgültigen. »Ich bin auch nicht an Wattgebiet interessiert. Mein Bruder soll mich auszahlen.«

»Wie soll er das denn machen? So viele Makrelen hat selbst er nicht. Du weißt ganz genau, wie viel dieser Nistplatz wert ist. Im Prinzip unbezahlbar. Noch dazu ist er seit Generationen in Familienbesitz. So wahr ich hier stehe, dieses Nest wird nicht verkauft, und das wird auch Aaron nicht zulassen.«

»Dann muss er eben einen Kredit bei der Seehundbank aufnehmen.«

»Und sich bis an sein Lebensende verschulden?« Sie macht einen Schritt auf mich zu. »Deinetwegen?« Ihre Stimme ist eiskalt. Sie kommt noch näher.

Ich weiche vor ihr zurück. Ich kann nicht einschätzen, was sie vorhat. Einerseits traue ich ihr alles zu, aber sie ist doch meine Mutter. Ich mache noch einen Schritt rückwärts – und falle vom Dach. Reglos bleibe ich auf dem Rücken liegen. Mein Schock macht mich bewegungsunfähig.

»Heiliger Albatros, ist er tot?«, höre ich die Stimme meiner Tante fragen.

»Hoffentlich.«

Meine Mutter. Eine Frau, die in diesem Augenblick ihren Platz in meinem Herzen verliert und für mich tatsächlich stirbt, innerlich.

***

Den Rückflug lege ich überwiegend im Blindflug zurück. Vor lauter Tränen kann ich nur die Umrisse von Amrum und Föhr wahrnehmen, als ich zwischen den beiden Inseln durchfliege. Meine Tante ist mir noch ein paar Flügelschläge weit gefolgt, hat dann aber auf dem offenen Meer beigedreht und ist wieder nach Hooge zurückgeflogen. Sie hat verstanden, dass ich allein sein will, und auch, dass sie mir jetzt nicht helfen kann.

Wenigstens muss ich nur geradeaus fliegen, um wieder nach Sylt zu kommen. Nur was will ich da eigentlich noch? Ich breite die Flügel aus und lasse mich vom Wind tragen. Unter mir gleitet ein Segelboot über die sanften Wellen. Es hat einen blauen Rumpf mit einem weißen Streifen. Ich habe es schon einmal gesehen, als ich im Sonnenuntergang in Weltuntergangsstimmung auf dem Dach des Crêpes-Standes saß. An dem Abend, an dem uns klar wurde, dass unser Crêpes-Stand so schnell nicht wieder aufmachen wird.

Wo gehöre ich hin? Wo ist mein Platz? Ich spüre, dass irgendwo noch etwas auf mich wartet – nur wo? Und finde ich dort auch die Liebe? Vielleicht sollte ich mich einfach auf den Mast des Segelbootes setzen und mich in die Welt hinaustreiben lassen. So wie Jonathan – alles hinter mir lassen und in eine neue Zukunft aufbrechen.

Eigentlich fühlt sich der Plan ganz gut an in der Bauchgegend. Die Zukunft kann nur noch besser werden. Ich lächle ein wenig, als ich in den Sinkflug auf das Segelboot gehe. Ich fühle mich schon ein bisschen befreiter, bin sogar froh darüber, dass ich noch am Leben bin und vor allem, dass jetzt ein neues Leben vor mir liegt. Schlimmer kann es nicht mehr kommen.

Es kann. Der Mast ist bereits von einer Möwe besetzt. Kein Problem, denken Sie? Die kann man ja verjagen?

»Alki! Was machst du denn hier?«

»Ahoi! Dich schickt der Himmel.«

Ich bin mir nicht sicher, ob da nicht vielmehr der Teufel seine Finger im Spiel hat. Auf meiner Wunschliste steht jedenfalls kein gemeinsamer Segeltörn mit Alki.

»Was ist denn los?«, frage ich, obwohl ich das eigentlich gar nicht wissen will.

»Da unten, in der Kajüte, sitzt unser Knut!«

»Bitte was?« Egal, was Alki getrunken hat, das will ich jetzt auch haben. Ich fliege weiter neben ihm her.

»Ja! Ich observiere ihn schon seit gestern Abend. Ich bin von meiner Tagestherapie nach Hause gekommen, aber keiner von euch war mehr da. Ich dachte, ihr hättet mich im Stich gelassen. Und als ich verzweifelt in den Sonnenuntergang schaute, fuhr da plötzlich dieses Boot vorbei, und ich habe gesehen, wie Knut die Segel gehisst hat. Da bin ich sofort hingeflogen – was hätte ich sonst tun sollen? Es war ja niemand von euch da. Ich habe mich auf den Mast gesetzt, um ihn nicht wieder aus den Augen zu lassen. Knut ist mit dem Boot rumgekreuzt, hat die Angel ausgeworfen, und als es dunkel wurde, hat er geankert und sich schlafen gelegt. Ich war die ganze Nacht wach, ohne einen Tropfen Alkohol. Ich … ich wollte es nicht noch mal versemmeln, so wie beim Autozug …«

»Schon gut. Und du bist dir wirklich sicher, dass es Knut ist?« Damit wären all unsere Probleme auf einen Schlag gelöst. Knut wollte sich einfach mal eine Auszeit nehmen, kommt aber zurück. Nur, war er all die Tage davor schon auf dem Boot? Vor allem wusste ich bislang gar nicht, dass er überhaupt eines besitzt.

»Wirst es sehen. Knut kommt gleich wieder an Deck. Der muss nur mal kurz für kleine Wiedehopfe.«

Neben diesen komischen Vögeln sind die Menschen die einzige Spezies, die ich kenne, die sich ins eigene Nest scheißen.

Tatsächlich dauert es nicht lange, bis die Kajütentür wieder auf- und mein Traum untergeht. Das ist nicht Knut. Knut besitzt keine schicken Segelklamotten, außerdem hat er immer eine runde Brille auf und nicht so ein Stubenfliegenmodell. Das ist nicht unser Knut, das muss der Typ sein, dem Baron Silver de Luft ins Schaufenster geflogen ist. Sein Bruder. Plötzlich fühle ich mich, als hätte ich mit dem Schnabel in eine Steckdose gelangt. Ich kann zwar nicht lesen, aber ich könnte meinen Arsch darauf verwetten, dass auf dem Boot der Name »Viktoria« steht. Nicht nur der Pizzabäcker und Fietje sind an jenem Abend Zeugen geworden, wie Knut aufs offene Meer hinaus gebracht wurde – auch wir haben das Boot gesehen! Nur war es für uns nichts weiter als ein Segelboot im Sonnenuntergang.

Wir befinden uns mittlerweile nicht nur in Sichtweite des

Hafens, sondern auch in Schallweite, wenn Alki laut genug schreit.

»Alki, wir müssen die Polizei holen.«

»Warum das denn?«

Stimmt, er war ja auf dem Rantumer Campingplatz nicht mit dabei und ist deshalb nicht auf dem Laufenden. »Das da ist nicht Knut, sondern sein Bruder Sönke. Knut ist tot. Seine Leiche wurde von diesem Boot aus über Bord geworfen. Fietje und der Pizzabäcker haben das beobachtet.«

»Dann habe ich den Mörder gefasst?« Alki kann es selbst kaum glauben.

»Noch wissen wir nichts über Sönkes Motiv und können daher nicht mit Sicherheit sagen, ob er auch der Mörder seines Bruders ist – aber es ist eine ganz heiße Spur.«

»Was denkst du eigentlich, wie alt Sönke ist?«

»Hä, was hat das denn jetzt mit der Sache zu tun?«

»Jünger oder älter als Knut?«, bohrt Alki unbeirrt weiter.

Sönke steht am Steuerrad, vollkommen konzentriert auf die nahende Hafeneinfahrt, und ich schaue mir sein Gesicht genau an.

»Schwer zu sagen. Die beiden sehen sich verdammt ähnlich.«

»Schon mal dran gedacht, dass die beiden in einem Nest ausgebrütet worden sein könnten?«

»Du meinst, gleichzeitig in einem Bauch?« Ich fühle mich, als hätte Harry mir mit dem Flügel einen Schlag auf den Hinterkopf verpasst. »Alki, du hast recht! Die beiden könnten Zwillinge sein. Sie haben deshalb eine so ähnliche Handschrift, dass es für Sönke ein Leichtes war, den Abschiedsbrief zu fälschen und sogar seine Mutter zu täuschen.«

»Und wie sollen wir jetzt die Polizei holen? Die Menschen verstehen uns doch gar nicht? Ich glaube, jetzt brauche ich doch einen Schluck.«

»Brauchst du nicht. Es gibt eine Möglichkeit. Du machst die müde Fliege.«

»Ich soll *was* machen?«

»Du breitest deine Flügel aus, hebst und senkst sie langsam

und machst dazu krah … krah … kraaaahhh. Haben dir deine Eltern nicht mal das beigebracht? Kurz, kurz, lang. Schrei, was deine Kehle hergibt.«

»Ich soll S.O.S. funken?«

»Exakt. Die Regeln sind nicht nur im Tierreich gültig. Ich fliege voraus und sehe zu, was ich an Land erreichen kann.«

Alkis Geschrei ist bis zum Crêpes-Stand zu hören, und wie er die müde Fliege mimt, ist perfekt. Die nötige Aufmerksamkeit der Leute am Strand hat er sich schon mal gesichert. Mein Ex-Scheff guckt ziemlich verkatert aus den Federn, aber immerhin ist er jetzt wach.

»Scheff, wir brauchen die Polizei.«

»Ich glaube, die sind immer noch damit beschäftigt, unser Taxi auf dem Golfplatz einzufangen.«

ACHT

Unterstützt von unserem Scheff begleiten wir das Boot in den Hörnumer Hafen und schreien uns die Kehlen aus dem Leib. Es ist ein kleiner Segel- und Jachthafen, in dem vielleicht fünfzig Boote liegen. Die meisten von ihnen sind abgedeckt und werden nur ein paar wenige Tage im Jahr aufs Meer hinaus bewegt, wenn ihre Besitzer den Weg auf die Insel finden. Während Sönke damit beschäftigt ist, trotz unseres Geschreis die Nerven zu behalten und sicher anzulegen, sehen wir, wie zwei Beamte den Anlegesteg betreten.

Wir brechen in Jubelgeschrei aus und setzen uns auf die Kaimauer. Möwenkino, erste Reihe. Fehlt nur das Popcorn. Dafür haben wir eine Live-Vorstellung.

Warum aber habe ich nur dieses verdammt ungute Gefühl, dass wir zwar einen entscheidenden Ermittlungserfolg erzielt, aber noch immer nicht das Rätsel um Knuts Verschwinden gelöst haben? Es liegt wohl an der Unbedarftheit, mit der Sönke den Beamten gegenübertritt.

»Kann ich Ihnen weiterhelfen?« Mit einem Tau in der Hand springt er auf den Steg, um das Boot festzumachen.

»Christiansen mein Name, das ist mein Kollege Bilge von der Kripo Westerland. Wir haben gerade die ausgerissene Kuh eines Bauern auf dessen Hänger geladen, als wir beim Blick aufs Meer auf Ihr Boot aufmerksam wurden – das war ja schon ein außergewöhnliches Geschrei, was die Möwen da veranstaltet haben. Da wollten wir mal nach dem Rechten sehen. Ist ein hübsches Boot, Ihre ›Viktoria‹.«

Alki streckt den Flügel aus, und ich klatsche ab. »Gut gemacht.« Auch unser Scheff hat ein anerkennendes Nicken für Alki übrig, der deshalb einen ganz roten Schnabel kriegt.

»Oh, danke der Nachfrage, aber es ist alles in Ordnung«, sagt Sönke und befestigt das nächste Tau. »Die Dame hier hat noch nie jemanden in Seenot gebracht, und ich habe schon als Kind segeln gelernt. Keine Ahnung, was diese Biester geritten hat. Hab ich auch noch nie erlebt. Dabei habe ich noch nicht mal einen Fisch gefangen.«

Biester … Jetzt sind meine Sympathien eindeutig geklärt. Und wenn ich mir die Blicke zwischen den Polizisten anschaue, dann wissen die ebenfalls ganz genau, wen sie mit Sönke vor sich haben, und geben sich nur so harmlos mit ihren Fragen. Einzig Sönke selbst bekommt von der Atmosphäre nichts mit, weil es seine Zeit dauert, bis das Boot festgemacht ist und er sein Angelgerät von Bord gebracht hat.

»Sie waren allein zum Angeln draußen?«

»Nachtangeln, ja. Und heute den Tag über. Aber keine einzige Makrele. Keine Ahnung, wo der Schwarm gerade vorbeizieht, eigentlich ist ja noch Saison für die Fische. Vielleicht war es das aber auch schon für dieses Jahr.« Sönke klettert zurück auf sein Boot.

»Haben Sie auch eine Tauchausrüstung an Bord?«

»Ja, aber in letzter Zeit habe ich mich mehr aufs Angeln verlegt, statt die Fische einfach so vor meinen Augen vorbeiziehen zu lassen.« Sönke lacht.

»Fahren noch andere außer Ihnen das Boot?«

»Nein, da lasse ich niemanden ran. Familienheiligtum, sozusagen. Ich bin aber der Einzige, der das Segel-Hobby beibehalten hat.«

»Gehört Ihnen das Boot schon länger?«

»Seit mein Vater vor sieben Jahren gestorben ist.« Sönke geht in die Kajüte, und es dauert eine Weile, bis er mit einer gepackten Tasche wieder herauskommt.

»Oh, dann war er wohl noch nicht besonders alt, als er gestorben ist?«, fragt der Polizist.

»Dreiundsechzig ist er geworden. Der Wetterdienst hatte vor Orkanböen in der Nacht gewarnt, und mein Vater wollte zum Boot fahren, nachsehen, ob es gut vertäut ist. Da hat eine Orkanböe seinen Geländewagen kurz vor Hörnum wie ein Stück Papier von der Straße gehoben. Er hatte keine Chance.« Sönke hält inne und betrachtet das Boot. »Von ihm habe ich das

Segeln gelernt. Sein größtes Hobby, als er sich für den aktiven Surfsport irgendwann zu alt fühlte. Er gehörte zu den Pionieren, die die Bretter in den siebziger Jahren nach Sylt gebracht haben. Von ihm habe ich auch den Segel- und Surfshop in Westerland übernommen.«

»Das wissen wir.«

»Aha?«

»Sönke Johannsen ist Ihr Name, richtig?«

»Ja?« Er schließt die Tür zu seiner Kajüte.

»Wir waren schon bei Ihnen zu Hause und dann im Laden. Dort sagte man uns, dass Sie sich für heute freigenommen haben. Telefonisch konnten wir Sie leider auch nicht erreichen.«

Sönke springt mit seiner Tasche leichtfüßig auf den Steg. »Ist das ein Verbrechen? Mein Handy liegt zu Hause, damit ich mal meine Ruhe habe – auf dem Boot habe ich ein Prepaid-Handy dabei, um notfalls telefonieren zu können.«

»Wir wollten Sie aufsuchen, weil wir Ihnen leider mitteilen müssen, dass Ihre Mutter heute früh einen Suizidversuch begangen hat. Die Ärzte in der Klinik konnten ihr den Magen auspumpen, und es geht ihr schon wesentlich besser. Sie kann morgen Vormittag wohl wieder entlassen werden. Nur sollten Sie sich in den nächsten Tagen vielleicht etwas vermehrt um Ihre Mutter kümmern.«

»Ach du meine Güte! Muss sie dann nicht in eine Psychiatrie?«

»Grundsätzlich schon. Tabletteneinnahmen bei einem Suizidversuch sind in der Regel deutliche Hilfeschreie, dass ein Mensch *so* nicht mehr leben will. Der grundsätzliche Lebenswille ist aber noch da. Wenn sich Ihre Mutter wirklich hätte umbringen wollen, hätte sie einen sichereren Weg gewählt.«

»Sie hat zwar Krebs im Endstadium, aber ich dachte, sie hätte sich mit der Diagnose abgefunden und würde ihr Ende abwarten. Noch hat sie ja keine Schmerzen, auch wenn man ihr sagte, dass die jetzt sehr bald stärker werden und es schnell gehen würde.«

»Es wäre wohl sinnvoll, wenn Sie sich angesichts der Diagnose um einen Platz in einem Hospiz kümmern würden, dort könnte man Ihre Mutter sehr gut betreuen. Aber das besprechen Sie am besten mit einem Arzt.«

»Sie hat gesagt, dass sie zu Hause sterben will.«

»Nun gut, das ist Ihre private Angelegenheit. Wären Sie bereit, uns noch ein paar Fragen zu beantworten?«

Jetzt stellt Sönke seine Gepäcktasche doch auf dem Steg ab und lehnt sich an einen der Stromverteilerkästen. »Bitte.«

»Gibt es weitere Schlüssel für das Boot?«

»Natürlich. Der Zweitschlüssel liegt bei mir zu Hause.«

»Sie leben allein?«

»Ja. Ich habe eine Freundin derzeit, aber wir leben nicht zusammen. Aber das ist jetzt doch ein bisschen privat, finden Sie nicht?«

»Danach haben wir auch nicht gefragt. Wir wollten keine Details wissen. Vielmehr: Warum gehört ein Fernglas zu Ihrer Angelausrüstung?«

Sönke zieht die Augenbrauen zusammen, spricht seine Verwunderung über die Frage aber nicht laut aus. »Ich beobachte damit die Oberflächenbewegungen des Wassers. Wenn das Wasser brodelt, sind Makrelenschwärme unterwegs.«

»Sie haben nicht nach Ihrem vermissten Bruder gesucht?«

»Was? Nein, warum?«

»Nun, es hätte ja sein können. Hier am Strand verliert sich seine Spur, das haben Sie den Kollegen bei der Vermisstenanzeige selbst zu Protokoll gegeben. Es deuten zwar einige Anzeichen darauf hin, dass er noch einmal in seiner Wohnung gewesen ist, aber gesehen wurde er dort nicht. Hier ist sein letzter bekannter Aufenthaltsort, an dem er von Zeugen lebend gesehen wurde.«

»Ja, aber wenn er wirklich ins Meer gegangen ist, um sich zu töten, dann ist das wohl aussichtslos, seine Leiche bald zu finden, wenn überhaupt. Das haben doch auch die Polizeitaucher gesagt.«

»Können Sie uns etwas zum seelischen Zustand Ihrer Mutter in den vergangenen Tagen sagen?«

»Nein. Das kann ich nicht, leider. Ich gehe einmal in der Woche für sie einkaufen und schaue auf einen Kaffee vorbei, aber mehr Zeit habe ich aus beruflichen Gründen leider nicht. In der Hauptsaison stehe ich von morgens bis spätabends in meinem Laden und falle danach hundemüde ins Bett. Sieben Tage die Woche. Heute ist mein erster freier Tag seit Pfingsten. In den letzten Tagen hatte ich gar keinen Kontakt zu ihr. Seit der Diagnose mit dem Bauchspeicheldrüsenkrebs hat sie sich sehr zurückgezogen und seit dem Verschwinden meines Bruders noch mehr.«

»Wie war das Verhältnis Ihrer Mutter zu ihrem Sohn Knut?«

»Nicht das allerbeste, aber mein Zwillingsbruder war schon immer recht eigen und meine Mutter auch. Das hat sich oft nicht vertragen.«

Da haben wir es, denke ich. Zwillingsbrüder.

»Wann haben Sie Ihre Mutter zuletzt gesehen?«

»An dem Tag, als das Verschwinden meines Bruders bekannt wurde. Ich war am Vormittag für sie einkaufen, und meine Mutter bat mich, auf dem Rückweg, bevor ich meinen Laden aufmache, meinem Bruder noch eine große Schale frische Johannisbeeren aus ihrem Garten vorbeizubringen. Das liegt ja quasi auf dem Weg. Dazu haben mich Ihre Kollegen aber schon befragt, als wir die Vermisstenanzeige aufgegeben haben.«

»Und wie sind Sie in den Besitz des Abschiedsbriefs gekommen?«

»Der Abschiedsbrief … Das habe ich doch auch schon zu Protokoll gegeben. Die Tür stand offen. Und das fand ich merkwürdig. Also bin ich in die Wohnung gegangen, und zwischen der Unordnung und den merkwürdigen Federn überall lag der Brief auf dem Bett. Auf das alles konnte ich mir keinen Reim machen, also habe ich meine Mutter angerufen, und wir sind zu Ihnen auf die Dienststelle gefahren.«

»Hat Ihre Mutter öfter Sachen aus dem Garten an ihren Sohn verschenkt, obwohl die beiden nicht das beste Verhältnis hatten?«

»Die Johannisbeeren waren eigentlich mehr für Eva gedacht, Knuts Freundin, damit sie Gelee kochen kann. Mit Eva hat sich meine Mutter immer gut verstanden. Aber allzu oft sehen sich die beiden auch nicht.«

»Wie gut kennen Sie die Freundin des Vermissten, Eva Keller?«

»Ziemlich gut sogar. Sie arbeitet am Weststrand als Surflehrerin und kommt öfter zu mir in den Laden, im Winter arbeitet sie auf La Palma als Tauchlehrerin. Dort hat sie meinen Bruder vor zwei Jahren kennengelernt, als er sich endlich mal eine Woche Auszeit genommen hat und ich ihn vertreten habe.«

»Wissen Sie, wo sich Frau Keller im Moment aufhält?«

»Falls Sie noch Fragen an Eva haben, sie ist telefonisch erreichbar, ich kenne nur die Adresse der Freundin in Flensburg nicht, wo sie sich zurzeit aufhält.«

»Warum ist Frau Keller dort?«

»Voraus ging alldem, dass sie am Strand einen heftigen Streit mit meinem Bruder hatte, weil sie keine Zukunft für die Beziehung mehr sah, wenn er finanziell nicht auf die Beine käme. Sie wollte ihm nicht ständig etwas zuschießen. Eva hat ihm ein Ultimatum gestellt, bis Ende August seinen Crêpes-Stand zu verkaufen und sich eine lohnendere Arbeit zu suchen. Oder einen Sushi-Edel-Imbiss oder so was draus zu machen, mit dem sich mehr Geld verdienen lässt. Weil sie nicht auf ewig in dieser Zwei-Zimmer-Erdloch-Wohnung versauern wollte, für die immerhin fünfhundert Euro fällig sind. Kalt. Sie wissen ja, wie das hier auf der Insel ist. Sie hatte sich mit ihm eine bessere Zukunft vorgestellt, schließlich wollte sie auch gerne mal Kinder haben. Und ja, sie hat ihm auch gesagt, dass sie ihn nicht mehr so sehr liebt wie früher, aber dass Knut deshalb gleich verschwindet und sich höchstwahrscheinlich umgebracht hat, damit rechnet doch keiner, und Eva war natürlich sehr bestürzt darüber.«

»Sie wissen insgesamt ja außerordentlich gut Bescheid.«

»Ja, ähm … Eva hat die Nacht nach dem Streit bei mir verbracht – aber nicht, dass Sie jetzt etwas Falsches denken. Wir haben nichts miteinander. Sind nur gut befreundet. Sie wollte nach dem Streit mit Knut einfach nicht nach Hause. Also ist sie mit dem Auto zu mir gefahren, hat am nächsten Morgen ihre Sachen aus der gemeinsamen Wohnung geholt und ist erst mal ein paar Tage zu dieser Freundin nach Flensburg gefahren.«

»Zu diesem Zeitpunkt lag noch kein Abschiedsbrief in der Wohnung?«

»Nein, nur der Crêpes-Teig war vorbereitet, aber Knut war nicht da. Das war ihr natürlich in dem Moment mehr als recht, sie hat nur schnell ihre notwendigen Sachen aus den Schränken rausgerissen und eingepackt, sie wusste ja nicht, wann er zurückkommt, und wollte an diesem Morgen keine Konfrontation mit ihm. Er war nämlich schon immer recht eifersüchtig auf mich, wenn auch grundlos.«

Vielleicht ist doch was dran, denke ich, dass Eva die Leiche von Knut im Kofferraum von der Insel geschafft hat und die Beobachtung von Fietje und dem Pizzabäcker falsch ist beziehungsweise die beiden etwas anderes auf dem Meer gesehen haben.

»Das Auto gehört dem Vermissten?«

»Ja, aber auf Knut ist es nur zugelassen. Eva hat dafür bezahlt. Eigentlich konnte er sich schon längst kein Auto mehr leisten.«

»Warum kommt sie Ihrer Meinung nach jetzt, wo ihr Freund als vermisst gilt, nicht wieder zurück?«

»Sie hält es im Moment hier auf der Insel nicht aus, weil jeder sie nach Knut fragen würde, und natürlich gibt sie sich auch ein wenig die Schuld an seinem Verschwinden, wahrscheinlich sogar an seinem Tod. Aber wie gesagt, wenn Sie noch Fragen an Eva haben: Sie ist telefonisch erreichbar, ich kenne nur die Adresse der Freundin in Flensburg nicht.«

»Nicht notwendig, meine Kollegen haben bereits zu ihr Kontakt aufgenommen.«

»Ach? Und warum fragen Sie mich das dann alles?«

»Wir wollten Ihre Version der Geschichte hören.«

»Halten Sie mich für einen Lügner?« Jetzt stößt sich Sönke vom Stromkasten ab, an dem er die ganze Zeit über gelehnt hat, und sammelt seine Tasche und die Angelsachen vom Steg ein.

»Wir haben Ihnen nichts unterstellt und Ihnen auch nichts vorgeworfen.«

»Dann ist ja gut. Eva hat nämlich nicht das Mindeste mit der Sache zu tun.«

»Und Sie?«

Sönke hält inne. »Halten Sie mich etwa für verdächtig?«

»Sie dürfen ganz ruhig bleiben. So war die Frage nicht gemeint. Wir wollten damit eigentlich eher wissen, wie Sie mit dem Verschwinden Ihres Bruders umgehen?«

»Was ist das für eine Frage? Ich muss damit leben. Ich kann meinen Laden nicht mitten in der Hauptsaison dichtmachen und Abstand suchen. Natürlich werde ich ständig darauf angesprochen oder sogar mit meinem Bruder verwechselt, aber das war auch schon früher so. Nur teile ich den Kunden jetzt kurz und knapp mit, dass ich nichts über sein Verschwinden weiß.«

»Sie haben auch an dem Tag, nachdem Sie vormittags die Vermisstenanzeige aufgegeben haben, gearbeitet?«

»Tag ist gut. Bis Mitternacht, weil mir genau zu Ladenschluss so eine dämliche Möwe in die Schaufensterscheibe gesemmelt ist und alles zu Bruch gegangen ist. Ich war stundenlang damit beschäftigt, den Schaden für die Versicherung zu fotografieren, die im ganzen Laden verstreuten Splitter einzusammeln und Folie zu organisieren, um das Loch notdürftig zu verschließen. In Zukunft lasse ich da Sicherheitsglas reinmachen, das können Sie mir glauben.«

»Gibt es Zeugen dafür?«

»Dass die Möwe in die Scheibe reingekracht ist? Die halbe Friedrichstraße hat das gesehen. Kurz vor Ladenschluss ist immer noch jede Menge los.«

»Nein, ich meine dafür, wie lange Sie mit den Aufräumarbeiten beschäftigt waren?«

»Mein Azubi hat mir geholfen. Und kaum war ich endlich aus dem Laden draußen, war ich so k. o., dass ich Bremse und Gas verwechselt und mein Auto volle Lotte auf den Friesenwall gesetzt habe, von wo mich Ihre Kollegen dann freundlicherweise wieder runtergeholt haben. Den Tag hätte ich mir echt sparen können. Das Auto hat einen Totalschaden. Aber warum fragen Sie?«

»Läuft Ihr Laden gut?«

»Wie meinen Sie das?«

»Gibt es irgendwelche finanziellen Schwierigkeiten?«

»Nein. Sie können gerne in meine Bücher schauen, wenn Ihnen das weiterhilft. Wir sind ein traditionsreiches, aber modernes Geschäft – meine Eltern haben es in den siebziger Jahren gegründet. Vor zehn Jahren haben sich die beiden zur Ruhe gesetzt, ich habe es nach der Übernahme komplett umgebaut, bin längst wieder schuldenfrei, und wir haben einen sehr guten Ruf in der Branche. Ganz gleich, welchen Wassersport Sie betreiben wollen – Segeln, Surfen, Tauchen –, in meinem Laden finden Sie jegliches gewünschte Zubehör in allen Preisklassen und beste Beratung.«

»Wissen Sie etwas über die finanzielle Situation Ihres Zwillingsbruders?«

»Ziemlich angespannt, würde ich sagen. Er hatte die besten Crêpes der Insel, aber die Möwen haben ihm das Geschäft versaut.«

»Und wie war Ihr Verhältnis zu Ihrem Bruder?«

»Wie das bei Brüdern eben so ist. Mal besser, mal schlechter. Wir sind Zwillingsbrüder, aber grundverschieden.«

»Wie war Ihr Verhältnis zuletzt?«

»Normal, wir haben uns kaum gesehen. Worauf wollen Sie hinaus? So langsam habe ich das Gefühl, Sie verdächtigen mich, am Tod meines Bruders schuld zu sein.«

»Wir wollen auf nichts Bestimmtes hinaus. Sie müssen auch keine weiteren Fragen beantworten, wenn Sie das nicht möchten. Aber es wäre sehr freundlich von Ihnen, wenn Sie uns auf die Dienststelle begleiten könnten. Es dauert auch nicht lange. Wir hätten gern eine Schriftprobe von Ihnen. Sie haben selbstverständlich das Recht, diese zu verweigern.«

»Schriftprobe? Noch mal: Ich habe nichts mit dem Tod meines Bruders zu tun.«

»Dann sollte es für Sie unproblematisch sein, eine Schriftprobe abzugeben. Wir möchten wissen, ob der Abschiedsbrief echt ist.«

»Ich habe mit dem Mord nichts zu tun!«

»Mord? Wir ermitteln derzeit nur in einem rätselhaften Vermisstenfall. Außer Ihnen hat bis jetzt noch niemand von Tod oder gar Mord gesprochen. Aber es macht den Eindruck, als wüssten Sie mehr, als Sie zugeben wollen.«

Sprachlos schauen wir dem Polizeiwagen nach, in dem Sönke mitfährt. Wir müssen die Informationen erst einmal gedanklich sortieren.

»Wenn ihr mich fragt, Sönke war's«, sagt unser Scheff. »Okay, er hat ein wasserdichtes Alibi, er kann die Leiche nicht entsorgt haben, weil ich ihm in die Scheibe gesemmelt bin und er ordentlich zu tun hatte, aber er könnte Knut trotzdem umgebracht haben.«

»Aber wer war dann auf der ›Viktoria‹, und was hat derjenige da draußen gemacht?«, fragt Alki.

»Mir gefällt das nicht«, denke ich laut nach. »Es könnte genauso gut Knuts Freundin Eva gewesen sein, die die Leiche mit dem Auto von der Insel gebracht hat. Gehen wir etwa die ganze Zeit völlig falschen Spuren nach?«

»Uns fehlt das Motiv – ein Streit unter Brüdern wäre denkbar, wahrscheinlich ums Geld«, sagt Baron Silver de Luft.

Ich schüttle entmutigt den Kopf. »Das ist zum Federnrupfen. Ganz offenkundig ist Sönke nicht so unschuldig, wie er sich gibt – dieser Meinung ist auch die Polizei.«

»Ohne Knuts Leiche werden wir das Rätsel niemals lösen. Erst wenn wir wissen, wo und wie er zu Tode kam, können wir neue Rückschlüsse ziehen.«

»Ohne die fünfzig Makrelen können wir das Rätsel nicht lösen«, sage ich und seufze.

Der Scheff guckt mich an, als hätte ich einen Sonnenstich bekommen. Ich muss ihm erst mal erklären, was Willi mir für diesen Handel versprochen hat.

»Worauf warten wir dann noch?«, fragt Baron Silver de Luft. »Wir werden doch wohl so ein paar lächerliche Makrelen fangen können, die schwimmen einem ja zurzeit quasi vor den Schnabel.«

»Hat denn irgendjemand von uns je schon mal auch nur eine einzige gefangen?«, frage ich. Ich verwette meine Federn darauf, dass der Baron wegen seiner Kurzsichtigkeit noch nicht mal eine Robbe unter der Wasseroberfläche erkennen würde.

»Ähm, nein, ich nicht.« Na, wenigstens gibt er's zu – seine Ehrlichkeit bringt uns aber auch nicht weiter.

Auch Alki schüttelt traurig den Kopf.

Fünfzig Makrelen, innerhalb kürzester Zeit, das schaffe ich nie. Wir stehen vor der Herausforderung unseres Lebens und schaffen es nur im Team. In einem richtigen Team.

»Wo sind eigentlich Harry, Grey und Balthasar abgeblieben?«, fragt Baron Silver de Luft in meine Gedanken hinein.

»Die, ähm …« Das hat er in seinem Suff ja gar nicht mitbekommen oder schon wieder vergessen. Soll ich ihn damit konfrontieren?

Er tut es selbst. »Die drei haben ihren Austritt aus der Truppe erklärt, richtig?«

Als ich nicke, lässt mein Ex-Scheff die Flügel hängen.

Kann es wirklich sein, dass wir jetzt an diesen dämlichen Makrelen scheitern? Nein, jetzt weiß ich, warum ich noch nicht in den Möwenhimmel durfte. Ich habe hier offenkundig noch eine Aufgabe zu erledigen. Also fasse ich einen Entschluss.

»Ich werde versuchen, unsere Truppe wieder zusammenzutrommeln. Wenigstens für diese eine Mission. Zuerst fliege ich zu Balthasar. Wir brauchen ein Buch, in dem erklärt wird, wie Möwen ihre natürliche Nahrung fangen.«

Und dann steht noch eine zweite wichtige Mission an, denke ich mit Blick in Flugrichtung Kampen. Wenn mich der heilige Albatros noch nicht im Möwenhimmel haben will, okay, aber dann will ich meine geliebte Suzette zurückerobern und die Zeit nutzen, die mir noch zwischen Himmel und Erde verbleibt. Und ja, ich will mich dann auch endlich mal wieder wie eine männliche Möwe fühlen. Sie wissen schon.

Wie bitte? Sie wollen mir sanft beibringen, dass meine Missionen bislang von wenig Erfolg gekrönt waren, um es mal so auszudrücken? Also gut, Sie haben ja recht … Ich werde mir besser noch einen Plan B ausdenken.

★★★

»Sag mal, Balthasar, weißt du, ob es im Möwenhimmel eigentlich auch Sex gibt?«

Er fällt bei meiner Frage fast vom Wohnwagendach. Ich bin von hinten an ihn herangetreten und gucke ihn ernst an. Es war nicht schwer, ihn zu finden. Es steht zwar niemand um ihn herum, genau genommen nimmt kein einziger Mensch Notiz von ihm, aber neben ihm auf dem Dach liegt ein ganzer Stapel Bücher. Er sitzt vor einem aufgeschlagenen Buch und legt jetzt den Fuß auf die Zeile, bei der ich ihn unterbrochen habe.

»Hallo erst mal und zweitens, was hast du denn für komische Fragen?«

»Na ja, du weißt doch immer alles. Und das ist keine komische Frage, sondern ein Plan B.«

Balthasar zieht die Federn kraus. »Das musst du mir erklären.«

»Na ja, irgendwie landen wir doch alle mal im Möwenhimmel, hoffentlich, meine ich. Also, hoffentlich natürlich nur dann, wenn es da irgendwie auch Sex gibt, weil, man lebt ja doch irgendwie weiter. Wenn man dann aber auf seiner Wolke sitzt und auf das geliebte Weibchen wartet, also, für den Fall, dass man selbst früher da ist – was ist, wenn man umsonst wartet? Also, ich meine, wenn das Weibchen zwar irgendwann kommt, also in den Möwenhimmel, es dort dann aber keinen Sex gibt – das wäre doch echter Schiet, oder? Weil, dann wäre es auch kein Plan B.« Ich gucke ihn schräg an.

Er mich noch schräger. »Sag mal, Ahoi, was hast du denn genommen?«

»Nichts. Ich mache mir nur so meine Gedanken.«

»Also, ich mache mir um ganz andere Dinge Sorgen, aber ich kann das gerne mal in der Bibliothek für dich nachschlagen.«

»Du hast es tatsächlich geschafft, in die Bibliothek einzubrechen? Dich schickt der Himmel!«

Balthasar macht einen Schritt rückwärts.

»Nein, nicht so, wie du jetzt denkst. Ich brauche ein Buch, in dem steht, wie man als Möwe seine Nahrung fängt.«

»Was jetzt? Nahrung oder Sex?«

»Beides. Aber die Nahrung ist jetzt erst mal wichtiger.« Ich erkläre ihm wortreich Willis Forderung und die Geschehnisse am Hörnumer Hafen. »Bitte, Balthasar, du musst uns helfen. Sönke streitet vor der Polizei alles ab. Und solange wir Knut nicht finden, kann man ihm auch nichts nachweisen. Sönke könnte aber der Mörder sein und läuft dann frei rum. Wir müssen lernen, wie man Makrelen fängt!«

»In Ordnung. Ich werde sehen, was ich tun kann.«

»Jetzt gleich?«

Balthasar seufzt. »Okay, jetzt gleich.«

»Im Moment ist ja nicht viel los bei dir, keine Zuhörer. Laufen die Geschäfte schlecht?«

Balthasar klappt sein Buch zu und spielt mir Erstaunen vor. »Wie kommst du denn darauf?«

»Na ja, die Menschen laufen alle an dir vorbei. Jeder hat schon ein Foto von dir gemacht, und jetzt haben sie sich anscheinend an dich gewöhnt.«

»Ach was, ich muss nur einen neuen Vortrag ausarbeiten, dann umringen sie mich wieder. Also, du siehst, ich habe zu tun. Aber du hast Glück, heute ist Mittwoch, und jetzt am Nachmittag hat die Bibliothek geschlossen – für mich ist sie also geöffnet. Wir sehen uns dann am Crêpes-Stand.« Er erhebt sich in die Luft.

Das ging einfacher als gedacht. Aber wie ich mein persönliches Karma kenne, bedeutet das nichts Gutes für meine zweite Mission.

Nach stundenlangem Suchen setze ich mich auf die Uwe-Düne in Kampen und schaue hinaus aufs Meer in den Sonnenuntergang, auf die glutroten sanften Wellen, die sich auf den Sand schmiegen, sich scheu zurückziehen und wiederkommen. Den Sonnenuntergang von diesem Platz aus zu beobachten, ist einzigartig – einzigartig scheiße, wenn man Suzette vergeblich gesucht hat. Es ist nicht mal jemand da, den ich nach ihr hätte fragen können. In ganz Kampen scheint es keine einzige verdammte Möwe mehr zu geben. Wie ausgestorben.

Bis auf die eine Möwe, die jetzt von Süden her auf mich zufliegt, aber das ist nicht Suzette, sondern eine männliche Möwe, die ich nicht kenne. Er sieht ein bisschen merkwürdig aus, weil das eine Augenlid hängt, scheint aber sonst ein ganz freundlicher Typ zu sein.

»Hey, bist du etwa nicht zur Party von Mogulis eingeladen, oder hast du dich verflogen?«

»Ich, ähm …«

»Ah, versteh schon, du bist eine Festlandmöwe und wolltest noch mal eben schnell den Sonnenuntergang mitnehmen. Kann ich verstehen, ist ja auch wirklich einzigartig hier auf der Insel. Ich habe mich kurz im Meer ein bisschen frisch gemacht, nach dem langen Tag heute am Strand. Das Leben hier ist aber auch anstrengend, das kann ich dir sagen. Eine Party nach der anderen, man kommt kaum mehr zum Schlafen. Und die Party von Mogulis ist echt das Highlight des Sommers. Er lässt seine Gäste ja von überall her einfliegen – und das einfach so zur Sommerparty, ohne dass es einen weiteren Anlass gibt. Und alle kommen. Also, lass uns schnell zur ›Kupferkanne‹ fliegen, ganz tolle Location, die ihm da gehört.«

Natürlich sage ich nicht Nein. Denn wo Mogulis ist, ist auch Suzette. Ich frage mich nur, ob diese Möwe der Himmel oder der Teufel geschickt hat. Den Flug von der Westseite Kampens zur Ostseite ans Watt über quasselt er ununterbrochen und erzählt mir irgendwelche komischen Geschichten. Irgendwoher kenne ich den Typen, aber ich komme nicht drauf. Ich habe ja auch gerade andere Sorgen.

»Kennst du die Location?«, fragt er mich, weil er wohl mitbekommen hat, dass ich seinen Geschichten nicht so wirklich zuhöre.

»Ja«, entgegne ich. Das veranlasst ihn aber nicht dazu, den Schnabel zu halten.

»Logisch, die ›Kupferkanne‹ ist ja auch weit über die Insel hinaus bekannt. Total angesagt. Tagsüber bei den Menschen, und abends vermietet Mogulis sie inklusive Personal an feierwütige Möwen, die sich das ganz schön was kosten lassen. Der Ort ist ja an sich schon mal zauberhaft. Das Watt im Mondlicht, das Restaurant, das sich unter einem Hügel versteckt, mitten in dem kleinen Waldstück. Hinter jedem Strauchwerk ein neuer hübscher Platz mit Holztischen und Bänken, hinter jedem Hügel eine noch schönere Nische mit überraschendem Blick auf das Watt. Man kann so toll die Zweisamkeit genießen und ist doch unter vielen anderen Gästen, nicht wahr?«

»Ja«, sage ich. »Muss schön sein.«

Die Party ist bereits in vollem Gange. Das Geschnatter ist von Weitem zu hören. Lampions, in denen unzählige Glühwürmchen schwirren, hängen an kunstvollen Flechtranken zwischen den Bäumen. Sie erhellen den Parkplatz, der zur Tanzfläche erklärt wurde und auf dem es jetzt nur so wimmelt von tanzenden Möwen. Es ist kaum ein Durchkommen.

Was? Ja, glauben Sie, wir Möwen sitzen freiwillig beim nachmittäglichen Kurkonzert auf dem Dach der Westerländer Musikmuschel und schauen euch Menschen bei euren speziellen Balztänzen zu? Von unseren Weibchen werden wir dazu verdonnert! Zugegeben, ich gehöre zu den wenigen Männchen, die nicht genug davon bekommen können. Wobei ich echt mal eines von Ihnen wissen will: Wozu diese komplizierten Schrittfolgen und Figuren in unterschiedlicher Geschwindigkeit, wenn Sie sich dann wieder an den Rand der Fläche setzen, ohne dass es zur Kopulation kam? Wozu der ganze Aufwand? Es ist wohl wie mit allen Dingen, die mit euch Menschen zu tun haben: Man muss es nicht verstehen.

Am Rand der Tanzfläche riecht es nach bestem Fisch, ständig stößt man mit einer Möwe zusammen, die gerade mehr auf den Lachs im Schnabel oder den Kaviar vor sich konzentriert ist als auf ihre Umgebung.

Personal ist ebenfalls reichlich da. Kein Essensrest bleibt liegen, überall wuseln Spatzen herum und picken sofort alles auf. Was Mogulis das alles gekostet hat, will ich gar nicht wissen. Selbst die Pinguine, die einem auf Schritt und Tritt folgen und mit Sekt gefüllte Austernschalen anbieten, hat er wohl extra einschwimmen lassen. Natürlich höre ich mich nicht Nein sagen und nehme gleich zwei Austernschalen. Ein bisschen Mut brauche ich schon.

Sogar das Sylter Pfauenquintett hat er engagiert. Die sonst

äußerst scheuen Kampener Musiker stehen in prächtigem Federkleid auf der Bühne und unterhalten die Möwen auf der Tanzfläche mit bester Musik. Eine stimmungsvolle Party, das muss ich leider zugeben.

Meine zufällige Begleitung mit dem hängenden Augenlid scheint unter den Festgästen ziemlich bekannt zu sein, immerhin wird er von allen Seiten angesprochen und freundlich gegrüßt. Karl heißt er, bekomme ich dadurch mit. Und da drüben, die Dame habe ich doch schon mal gesehen – tatsächlich, das ist die berühmte Möwe Emma, und unweit daneben steht die Möwe Jonathan, von einer Schar weiblicher Gäste umringt.

»Komm, wir wollen höflich sein und die Frau des Gastgebers begrüßen, ich habe sie da drüben entdeckt«, sagt mein Begleiter und zerrt mich ungefragt am Flügel durch die Menge.

Suzette. Da steht sie. Inmitten einer Gruppe von Weibchen, mit denen sie sich angeregt unterhält. Ich sehe nur sie. Ihre Federn glänzen, um den Hals trägt sie als einzige der Frauen eine funkelnde Kette, ihren Schnabel hat sie in einem wunderschönen Löwenzahngelb gerieben und die Spitzen ihrer Flügelfedern schwarz betont. Und auf ihrem Kopf, lässig-elegant von den Stirnfedern gehalten – eine Sonnenbrille. Modell Stubenfliege. Zu ihren Füßen liegt diese Plastiktasche, die Mogulis ihr als eigenes Handtaschen-Label präsentiert und zum Geschenk gemacht hat.

Mein Begleiter tritt vor, begrüßt die Damen und lässt sich dann von Suzette den Flügel reichen, um seinen Schnabel daran zu reiben. Natürlich nur hauchzart, fast nur symbolisch. Mehr dürfte er sich als Gentleman auch nicht erlauben, und vor allem nicht, wenn er Mogulis in der Nähe wähnt.

Ich bleibe stehen, habe sogar mit einem Mal den unwiderstehlichen Drang zu flüchten, aber weder rückwärts noch seitlich gibt es eine Möglichkeit. Und einfach losfliegen wäre jetzt megapeinlich. Nein, dann brauche ich wirklich nicht mehr wiederzukommen.

Es bleibt nur noch die Flucht nach vorn.

»Hallo, Suzette.« Mir zittern die Flügel so sehr, dass ich

ihr nicht die Federn reichen will. Von allen Seiten werde ich gemustert. Sicher denken jetzt alle, ich hätte überhaupt kein Benehmen – andererseits würde es sich falsch anfühlen, wenn ich Suzette auf einmal mit einem Schnäbeln begrüßen würde.

»Ahoi … das ist ja eine Überraschung! Mädels, darf ich vorstellen? Ein guter Freund aus alten Zeiten.« Das mit dem guten Freund gefällt mir sehr, das mit den alten Zeiten weniger. »Möchtest du ein Schälchen Sekt, Ahoi?«

»Ich?« Etwas Sinnvolleres fällt mir nicht ein.

Suzette lacht. Es ist das schönste Möwenlachen auf Erden. »Ja, du, Ahoi.«

Das Pfauenorchester spielt jetzt einen Tango, und zwei der umstehenden Damen werden zum Balztanz aufgefordert. Suzette nimmt einem vorbeigehenden Pinguin zwei Schälchen ab, und ich greife zu. Sie ruft den Kellner zurück und nimmt sich auch noch einen Sekt. Dann prostet sie mir zu, aber ich kann nur noch die beiden leeren Schalen heben.

»Warum sind denn die anderen nicht gekommen?«, fragt Suzette, offenbar ohne mir meinen Fauxpas krummzunehmen.

Warum wohl?, denke ich. Weil wir erstens keine Einladungsfeder bekommen haben und zweitens meine Kumpel unter der Adresse sowieso nicht mehr zu finden sind.

»Suzette, dürfte ich dich vielleicht einen Moment unter vier Augen sprechen? Es ist dringend.« Ich schiele zu einem der Hügel hinüber, hinter den wir uns so lange zurückziehen könnten, bis ich ihr mein Herz ausgeschüttet und die Lage erklärt habe.

Suzette schaut mich durchdringend an, dann stellt sie ihre Austernschale auf einer Baumwurzel ab und sagt zu ihren Freundinnen: »Bitte entschuldigt mich einen Augenblick, ich bin gleich wieder da. Würdest du bitte auf meine Handtasche achten, Naomi?« Sie schiebt die Plastiktüte mit dem gelben Schriftzug zu ihrer Freundin rüber.

Naomi? Jetzt erkenne ich sie auch. Ich stehe vor dem bestbezahlten Model überhaupt und erkenne sie nicht – weil meine Suzette sie in den Schatten stellt.

Wir gehen ein paar Schritte, und ich würde ihr so gerne

gestehen, wie sehr ich in sie verliebt bin, aber ich bin eben nicht nur verliebt, sondern in erster Linie ein Feigling. Also komme ich wieder auf das sachliche Thema zurück und erkläre ihr, warum wir unbedingt fünfzig Makrelen benötigen und ich ihre Hilfe brauche. Ihre Hilfe und die der gesamten Truppe.

Suzette macht große Augen angesichts all der Neuigkeiten, die in Kurzform auf sie herniederprasseln, aber noch bevor sie mir antworten kann, höre ich eine andere Stimme hinter mir.

»Wo gehst du denn hin, mein Schnäbelchen?« Mogulis. Wie aus dem Nichts ist er bei uns aufgetaucht. In der Menge der Möwen erkennt er mich nicht gleich, wohl auch weil er nicht mit mir rechnet, aber ich erkenne, dass nun entweder mein letztes Stündlein schlägt oder meine große Stunde gekommen ist.

Bevor Suzette irgendwas sagen kann, mache ich einen Schritt auf sie zu und nehme ihren Flügel.

»Auf die Tanzfläche geht sie«, sage ich so laut und vernehmlich, dass selbst die Möwen weiter hinten die Köpfe nach uns drehen. »Darf ich bitten, Madame?«

»Ahoi!« Suzettes Ausruf klingt mehr nach Überraschung als nach Protest, und schon befinden wir uns inmitten der Tänzer.

Schritt, Schritt, Wiegeschritt und Abschlussschritt. Promenade, mit Schwung in die Rechtsdrehung – die Fläche gehört uns. Ich habe es geschafft. Mogulis schaut uns vom Rand der Tanzfläche aus wie versteinert zu. Meine innere Anspannung weicht, die Welt um mich herum verschwimmt, ich konzentriere mich allein auf unseren Tanz, darauf, Suzettes Körper zu spüren, ihre Rundungen. Sie ist mir nah, zum ersten Mal, und ich möchte, dass es nie aufhört.

»Das fühlt sich so schön an«, raune ich ihr zu.

Suzette kichert. »Ja, das ist lustig, mit dir zu tanzen.«

Lustig. Das ist nicht lustig, das ist hocherotisch. Ich kann mich gerade noch beherrschen, sie nicht gleich zu begatten.

»Du riechst gut.« Ich seufze genießerisch und versuche so, mein Verlangen etwas deutlicher auszudrücken. Dass Weibchen aber auch immer nur den guten Freund in mir sehen.

»Das ist feinstes Eau de Watt – hat Mogulis mir geschenkt.«

Mogulis. Natürlich. Und natürlich weiß ich, dass dieser Tanz ein Ende nehmen wird und das höchstwahrscheinlich schon, bevor die Musiker bei den letzten Takten angekommen sind. Im Augenwinkel erkenne ich Mogulis' Gesichtsfarbe, und die verheißt nichts Gutes.

Ich straffe den Rücken, stelle die Flügelbuge raus und ziehe Suzette sanft, aber bestimmt noch näher an mich heran. Vielleicht hätte ich das nicht tun sollen – nein, Mogulis steht immer noch unbeweglich am Flächenrand, aber haben Sie schon mal Domino gespielt? Ich spiele es gerade. Mit Möwen.

Vor lauter Nervosität trete ich mir beim zackigen Abschlussschritt selbst auf den Fuß, will weitertanzen, strauchle, suche rückwärts mein Gleichgewicht, stoße gegen ein anderes Paar, halte mich an Suzette fest – aber sie kann mich nicht halten, und wir fallen zusammen um. Mit uns der Reihe nach so ziemlich alle Möwen auf der Tanzfläche.

Hey, mit einer Domino-Show wie dieser könnte man Geld verdienen. Das Schönste aber daran ist, denke ich, während ich gar keine Anstalten mache aufzustehen, dass die Schönste auf mir liegt.

Das Pfauenquintett verstummt. Es ist beinahe totenstill geworden. Man hört nur die Flüche der am Boden liegenden Möwen, die sich die Beine und Flügel sortieren. Dann fängt eine Möwe an zu lachen, dann die nächste, und schließlich stehen wir inmitten eines ohrenbetäubenden Gelächters. Nur Mogulis sieht aus wie ein Dampfkochtopf kurz vor der Explosion.

»Ahoi, du bist so peinlich.« Suzette krabbelt von mir runter, steht auf und putzt sich die Federn. Ihre Sonnenbrille ist auf den Boden gefallen und von einer anderen Möwe zertreten worden.

Ich bin sofort auf den Beinen und helfe Suzette. »Entschuldige, hast du dir wehgetan?«

»Du hast mir wehgetan, ja. Hier drin.« Sie klopft auf die Stelle, wo ihr Herz sitzt. »Du hast mich vor allen Möwen lächerlich gemacht.«

»Lächerlich? Es ist lächerlich, wie du dich an Mogulis hängst, dabei ist er doch nur ein Blender.«

»Das sagst du nur, weil du ihn nicht leiden kannst.«

»Nein, weil es die Wahrheit ist. Soll ich dir auch eine Flasche Eau de Watt besorgen? Oder so eine Designer-Handtasche? Gib mir fünf Minuten. Oder flieg doch selbst mal nach Tinnum zu diesem großen Einkaufsladen. Dort gibt es diese angeblich limitierten Taschen, auf denen das ach so teure Mogulis-Label prangt, nämlich zu Tausenden, damit die Menschen ihre Beute darin nach Hause tragen können. Sobald das erledigt ist, werfen sie die Taschen weg – nur bekommt das hier in Kampen kaum einer mit.«

»Du lügst!«

»So? Das denkst du also von mir?« Mir steigen die Tränen in die Augen. »Dann lebe wohl und werde mit Mogulis glücklich. Ich kann dir keine Fassade mit schickem Designer-Label und teuren Parfümflaschen bieten – nur mich und mein Herz. Voll mit echter Liebe, die allein dir gehören würde. Nur dir.«

Hunderte Augenpaare schauen mir nach, als ich davonfliege. Einzig Suzette kehrt mir den Rücken zu und geht durch die gaffende Menge, die ein Spalier bildet, zu Mogulis zurück.

Ich habe es wieder vermasselt, dabei war ich ihr für einen Moment so nah. Vielleicht hat sie meine Liebe aber auch gar nicht verdient. Trotzdem, irgendwo, ganz tief in meinem Herzen, hege ich die Hoffnung, dass sie erkennt, dass bei Mogulis nicht alles Gold ist, was glänzt. Aber es ist nur eine kleine Hoffnung, auch wenn es mein größter Wunsch ist.

Meine größte Hoffnung ist jetzt, meine restlichen über die Insel verstreuten Freunde davon zu überzeugen, wieder ein Team zu sein, um den Mord an Knut aufzuklären.

NEUN

Am nächsten Morgen sitze ich mit geschlossenen Flügeln auf dem Leuchtturm an der Südspitze von Sylt und schaue übers Meer der aufgehenden Sonne zu. Es wird mein letzter Tag sein. Keiner meiner Kumpels war auch nur einen Flügelschlag weit dazu bereit, wieder zurück ins Team zu kommen.

Es ist Zeit, Lebewohl zu sagen. Sie können das Buch jetzt zuklappen. Das ist das Ende, die restlichen Seiten beinhalten die Beschreibung meiner Beerdigung mit dem schönsten Trauerzug, den es seit Möwengedenken gegeben hat. Ich schließe meine Augen und mache mich zum Absturz bereit.

»Was machst du denn da?«

Himmel noch mal, darf ich mich nicht mal in Ruhe umbringen? Brauche ich dafür auch noch einen Plan B? Wenn mir jemand zuschaut, dann kann ich nicht – das ist wie beim Pinkeln.

»Ahoi?«

Boah – jetzt arbeitet der heilige Albatros aber echt mit billigen Tricks, um mich von meinem Vorhaben abzubringen – er schickt mir sogar die Stimme von Suzette.

»Wieso hältst du deine Flügel so krampfhaft geschlossen und sitzt hier oben auf dem Leuchtturm?«

Ich mache die Augen auf. Tausend Gedanken schwirren mir gleichzeitig durch den Kopf. Suzette sitzt neben mir auf dem Geländer. Sie ist da, das bedeutet, ihr liegt noch etwas an der Zugehörigkeit zu unserem Team. Dass sie meinetwegen gekommen sein könnte und diesen Mogulis womöglich sogar verlassen hat, das wage ich nicht zu hoffen.

»Wolltest du dich etwa umbringen?«, fragt sie.

»Nein!«, rufe ich spontan. Mit einem Mal erscheint es mir so lächerlich, was ich hier tue. Lächerlich.

»Wenn du dir nur einen Überblick verschaffen wolltest, dann siehst du ja jetzt, dass wir alle da sind. Balthasar hat ein Buch geklaut, in dem drinsteht, wie man das macht.«

Moment mal, die sind ja wirklich alle da. Neben Baron Silver de Luft und Alki sehe ich Balthasar auf dem Dach eines Strandkorbs, Harry, Grey, Jonathan und Helgi sitzen im Halbkreis um ihn herum und hören zu, was Balthasar aus einem Buch vorliest.

Die Fragezeichen über ihren Köpfen kann ich bis hierher erkennen. Aber auch ich verstehe die Welt nicht mehr. »Warum sind denn jetzt auf einmal alle da?«

»Wir haben nachgedacht. Du hast darauf gepocht, dass wir ein Team sind, doch das sind wir nicht mehr. Aber wir sind Freunde – und die helfen sich in der Not. Das ist so etwas wie ein Notfall. Oder willst *du* uns jetzt im Stich lassen?«

»Nein, natürlich nicht.« Noch ziemlich verwirrt fliege ich mit Suzette hinunter zu den anderen.

Balthasar hat den Flügel erhoben und verkündet gerade mit lauter Stimme: »Möwen ernähren sich hauptsächlich von Herzmuscheln, Miesmuscheln, Strandkrabben und Fischen. Um ihre Nahrung aufzustöbern, gründeln sie wie Enten mit untergetauchtem Kopf im Flutsaum über den Meeresboden. Fische fangen sie durch das Stoßtauchen, indem sie von der Wasseroberfläche aus einen kleinen Tauchsprung ausführen. Um Fische in etwas größerer Tiefe zu erbeuten, fliegen sie etwa drei bis fünf Meter über der Wasseroberfläche, flattern über der entsprechenden Stelle, und wenn sie sich ihrer Beute sicher sind, stoßen sie in die Tiefe … – Na bitte, da haben wir es doch.«

Ich glaube, außer Balthasar hat niemand etwas verstanden. Es traut sich aber keiner nachzufragen. Geht auch gar nicht, denn Balthasar ist abgelenkt, weil es mal wieder unter seinem Flügel klingelt. Was ein Glück, dass zu Sonnenaufgang kaum Leute am Strand unterwegs sind. Nur weit hinten, an der Südspitze, sehe ich Spaziergänger um die Hörnum Odde laufen.

Ich stöhne auf. »Mach das Ding aus.«

»Ach, der Herr hat sich auch schon zu uns bequemt. Erst die Pferde scheu machen, und dann den Zirkus mitten in der Vorstellung verlassen, das hab ich gern.«

»Bitte, Balthasar«, lässt sich nun unser Scheff hören. »Kannst du dieses nervtötende Klingeln nicht abstellen?«

»Nein, kann ich nicht, weil ich noch nicht herausgefunden habe, wie das funktioniert.«

»Bitte was?« Ich fasse es nicht. »Du kannst eine Äbb installieren, hast aber keine Ahnung, wie man ans Telefon geht?«

»Wie? Du meinst, mit dem Ding kann man auch telefonieren?«

Was soll ich darauf noch sagen? Eine weitere Unterhaltung ist ohnehin hinfällig, weil das Klingeln wieder aufgehört hat.

»Seht ihr, das ist wieder eine supernützliche Äbb, falls man das Telefon mal verlegt hat. Es klingelt, und sobald man das Telefon in die Hand nimmt, hört es wieder auf zu klingeln – also, alle Möwen auf ihre Posten, Höhenmesser zwischen drei und fünf Meter über dem Meeresspiegel einstellen!«

Das klappt sogar auf Anhieb. Harry, Grey, Suzette, Alki, Helgi Jonathan und ich, wir alle kreisen in der Morgensonne über dem Wasser, hochkonzentriert, was unter uns passiert.

Okay, so weit waren wir früher auch schon mal, und wie das immer geendet hat, wissen wir ja.

Baron Silver de Luft fliegt auf halber Distanz zu unserer Truppe, um Balthasars Anweisungen weiterzugeben – und natürlich darf er sich auf diese Weise noch einmal als Scheff fühlen.

»Flattern, flattern, flattern!«, brüllt er mit Blick auf Balthasar, der seine Worte zur Sicherheit pantomimisch unterstützt. »Beute erspähen … Kopf nach unten … jetzt Flügel ausbreiten … Körper strecken … Füße strecken … Moment, was meint Balthasar? Ich soll mich einsaugen? Ah so, Luft anhalten und …«

»Ich bin noch nicht so weit«, ruft Jonathan. »Ich habe noch gar keinen Fisch erspäht.«

»Ich auch nicht«, schreit Alki.

»Egal, ihr nehmt, was ihr seht … uuuund abtauchen!«

»Aua, Papa, ich hab einen Bauchplatscher gemacht, aua!«

Harry taucht ohne Beute wieder auf, hustet, japst nach Luft und schwimmt zu seinem Sohn.

Ich kann gar nix sagen, weil ich Schnabelsperre von einer verdammten Schwertmuschel habe, die ihrem Namen alle Ehre macht und senkrecht im Schnabel steckend meinen Kiefer aufspannt.

»Ich habe eine Strandkrabbe«, ruft Suzette, in deren Schnabel ein Panzertier wie wild mit seinen Scheren fuchtelt. »Aua«, schreit sie jetzt, hält aber eisern an ihrer Beute fest und steigt damit noch mehr in meiner Achtung. Dieses Weibchen traut sich was.

»Verdammtes Mistvieh«, ruft Suzette jetzt ziemlich undamenhaft, weil sie plötzlich nur noch das Bein im Schnabel hat. Die Krabbe fällt zurück ins Meer.

»Ich habe eine Herzmuschel, aber wie kriege ich die auf?«, ruft Jonathan mit dem Ding im Schnabel.

Unser Scheff zuckt mit den Flügeln und wendet sich ratsuchend an Balthasar. Der steckt mit dem Schnabel im Sand, tut so, als wäre nichts gewesen, hüpft zurück auf den Strandkorb und nimmt seinen pantomimisch unterstützten Vortrag wieder auf – dieses Mal allerdings darauf bedacht, die Tauchbewegung nicht allzu authentisch nachzuahmen.

»Eine Strandkrabbe kann von einer Möwe leicht erbeutet werden und wird durch starkes Schütteln im Schnabel getötet, andernfalls kann die Krabbe ein Bein abwerfen, um sich aus den Fängen ihres Angreifers zu befreien … – okay, das hätten wir früher wissen müssen. So, hier steht etwas zu den Muscheln: Eine geschlossene Herzmuschel kann von einer Möwe leicht geöffnet werden, indem sie die Beute aus etwa drei Metern Höhe auf einen harten Untergrund, zum Beispiel einen asphaltierten Weg, fallen lässt. Dieses Beuteverhalten ist nicht angeboren, sondern folgt einem Trick, den bereits die Jungvögel von den Eltern erlernen … – Also, Jonathan, dann probier das mal.«

»Ich habe einen Fisch«, schreit Helgi unvermittelt. »Ich habe einen Fisch!« Nun gut, eine Makrele sieht definitiv anders aus als das kleine gelbe Ding da in seinem Schnabel, aber es ist immerhin ein guter Anfang. Nur warum ruft Helgi jetzt Aua, und warum hängt der Fisch mit einem kleinen Widerhaken an seiner Zunge?

Ich muss erst mal mühsam meine Schwertmuschel loswerden, bevor ich ihm zu Hilfe eilen kann. »Helgi«, sage ich. »Das ist ein Köder, mit dem die Menschen Fische fangen.«

»Jonathan«, ruft mein Ex-Scheff in das Chaos hinein, »du sollst die Muschel auf den Asphalt donnern und nicht sanft da ablegen! Alle Möwen zurück auf ihre Posten, so wird das nichts. Noch einmal. Wir brauchen Fische!«

»Ich habe einen«, ruft Alki und kommt von weiter draußen angeflogen. »Total hübsch und bunt.«

Ich weiß nicht, was Alki unter einem Fisch versteht, aber dieses schlaffe Ding sieht aus wie eine Art Aal, von dem allerdings nur noch die Haut übrig ist. Zudem muss es eine sehr seltene Art sein. Ein weißer Aal mit vielen kleinen Blümchen auf der Haut – solche Blümchen wie auf dem Morgenmantel von Knuts Mutter.

Es durchfährt mich siedend heiß.

Das, was da triefend aus Alkis Schnabel hängt, ist ein Stück vom Morgenmantelgürtel von Knuts Mutter. Ich erinnere mich, dass der mir schon gefehlt hat, als ich unseren Scheff nach Hörnum abschleppen wollte.

»Wo hast du das her?«

»Da hinten an der Boje, da ist in der Tiefe ein ganzer Sack voller Fische angekettet, und der hier war in diesem … wie heißt das Zum-Zumachen-Ding … eingeklemmt.«

»Schlussverreiß?«

»Ja, genau. Der Fisch war schon ganz fasrig und nur noch mit den Flossen eingeklemmt. Weil er so schön bunt ist, haben bestimmt schon andere Artgenossen versucht, ihn da rauszuziehen.«

Mir schwant etwas. »Alki, wie groß ist der Sack?«

»Schon ziemlich groß, aber länglich und unscheinbar grau. Hätte der bunte Fisch nicht rausgeschaut, wäre er mir gar nicht aufgefallen. Meint ihr, da sind fünfzig Makrelen drin?«

»Alki … so groß, dass ein Mensch reinpassen würde?«

»Ja, genau.« Seine Augen weiten sich. »Du meinst … unser Knut …«

»Ich meine, wir sollten nach Keitum fliegen und Knuts Mutter mit diesem Corpus Delicati konfrontieren.«

***

Wir sitzen auf dem Reetdachhaus in Keitum, bereit zum Sprung durch den Kamin, als das Klingeln unter Balthasars Flügel wieder losgeht. Es ist ja nicht so, dass während des Fluges Ruhe gewesen wäre. Es müsste echt mal ein Gesetz erlassen werden, demzufolge Handys während des Fluges ausgeschaltet werden müssen. Jedenfalls klingelt dieses Handy seit Hörnum nahezu ununterbrochen. Balthasar mimt den Unbeteiligten und pfeift ein kleines Liedchen, während er auf dem Dachfirst entlangspaziert.

Unser Scheff macht schließlich kurzen Prozess und nimmt Balthasar das nervtötende Ding ab. Dabei packt er es unwissentlich so mit dem Flügel an, dass er das Gespräch annimmt.

Eine Frauenstimme ruft aus dem Telefon: »Knut, bist du das? Ich bin's, Eva. Habe ich dich endlich am Telefon? Knut, wo bist du? Geht's dir gut? Sag doch was! Bitte sprich mit mir, auch wenn wir uns gestritten haben. Ich glaube nicht, dass du tot bist – du würdest dich doch niemals umbringen. Ich habe die ganze Zeit versucht, dich zu erreichen … Knut?«

Wir schauen uns an, und jetzt geht uns ein ganzer Kronleuchter auf. Das Smartphone, das Balthasar an jenem Abend in dem vergessenen Rucksack beim Strandkorb gefunden hat – das gehört Knut.

Wir starren auf das Gerät, aus dem noch immer die Stimme von Knuts Freundin dringt. »Lass uns doch bitte noch einmal über alles reden. Hörst du mich? Knut? Ich wollte doch nur, dass du dich behauptest, indem du zu deiner Mutter fährst und ihr sagst, dass du *nicht* zum Notar gehen wirst, um auf das Erbe zu verzichten, so wie sie es gern gehabt hätte. Ich kann ja verstehen, dass du dir nichts aus Geld machst … Knut, hörst du mir zu? Willst du wirklich auch auf deinen Pflichtteil verzichten? Ja, ich weiß, dass das Haus verkauft werden müsste. Wie sonst sollte dir dein Bruder zwei Millionen Euro auszahlen? Und ich kenne deine Meinung, dass deine Mutter aus ihrem Grab steigen würde, wenn das Haus verkauft wird, weil es seit dem 18. Jahrhundert in Familienbesitz ist. Aber du kannst doch so viel Geld nicht einfach in den Wind schreiben. Knut? Rede mit mir. Bitte. Meine Güte, ich mache mir solche Sorgen um dich. Abschiedsbrief hin oder her – du hast dich nicht umgebracht, das weiß ich. Wenn du deine Ruhe haben willst, wenn es aus ist zwischen uns, okay – aber dann sag es mir bitte. So ist das nicht fair. Ich wollte nur, dass du zur Vernunft kommst. Dass du nichts gegen diese Ungerechtigkeit tun wolltest, hat mich so wütend gemacht, ich wollte dir sogar das Rezept für deinen weltbesten Crêpes-Teig wegnehmen – ich hatte es schon in der Hand, aber dann ist mir bewusst geworden, wie lächerlich das ist und dass du das Rezept ohnehin auswendig kannst, also habe ich es beiseitegelegt. Das mit dem Erbverzicht ist deine Sache, ich dürfte mich da eigentlich gar nicht einmischen … aber es geht doch auch um unsere gemeinsame Zukunft? Willst du denn ewig an diesem Crêpes-Stand hängenbleiben und deinem Bruder einfach alles Geld vor die Füße legen, nur weil deine Mutter dir von Kind an beigebracht hast, dass du der ungeliebte Zwilling bist, das Kind, mit dem nicht mal die Hebamme gerechnet hat, das Kind, wegen dem deine Mutter bei der Geburt fast verblutet wäre, das Kind, für das sie nie Liebe empfinden konnte, auch wenn sie das niemals offen zugegeben hätte. Sie hat dich bei jeder Gelegenheit spüren lassen, dass du nichts wert bist. Aber musst du dir deshalb selbst nichts wert sein? Knut? Warum redest du nicht mit mir? Ich bin jetzt auf dem Autozug, ich komme zurück auf die Insel. Können wir uns bitte treffen und über alles reden? Es muss doch irgendwie weitergehen. Oder ist es wirklich aus zwischen uns? Knut – ich liebe dich doch. Herrgott, warum lässt du mich wie mit einer Wand reden? Sag doch bitte wenigstens irgendwas.«

Unser Scheff stupst Balthasar an, der vor Schreck fast vom Dach fällt. Balthasar tippt sich mit dem Flügel auf die Brust, als wolle er fragen: *Ich?*, und macht ein entsetztes Gesicht.

Baron Silver de Luft nickt und schubst Balthasar noch ein wenig näher an das auf dem Dachfirst liegende Telefon.

Balthasar räuspert sich.

»Knut, warst du das? Was war das für ein Geräusch? Geht es dir nicht gut?«

»Verehrteste, gnädigste Frau Eva Schatz, hier spricht die Möwe Balthasar, Mordkommissionsleiter, ich …«

Balthasar wird von unserem Protestgeschrei unterbrochen. Erstens war er niemals der Leiter unserer Schoko-Crêpes, und zweitens gibt es die Mordkommission nicht mehr. Oder jetzt doch wieder? Immerhin sind wir vollzählig versammelt.

»Jetzt haltet doch mal den Schnabel, ich rede mit Frau Schatz, und wir müssen jetzt nicht darüber diskutieren, ob es die Mordkommission noch gibt, denn darüber gibt es nichts zu diskutieren. Es kann keine formelle Neugründung geben, wenn es gar keine offizielle Auflösung gab. Es gibt die Schoko-Crêpes also noch, auch wenn es sie nicht mehr gibt.«

Wir verstehen zwar nichts von seinem Gerede, aber jeder hat seine Meinung dazu, die wir lauthals kundtun.

»Was ist denn das für ein Lärm? Das sind doch Möwen … Knut, wo bist du? Auf einem Boot? Treibst du hilflos auf dem Meer? Knut, wenn du jetzt nicht mit mir sprichst, dann gehe ich direkt zur Polizei … die können dein Handy orten.«

»Sehr gut, Frau Schatz«, ruft Balthasar, »wir zählen in diesem Fall auf Ihre Mitarbeit. Ich werde mich mit dem Handy unterm Flügel auf die Boje im Hörnumer Fahrwasser setzen – dann wird unser Knut sicher bald gefunden. Wir werden außerdem alle Beweise sammeln und sie der Polizei vorlegen. Bitte bleiben Sie am Apparat.«

Aber da hat »Frau Schatz« schon aufgelegt.

Neun Möwen bilden ein wahres Rollkommando. Jippieh! Wir purzeln durch den Kamin ins Wohnzimmer von Knuts Mutter. Sie springt von ihrem Sessel auf, wo sie in der Zeitung gelesen hat. Nach allem, was wir durch die Polizisten wissen, wurde sie erst heute Morgen aus dem Krankenhaus entlassen. Ihr Gesicht ist weiß wie unser Gefieder.

»Große Güte, wo kommen die Viecher schon wieder her? Weg da, ihr Biester. Kschscht, raus, raus!«

Wir weichen nicht zurück, sondern stellen uns in gerader Linie auf und schreiten vereint auf Knuts Mutter zu. Auf mein Zeichen holt Alki den Stofffetzen unter seinem Flügel hervor und präsentiert ihn ihr.

Sie starrt auf den Gegenstand in seinem Schnabel. Selbst für eine kurzsichtige Möwe ist jetzt unverkennbar, dass dieses Stück Gürtelstoff zu ihrem Hausmantel gehört. Sie macht einen Schritt rückwärts und stößt mit der Wade gegen den Sessel.

»Das geht doch nicht mit rechten Dingen zu. Wo habt ihr Biester das her?«

Wir kneifen die Augen zusammen, und der Scheff stößt einen Schrei aus, was so viel heißen soll wie: Wir stellen hier die Fragen.

»Raus, kschscht, raus, raus!« Sie fuchtelt wie wild mit den Armen, traut sich aber keinen Schritt mehr vorwärts. Neun Möwen sind eine geballte Macht und, dem Gesichtsausdruck von Knuts Mutter nach zu urteilen, erkennbar Respekt einflößend. »Gott, was soll ich denn tun, damit ihr verschwindet? Sönke!«

»So, Mutter, ich habe deine Kleidung aus der Klinik in die Waschmaschine …« Er bricht mitten im Satz ab und bleibt auf dem Treppenabsatz vom Obergeschoss stehen. »Das Geschrei kam ja gar nicht aus dem Fernseher.«

»Sönke, schaff mir die Viecher vom Hals.«

»Ach du Scheiße, das ist ja 'ne ganze Horde. Wie kommen die denn hier rein? Schon wieder dieselben? Durch den Kamin? Das gibt es doch gar nicht!«

»Nimm den Besen aus der Küche oder am besten gleich die Schaufel aus dem Gartenhaus und jag sie raus.«

»Die Biester sehen nicht so aus, als würden sie mich einen Schritt weit gehen lassen. Und was hat die eine da im Schnabel? Mutter, das ist doch ein Stück von dem Gürtel, mit dem du …«

»Das sehe ich auch!«

»Dann sind wir am Ende … jetzt wird alles rauskommen.«

»Papperlapapp. Hast du jetzt etwa Angst wegen dieser Möwen? Die können uns doch kaum bei der Polizei anzeigen. Es mag ja sein, dass sie diesen Gürtelfetzen aus dem Wasser gefischt haben, aber dass sie nun hier damit erscheinen, ist nichts als ein dummer Zufall. Deine Nerven spielen verrückt, mein Sohn. Das sind Möwen, *nur* Möwen. Die können nicht eins und eins zusammenzählen.«

Das sitzt. Es wird Zeit, dass Frau Johannsen mit ihren Vorurteilen im Hinblick auf die Intelligenz von Möwen aufräumt, aber die Spezies Mensch neigt in dieser Hinsicht leider zu Überheblichkeit.

Sönke ist von den Worten seiner Mutter nicht überzeugt. »Es mag ja sein, dass die Möwen den Gürtel zufällig aus dem Wasser gefischt haben, aber ich glaube bestimmt nicht daran, dass sie nun auch *zufällig* hier sind. Ich meine, ganz ehrlich, ist es normal, dass eine Möwe eine Einkaufstüte vom Discounter mit sich herumschleppt oder so ein rostiges Blechding auf dem Kopf hat? Ist das eine verbeulte Thunfischdose?«

Das war das falsche Stichwort für unseren Scheff. Er marschiert auf Sönke zu, plustert sich auf und reckt dem um Fassung ringenden Sönke das Statussymbol entgegen. Wie wild pocht er dabei mit dem Flügel auf die Dose und hält seinen Vortrag über Barone, Hauptfischwebel und andere Regimentsherren aus dem Geschlecht der Silver de Lufts.

Natürlich versteht Sönke keinen einzigen Schrei davon, dennoch wird er zusehends blasser. Mein Scheff, angestachelt durch die scheinbare Wirkung seiner Worte, legt den Kopf in den Nacken, reißt den Schnabel auf und holt zwischen seinen Schreien nicht mal mehr Luft.

Sönke macht einen Schritt rückwärts, den Blick auf uns gerichtet, obwohl er mit seiner Mutter spricht. »Bitte sag mir, dass hier irgendwo eine versteckte Kamera ist. Oder besser doch nicht. Dann wären wir ja erst recht dran. Oh verdammt, hätte ich nur nicht reagiert, als du mich an jenem Morgen im Laden angerufen hast …«

»Du machst dir keine Vorwürfe, hast du verstanden? Es ist allein die Schuld deines Bruders. Hätte er sich nicht plötzlich umentschieden und sich in den Kopf gesetzt, seinen Erbteil doch haben zu wollen, würde er heute noch leben. Eva hat ihm bei ihrem Streit derart ins Gewissen geredet, dass er nach einer schlaflosen Nacht zwar noch in aller Herrgottsfrühe den Crêpes-Teig vorbereitet hat, dann aber seine Meinung änderte und zu mir nach Keitum fuhr. Ich habe versucht, vernünftig mit ihm zu reden, das weißt du. Ich habe an ihn appelliert, dass er sich doch ohnehin noch nie etwas aus Geld gemacht hat und ich nicht wünsche, dass mein Elternhaus wegen der Auszahlung seines Erbteils verkauft werden muss. Nichts anderes wäre uns übrig geblieben. Nur über meine Leiche, habe ich gesagt. Als er dann trotzdem nach der Nummer des Notars fragte, um den Termin für den Erbverzicht abzusagen … da musste ich doch eingreifen. Ich wollte ihn nur daran hindern, mein Telefon zu holen, und habe ihn deshalb am Arm zurückgerissen. Das musst du mir glauben.«

Sönke geht zwei Schritte die Treppe hinunter, bleibt dort stehen und sagt kein Wort.

»Er stand genau da, wo du jetzt bist. Ich bin auf ihn zugestürzt, es gab ein leichtes Gerangel, und dabei ist es passiert. Er hat das Gleichgewicht verloren und ist gefallen. Er war nur ohnmächtig, aber in diesem Moment ist mir der Gedanke gekommen: Warum eigentlich über *meine* Leiche und nicht über seine?«

Sönke hält sich am Geländer fest. »Mutter, hör auf damit. Ich will das nicht hören. Du hast dein eigen Fleisch und Blut ermordet, deinen Sohn, und du sprichst darüber, als sei dir eine gute Idee für einen Ausflug gekommen.«

»Ich habe wie automatisch gehandelt. Nachdem ich ihn mit meinem Gürtel stranguliert hatte, bin ich auf den Dachboden gegangen, wo noch die Surfbretter deines Vaters lagern. Der Körper deines Bruders passte perfekt in eine Surfbretttasche. Wie für ihn gemacht. Es sah beinahe so aus, als läge er in einem Sarg.«

Sönke schüttelt fortwährend den Kopf.

Seine Mutter hat ihre Position dicht am Sessel nicht verlassen und zuckt mit den Schultern. »Das hast du selbst gesagt, als du nach meinem Telefonanruf hier angekommen bist.«

»Ja, verdammt, aber bei dir klingt es so, als würdest du das auch noch schön finden.«

»Nun, hätte ich ihn zerteilen und die Leichenteile irgendwo im Garten verstecken sollen? Nein, das hätte ich nicht übers Herz gebracht.«

Sönke rauft sich die Haare. »Du bist doch krank im Kopf.«

»Nein, ich musste so handeln. Dein Bruder ist selbst schuld. Er hatte die Wahl.«

»Aber wir jetzt nicht mehr. Dein Plan wird nicht funktionieren, aber das habe ich dir schon gesagt, als wir Knut auf mein Boot gebracht haben.«

»Es wird funktionieren, so glaub mir doch. Das hat es schon. Selbst wenn die Möwen einem Polizisten dieses Gürtelstück vor die Füße legen würden, was für Rückschlüsse sollte er daraus ziehen? Bestimmt nicht, dass dein Bruder in der Surfbretttasche an der Boje festgekettet weit draußen im Meer treibt.« Knuts Mutter lässt sich wieder in ihrem Sessel nieder. Will sie unsere Anwesenheit ignorieren, um uns mit einem Überraschungsangriff zu verjagen? Ihre Augen verraten mir das. Im Blickelesen bin ich gut, und wir sind auf der Hut.

»Oh hätte ich dir nur nicht geholfen.«

»Ich habe dich nur darum gebeten, den Abschiedsbrief zu schreiben, mir zu helfen, Knut in den Kofferraum meines Autos zu legen und die Surfbretttasche im Sonnenuntergang aufs Schiff zu bringen. Steuern kann ich immer noch allein, und das Tauchen verlernt man nicht, wenn man jahrelang von diesem Beruf gelebt hat. Noch hat mich die Krankheit nicht so weit im Griff. Ich bin nicht alt und schwach und schon gar nicht blöd. Sogar die Polizeitaucher haben Knut nicht gefunden. Und warum? Weil sie nach einem Mann suchen, der selbst ins Wasser gegangen ist. Nicht nach einem, der in einer unscheinbaren grauen Hülle liegt. Außerdem fährt kein Boot so nah an eine Boje ran. Niemand wird die Surfbretttasche bemerken, und wenn, dann wird man sie wegen der silbern schimmernden Außenhaut für eine Kegelrobbe halten. Das Einzige, was nicht funktioniert hat, ist die Sache mit Knuts Schirmmütze, die ich als sein unverkennbares Markenzeichen in der Nähe des Hafenbeckens ins Wasser geworfen habe. Ich dachte, sie würde angespült werden, und damit wäre die Hypothese des Selbstmords weiter untermauert worden, aber sie ist wohl bis heute nicht aufgetaucht.«

Sönke schlägt mit der flachen Hand aufs Treppengeländer.

»Aber die Polizei wird herausfinden, dass ich den Abschiedsbrief gemäß deines Diktats fingiert habe. Sie sind mir ja schon auf der Spur!«

»Nicht mal ich als Mutter kann eure Handschriften auseinanderhalten.«

»Die lassen sich doch nicht für dumm verkaufen – die Kripo wird nicht lockerlassen. Und wie bist du nur auf diese absurde Idee gekommen, dich mit Tabletten und Alkohol umbringen zu wollen? Das klappt vielleicht im Fernsehkrimi, aber selten genug im wahren Leben, weil einfach die Dosis nicht stimmt und der Körper viel mehr abkann, als es die Beipackzettel vermuten lassen.«

»Das war keine absurde Idee, es gehört zu meinem Plan. Ich habe mein Leben immer selbst bestimmt, und ich werde jetzt ganz sicher nicht ergeben darauf warten, dass mich der Krebs auffrisst. Du kannst sicher sein, dass mein zweiter Versuch gelingen wird.«

Sönke entgegnet nichts. Er lässt sich auf die oberste Treppenstufe fallen und hält die Hände vors Gesicht. »Mein Gott, wo bin ich da nur hineingeraten?«

Uns steht vor Bestürzung der Schnabel offen. Suzette hat sogar Tränen in den Augen, wahrscheinlich, weil sie als Frau noch weniger fassen kann, wie eine Mutter so gefühllos sein kann. Ich lege einen Flügel über Suzette, und sie nimmt diese Geste dankbar an, legt sogar den Kopf an meinen Hals und reibt ihren Schnabel an meinem Gefieder. Auch ich bin geschockt, aber beim Gedanken an das Verhältnis zu meiner Mutter kann ich das Handeln von Knuts Mutter nachvollziehen – verstehen werde ich es nie. Ich bin mehr wütend als traurig und schwöre mir in dieser Sekunde, dass Knuts Tod nicht ungestraft bleiben wird.

Knuts Mutter lässt uns nicht aus dem Blick, sie sucht nach einem Gegenstand in ihrer Nähe, mit dem sie uns vertreiben kann, aber mit neun Möwen gleichzeitig kann sie es nicht aufnehmen.

Sönke nimmt seine Hände vom Gesicht und schaut sich um.

»Glaubst du denn ernsthaft, ich könnte hier drin nach deinem Tod in Frieden leben? Ich verstehe nicht, wie du wegen dieses verdammten Hauses über Leichen gehen konntest. Du hast das Leben deines Sohnes für den Erhalt dieses Hauses geopfert.«

»Ja«, antwortet sie gedehnt. »Es stimmt, ich habe nichts dabei empfunden, als ich meinen Sohn tötete. Doch, eines habe ich gespürt: Erleichterung. Knut war mir von Anfang an eine Last.«

»Wie kannst du so etwas nur sagen, Mutter? Glaubst du etwa, damit deine Schuld mindern zu können?«

»Komm du mir nicht mit Schuld. Du hast den Abschiedsbrief gefälscht.«

Sönke springt auf. Dass er nicht die Treppe hinunterläuft und seine Mutter vor Zorn schüttelt, verhindert wohl nur unsere Anwesenheit. »Weil du es so wolltest! Weil ich im Gegensatz zu meinem Bruder immer getan habe, was du gesagt hast. Es war eine Kurzschlussreaktion, ich stand unter Schock, als ich Knut hier liegen sah. Und natürlich wollte ich im ersten Moment nicht, dass sie dich verhaften. Wäre ich doch nur zur Polizei gegangen. Durch den Krebs hättest du den Prozess doch wahrscheinlich nicht mal mehr erlebt. Es war eine beschissene Idee, den Mord vertuschen zu wollen.«

»Dann geh doch zur Polizei!«

»Durch den gefälschten Abschiedsbrief hänge ich jetzt aber mit drin. Wenn alles auffliegt, bin ich wegen Beihilfe dran und sitze ein paar Jahre. Den Laden kann ich dann auch gleich verkaufen, mitsamt dem Haus hier, denn danach brauche ich mich auf Sylt nicht mehr blicken zu lassen.«

Frau Johannsen steht wieder aus ihrem Sessel auf. »Du wirst das Haus nicht verkaufen. Nie in deinem ganzen Leben. Hast du mich verstanden? Es wird alles gut werden, du wirst schon sehen. Und nein, ich will meine Schuld am Tod deines Bruders nicht leugnen, ich will aber auch sonst nichts mehr leugnen. Gar nichts mehr. Ich kann beruhigt meinen eigenen Tod herbeiführen, weil alles so kommen wird, wie ich es mir gewünscht habe. Dein Bruder hätte mich bei seiner Geburt beinahe umgebracht, fast verblutet wäre ich. Nicht mal die Hebamme hat mit ihm gerechnet, das weißt du. Aber verstehst du auch, was das für ein Gefühl war? Ich habe mir immer so sehr ein Kind gewünscht, und erst als ich schon fast vierzig war und nicht mehr daran geglaubt habe, bin ich doch noch schwanger geworden. Aber ich dachte, ich bekomme *ein* Kind – doch die Wehen und die Schmerzen hörten nicht auf, obwohl du schon auf der Welt warst. Ich war schon fast ohnmächtig, als ich auch noch deinen Bruder geboren habe. *Ich* stand unter Schock, und es ist eine verdammte Lüge, dass sich die Mutterliebe mit der Geburt des Babys automatisch einstellt! Genau wie es eine verdammte Lüge ist, dass man alle seine Kinder gleich liebt. Die Wahrheit ist, dass ich nichts für Knut empfunden habe … einfach nichts. Selbst das Wort Gleichgültigkeit wäre zu viel. In mir habe ich immer nur Leere verspürt, wenn ich ihn angesehen habe. Als Baby war Knut nicht satt zu bekommen, und nachts hat er mich mit seinem andauernden Geschrei auf Trab gehalten. Das hat es mir nicht leichter gemacht, eine Bindung zu ihm aufzubauen. Dann im Kindergarten musste ich mich für deinen Bruder bei den Müttern entschuldigen, deren Kinder er gebissen oder gehauen hat, während du friedlich in deiner Ecke gesessen und gemalt hast. In der Schule gab es nur Probleme mit ihm, hätte Fietje ihn nicht ständig abschreiben lassen, wäre er mehr als einmal sitzen geblieben. Knut hat immer nur das Gegenteil von dem gemacht, womit er uns eine Freude gemacht hätte. Er wollte immer seine eigenen Wege gehen, also habe ich ihn gelassen. Nur zuletzt nicht.«

»Ganz ehrlich? Dein Selbstmitleid kotzt mich an. Ich dachte immer, Knut wäre dir gleichgültig, aber er war nicht einmal das. Im Grunde ist es doch nicht verwunderlich, dass er all die Jahre mit Auflehnung reagiert hat – es war seine Art, deine Aufmerksamkeit zu erzwingen. Er hat ja von Anfang an instinktiv gespürt, dass er deine Liebe nur schwer bekommt. Und er hat es später auch gewusst, denn in dem Medaillon hast du nur mein Bild getragen. Oh Gott, wenn Vater das noch erleben müsste …«

»Ja, er hat euch beide geliebt, einen wie den anderen, und er hatte immer ein Herz für Knut, wenn es bei dem Jungen mal wieder finanziell geklemmt hat. Er wäre an jenem Abend nicht von der Fahrbahn abgekommen, wenn es nicht so gewesen wäre und er wie sonst auch seinen Freund in Hörnum darum gebeten hätte, beim Boot nach dem Rechten zu sehen. Aber er wollte die Fahrt ja unbedingt nutzen, um die Schulden bei Knuts Vermieter zu bezahlen.«

»Ich weiß«, sagt Sönke niedergeschlagen. »Genutzt hat es am Ende doch nichts, Knut musste in diese Wohnung nach Westerland ziehen. Oh Gott, hätte ich doch nur nie den Abschiedsbrief bei ihm aufs Bett gelegt. Ich hätte es mir anders überlegen und stattdessen zur Polizei fahren sollen …«

»Hätte, hätte, hätte! Sönke, du hörst mir jetzt gut zu: Du hältst die Füße still, dann wirst du sehen, die Ermittlungen verlaufen im Sand.«

»Und was ist mit Boy und Fietje? Die werden wohl kaum die Füße still halten. Sie haben gesehen, wo du Knut über Bord geworfen hast. Sie werden der Polizei den Leichnam präsentieren.«

»Das werden sie nicht tun. Sie haben ihr Geld bekommen. Hunderttausend Euro, wie vereinbart.«

»Du hast dich erpressen lassen?«

»Andere lassen sich die Erfüllung ihrer letzten Wünsche weit mehr Geld kosten.«

»Schluss jetzt. Schluss, aus! Ich rufe jetzt die Polizei an.« Sönke zieht sein Handy aus der Hosentasche und geht langsam die Treppen hinunter.

»Das wirst du nicht tun.«

»Und warum nicht?« Sein Daumen schwebt über dem Display.

Frau Johannsen schaut ihren Sohn an und schweigt noch einen Moment. Dann sagt sie leise: »Weil dein Bruder sonst nicht hätte sterben müssen.«

Sönke verharrt in seiner Position, dann, nach scheinbar unendlich langer Zeit, lässt er das Handy sinken. »Wenn ich mich nicht selbst anzeige, kann ich nur hoffen, dass Knuts Leiche niemals gefunden wird.«

»Und dazu nehmen wir jetzt dieser Möwe den Stofffetzen

ab – sicher ist sicher.« Der Angriff von Knuts Mutter auf Alki erfolgt so plötzlich, dass ich instinktiv zur Seite springe.

Sie hat unseren Alki an der Kehle gepackt und versucht, ihm das Gürtelstück zu entreißen, doch der tapfere Alki presst mit aller Kraft seinen Schnabel zusammen. Dadurch kann er sich jedoch nicht mehr mit Schnabelbissen gegen Knuts Mutter wehren.

Ich lande auf dem Rücken der Angreiferin und picke ihr ins Genick. Eigentlich sollte das einen Loslass-Reflex auslösen, aber noch bevor es so weit ist, werde ich von Sönke am Flügel gepackt und auf den Boden geschleudert. Ich rutsche über die Dielen und knalle mit der rechten Schwinge gegen ein Tischbein.

Alki widersetzt sich immer noch tapfer, allerdings sehe ich an seinem Blick, dass er nicht mehr lange durchhält. Verdammt, wir sind darin geübt, den Menschen Beute abzujagen, aber nicht, gegen sie in den Krieg zu ziehen.

Harry hält seinen Sohn mit dem Flügel zurück, Suzette, Helgi und Jonathan haben sich Richtung Tür zurückgezogen. Balthasar steht neben Baron Silver de Luft und kommentiert die Szene wie ein Ringrichter, damit unser kurzsichtiger Scheff alles mitbekommt und eine Entscheidung treffen kann.

Diese fällt just, als Alki die Kräfte verlassen und Frau Johannsen mit einem Triumphschrei den Stofffetzen an sich reißt.

Kurze Blicke genügen, und wir haben unsere Positionen im Team verteilt. Harry, Balthasar und ich stürzen uns auf Frau Johannsen, Suzette macht die Haustür auf, damit der Fluchtweg frei ist, und dann hält sie mit Helgi und Jonathan zusammen Sönke in Schach. Der fuchtelt mit Armen und Beinen und schafft es doch nicht, sich meine Kumpels vom Leib zu halten.

Jetzt kommt der große Auftritt von Harry. Zumindest ist es so geplant. Er kreist knapp unter der Zimmerdecke um den Kronleuchter herum, und behält trotz der wilden Armbewegungen von Knuts Mutter die Beute zwischen ihren Fingern fest im Visier. Dann, als sie den Arm wieder nach oben reißt, um mich zu treffen, fliegt Harry seinen Angriff – und bleibt wegen seiner Spannweite mit dem Flügel am Kronleuchter hängen. Das bringt ihn aus der Flugbahn, er kommt ins Trudeln, und unter anhaltenden Klimpergeräuschen kracht er auf den Boden – der Kronleuchter.

Harry hingegen sitzt mitten im Gesicht von Frau Johannsen und umklammert mit den Flügeln ihren Hals. Sie wehrt sich unter dumpfen Schreien. Jetzt schiebt Grey alle Ermahnungen seines Vaters beiseite und stürzt sich direkt auf Knuts Mutter. Kurz darauf höre ich seine Jubelrufe. Grey hat es geschafft! Dieser kleine Gauner hat tatsächlich das Corpus Delicati zurückerobert.

***

»Gibt es hier kein Buch, in dem steht, wie man einen ordentlichen Verband anlegt?«, fragt Suzette und zupft an den Algen um meinen rechten Flügel.

Ich schaue sie an, doch ihr Gesicht verschwimmt hinter dem Schleier meiner Tränen. Wir sind nach dem erfolgreichen Ende des Kampfes nach Westerland geflogen – ich nur mühsam mit meiner verletzten rechten Schwinge – und unter Anleitung von Balthasar in die Bibliothek eingestiegen.

Hier wollen wir nun sämtliches Wissen zu den Tatumständen anhand von Abbildungen aus Büchern zusammentragen und sie der Polizei samt dem Stück vom Gürtel als Beweisstücke übergeben.

Kann man eigentlich auch einen Verband ums Herz machen? Als Suzette bei Mogulis war, tat es weh, doch jetzt, wo sie hier ist und ich weiß, dass sie wieder zu ihm zurückgehen wird, da zerreißt es mich fast. Ich will mir aber nichts anmerken lassen. Bin ja selbst schuld, dass ich so ein beschissenes Timing habe.

Balthasar kennt sich schon sehr gut im Bestand der Bibliothek aus und hat uns auf unsere Posten verteilt. Rechts die Kinderbücher, dahinter die Sylt-Literatur, dann die vielen Regale, an denen Balthasar nur mit einem müden Flügelwink und der Bemerkung: »Hauptsächlich Trivialliteratur, nichts für das Fötong«, vorbeigegangen ist, dahinter stehen die Sachbücher zu Biologie.

Im Bereich Erdkunde hat Alki treffsicher die Silhouette der

Insel auf einem Faltplan ausgemacht, da er den Auftrag hat, darauf die Fundstelle der Leiche zu markieren. Sicher ist sicher, auch wenn sich Balthasar nach Abschluss der Beweisaufnahme mit dem Smartphone auf die Boje setzen will.

Helgi hat in einem Sylt-Reiseführer bereits Abbildungen vom Denghoog, der Vogelkoje und dem historischen Friesenhaus in Keitum gefunden. Und Grey hat in einem Kinderbuch ein Bild von einer Schatztruhe entdeckt und die Seite ebenfalls rausgerissen.

Alki und Grey sind für mich die Helden. Unserer Jungmöwe hätte ich niemals zugetraut, Knuts Mutter so treffsicher den Stofffetzen abzujagen. Aus ihm wird vielleicht doch noch was werden, und Alki, nun ja, nachdem es anfänglich so aussah, als hätte er seine Aufgabe im Team der Schoko-Crêpes vermasselt, konnte er seine Fähigkeiten unter Beweis stellen, indem er Fietje die Waffe abjagte, Sönkes Boot eine ganze Nacht lang observierte und schließlich sogar noch Knuts Leiche fand.

Suzette stupst mich an. »Du bist mein Held, Ahoi. Ohne dich und deinen unermüdlichen Glauben an die Aufklärung des Falles wäre unsere Truppe nicht wieder zusammengekommen.«

Ich rücke ein wenig von ihr ab.

Sie zieht ihre Stirnfedern kraus. »Was ist mit dir? Hast du Schmerzen?« Als ich nichts erwidere, nicht mal mit einem Nicken reagiere, schaut sie mich forschend an. Ich weiche ihrem Blick aus, weil ich weiß, dass sie in mein Herz sehen könnte. »Magst du mich nicht in deiner Nähe haben?«

Mir sitzt ein Kloß im Hals. Nichts wünsche ich mir sehnlicher, und zugleich schmerzt nichts mehr. Eine Antwort bleibe ich ihr schuldig. Verdammt, warum bekomme ich meinen Schnabel einfach nicht auseinander? In Gedanken forme ich Worte, aber die hohe Mauer zwischen meinem Herz und meiner Zunge vermag ich nicht zu überwinden.

»Ich dachte, du magst mich … und empfindest vielleicht sogar noch ein kleines bisschen mehr als das. Hättest du mir sonst die Sonnenbrille schenken wollen, die ich mir so sehr gewünscht habe?«

»Ach, die war doch nichts wert und ist sowieso kaputtgegangen, noch ehe ich sie dir schenken konnte.« Na super, da bekomme ich endlich mal meinen Schnabel auseinander, und dann gebe ich so einen Stuss von mir. Suzettes Blick sagt mir, dass sie derselben Meinung ist. Und wie kriege ich jetzt die Kurve? »Ich meine, ich habe sie nicht gekauft, ich habe sie zufällig gefunden, ein Jungmensch hat sie wohl auf dem Gehweg verloren.«

»Aha«, sagt Suzette.

Logisch, der Abstand zwischen zwei Fettnäpfchen beträgt einen Ahoi. Ich trete von einem Bein auf das andere. »Weißt du, Suzette, ich … ich muss dir etwas sagen.«

»Ja?«

»Ich wollte es dir schon lange sagen, aber ich …« Ich senke den Kopf und könnte mit dem Schnabel in den Boden hacken, um diese Blockade loszuwerden. Muss ich es ihr überhaupt sagen? Spürt sie es nicht schon längst? Eigentlich müsste sie es doch wissen. Ich suche immer ihre Nähe, habe Mogulis gegenüber meine Eifersucht gezeigt und versucht, ihr ein Geschenk zu machen, einen Balztango mit ihr getanzt – und alles gründlich vermasselt. Also, was genau soll ich ihr sagen? Dass sie ihr Leben doch bitte mit dem Chaoten Ahoi verbringen soll? »Suzette, was ich sagen wollte … ich denke, es ist besser, wenn du zu Mogulis zurückgehst. Zu den schönen und reichen Möwen. Dort wirst du es viel besser haben.« Waren das jetzt gerade meine Worte? Aus dem Schnabel des Vollpfostens Ahoi?

Suzette schaut mich nachdenklich an, auch ein wenig traurig, aber das kann daran liegen, dass ich die Wahrheit erkannt habe. Denn sie nickt. »Ja, wahrscheinlich hast du recht.«

Jetzt könnte ich nicht nur meinen Schnabel, sondern mich selbst ungespitzt in den Boden rammen. Ganz großes Kino, Ahoi, denke ich. So kämpft man um eine Frau, indem man sie gehen lässt. Das hast du super hinbekommen.

»Soo viele Spiele, cool!«, unterbricht Grey meine Gedanken. Er hat sich mal wieder auf Erkundungstour begeben und steht jetzt in einem separaten Raum, in dem sich die bunten Kartons in den Regalen bis fast zur Decke stapeln. »Guckt mal, sogar ›Mensch, ich ärgere dich‹ gibt es hier. Papa, Papa, darf ich das mitnehmen?«

»Das Spiel heißt ›Mensch ärgere dich nicht‹, und das ist noch nix für junge Möwen, wegen der vielen Kleinteile. Schnabel weg!«

»Boah, Papa, du bist voll der Spielverderber, ey.«

»Psst«, zischt Balthasar von weiter hinten. »In einer Bibliothek muss man leise sein.«

»Brüten da Vögel in den Regalen versteckt?«, fragt Helgi, der auf dieser Insel mittlerweile wohl alles für möglich hält. Er hat den Faltplan im Schnabel und versucht, ihn durch heftiges Kopfschütteln aufzufalten. Wieder und wieder. Als das nicht gelingen will, kommt ihm Alki zu Hilfe und wirft die Karte in die Luft. Ein erster Erfolg. Der Plan klappt auf. Noch einmal kräftig schütteln und hochwerfen … jetzt breitet sich die Karte aus und segelt auf Alki herab, sodass er komplett davon überdeckt wird.

»Hiilfe … jemand hat das Licht ausgemacht! Wo seid ihr?«

Die Insel Sylt rennt im Zickzack durch die Bibliothek, stößt gegen einige Regale, taumelt und dreht sich im Kreis.

Kopfschüttelnd beobachten wir das Schauspiel, dann erbarmt sich Balthasar und macht Alki wieder das Licht an.

Ich seufze. »Siehst du, Suzette, das meine ich. Diese Truppe ist nicht deine Welt … du hast etwas Besseres verdient.«

Balthasar klatscht in die Flügel. »Auf, auf jetzt. Wir müssen noch unsere Namen aus den Lexikonen raussuchen.«

Ich verkneife es mir, ihn zu beklugscheißen.

»Lexika heißt das«, sagt Suzette in diesem Moment, und ich muss grinsen.

Balthasar tut so, als hätte er nichts gehört – denn er ist zumindest schlau genug, einer Frau nicht zu widersprechen.

»Die Namen Fietje und Boy habe ich schon gefunden, unterstrichen und die Seiten rausgerissen.« Um ihn herum ausgebreitet liegen aufgeschlagene Bücher, zwischen denen er geschäftig hin- und herläuft und Seiten umblättert. »Helgi, dich nennen wir

Helgoland. Scheff, Sie heißen immer noch Scheff, auch wenn die hier im Buch den ersten und den letzten Buchstaben im Wort vergessen haben. Ahoi und Alki, bei euch wird es schwieriger, aber das kriegen wir auch noch hin.«

So ist es. Am Ende heißt Alki zwar Adalbert, und meinen Namen finden wir in einem dicken gelben Buch mit ganz vielen anderen Wörtern, das Balthasar besonders spannend findet, aber wir haben es geschafft und sind mächtig stolz auf den Blätterwald, der da verstreut um uns herumliegt.

»Und wie legen wir die Buchseiten jetzt vor der Polizeistation ab?«, fragt Harry. »Draußen ist ziemlich viel Wind …«

»Wir könnten sie in Suzettes Handtasche legen«, schlage ich vor und beiße mir im selben Moment auf die Zunge. Denn das würde ja bedeuten, dass Suzette das Geschenk von Mogulis vor dem Eingang der Wache liegen lassen müsste.

»Ja, natürlich könnt ihr meine Plastiktüte nehmen«, entgegnet Suzette, noch ehe ich meinen Vorschlag korrigieren kann. Verwundert schaue ich zu, wie sie die Tasche aufhält und meine Kumpels unsere Ermittlungsergebnisse samt dem Corpus Delicati hineinpacken.

Als sie damit fertig sind und mein Scheff die Trageschlaufen in den Schnabel nimmt, wird es ruhig zwischen uns; sogar Grey hat die Bedeutung des Augenblicks erkannt und hält ausnahmsweise mal den Mund.

Eine nahezu feierliche Stimmung senkt sich über uns. Wir, die Schoko-Crêpes, haben das Rätsel um das Verschwinden unseres Menschen Knut gelöst. Jetzt muss nur noch die Polizei mit unseren Informationsschnipseln etwas anzufangen wissen und die richtigen Schlüsse ziehen. Aber noch etwas beschäftigt mich, und es hat mit Suzettes letztem Satz zu tun.

»Sag mal, hast du vorhin Plastiktüte gesagt?«

Suzette lächelt und wendet sich von mir ab, um den anderen aus der Bibliothek hinaus zu folgen. »Ja, habe ich.«

ZEHN

Wir sitzen am Fuß des Leuchtturms auf dem Dach des geschlossenen Crêpes-Standes am Südzipfel von Sylt und schauen übers Meer der aufgehenden Sonne zu. Ja, wir. Die gesamte Bande. Obwohl es uns gar nicht mehr gibt.

Wir sehen wohl alle ziemlich planlos aus, wie wir da hungrig sitzen oder wie Balthasar mal wieder auf dem Dach unsere Runden drehen. Dank seines Plans, sich mit dem Smartphone unterm Flügel auf die Boje zu setzen, konnte die Polizei gestern das Handy orten. Wir haben die ganze Aktion mit reichlich Geschrei unterstützt. Und nun wollen wir alle wissen, wie die Geschichte ausgeht.

Mich hält allerdings noch eine andere Tatsache auf diesem Dach fest: Suzette hat die letzten zwei Nächte bei uns verbracht, nur eine Flügellänge von mir entfernt, und ist nicht zu Mogulis zurückgekehrt. Eine Flügellänge ist allerdings eine Flügellänge. Und ein Grund für mich, die ganze Nacht kein Auge zuzukriegen.

Da sitzt sie nun, und ich habe Angst, dass ich es wieder vermassle. Ja, ich weiß, Sie sagen mir jetzt, dass ich meinen Hintern hochkriegen und einmal richtig mit ihr reden soll. Aber das sagen Sie mit Ihrem Buch in der Hand so einfach. Das ist nicht so leicht!

Nein, ich habe keine Angst davor, mir einen Korb zu holen, das wäre ja quasi schon ein Nest. Ich glaube viel eher, dass sie zwar erkannt hat, was für ein Blender dieser Mogulis ist, den Schnabel von der Männerwelt nun aber erst einmal gestrichen voll haben und für mich nur freundschaftliche Gefühle empfinden wird.

Wir warten alle nur noch darauf, dass in der Zeitung ein abschließender Bericht erscheint, dann werden wir uns in alle Winde verstreuen, und jeder wird sein Glück woanders versuchen. Entsprechend gedrückt ist auch die Stimmung, weil allen die Unausweichlichkeit der Lage bewusst ist.

»Steht heute was in der Zeitung?«, rufe ich Balthasar zu, der mit der Beute im Schnabel angeflogen kommt. Im Hintergrund sehe ich einen Mann, der von einer der Bänke auf der Promenade aufspringt und drohend den Arm hebt. Balthasar setzt sich neben mich, zieht seine runde Brille unterm Flügel hervor und faltet die »Sylt aktuell« auf.

Gleich auf der ersten Seite springt uns ein Foto vom Crêpes-Stand mit uns Möwen auf dem Dach entgegen. Wir sind wie elektrisiert.

»Cool, wir sind alle in der Zeitung!«, ruft Grey. »Aber guck mal, Papa, was du für ein komisches Gesicht machst.« Normalerweise hätte Grey dafür eins mit dem Flügel geerntet, doch Harry belässt es dabei, seinen halbwüchsigen Sohn mit einem Lachen in die Seite zu stupsen, dass dieser trotzdem fast das Gleichgewicht verliert.

»Ich hab euch doch gesagt, ihr müsst bei einem Foto immer Miiiiiieeesmuschel rufen«, sagt Jonathan kopfschüttelnd.

»Na ja, Papa, dich haben sie wohl bei ›Muschel‹ erwischt.«

Jonathan beugt sich ebenfalls über die Zeitung. »Wow, bin ich gut getroffen, schaut euch das mal an. Dynamik, Begeisterungsfähigkeit, Durchsetzungskraft, Kreativität – das alles drücke ich mit meiner Mimik und Gestik aus.«

Helgi nickt anerkennend. Er steht auf dem Bild neben Jonathan und schaut nicht in die Kamera, sondern auf ihn. So wie jetzt auch. »Mit dem Bild kannst du dich als Model bewerben.«

Täusche ich mich, oder ist im Blick zwischen den beiden etwas … ich meine, so ein aufgeladenes Knistern, das ich eigentlich zwischen Suzette und mir gerne hätte?

»Balthasar, lies den Bericht bitte vor«, sagt unser Scheff, und erst jetzt fällt mir auf, dass er auf dem Foto seine Thunfischdose nicht trägt. Eigentlich sieht es ihm gar nicht ähnlich, mit diesem Statussymbol hinterm Berg zu halten, aber vielleicht wollte er kein unnötiges Aufsehen unter den Menschen erregen.

Wir scharen uns im Halbkreis um Balthasar, und dann rührt sich keiner mehr, um bloß keines der vorgelesenen Worte zu verpassen.

Mord an Crêpes-Knut aufgeklärt

Westerland. Die traurige Wahrheit schockiert Sylter Gäste und Insulaner: Knut J. (32) aus Hörnum ist tot. Ein Abschiedsbrief ließ zunächst einen Suizid vermuten (wir berichteten). Doch nach Mitteilung des Mordkommissionsleiters Andreas Andersen auf der Presseversammlung am gestrigen Abend handelt es sich um Mord, begangen von Johanna J., der Mutter des Toten. »Wir fanden die Leiche in einer Surfbretttasche, die unter Wasser an die Kette einer Boje angehängt war«, so Andersen. Die abschließenden Ergebnisse aus der Rechtsmedizin stehen noch aus, aber es wird bislang davon ausgegangen, dass Knut J. nach stumpfer Gewalteinwirkung oder einem Sturz bewusstlos war und erst dann mit einem Stoffgürtel stranguliert wurde. Das Motiv: ein Streit um Erbschaftsansprüche. Mysteriös in diesem Fall bleibt, warum sich das Smartphone von Knut J., dessen Ortung schlussendlich zum Auffindungsort führte, nicht an der Leiche sicherstellen ließ. Das Gerät wird weiterhin an unterschiedlichen Stellen der Insel geortet, hauptsächlich im Bereich des ehemaligen Crêpes-Standes von Hörnum.
Die Polizei konnte nach eingegangenen Zeugenhinweisen im Bereich der Kampener Vogelkoje und im Denghoog in Wenningstedt Bargeld und wertvollen Schmuck sicherstellen, der aus dem Elternhaus des Ermordeten in Keitum entwendet wurde. Es wird von einem Erpressungsversuch ausgegangen. Zwei Männer im Alter von zweiunddreißig und dreiundvierzig Jahren wurden deshalb in Hörnum und List bereits festgenommen.
Der Zwillingsbruder des Ermordeten, Sönke J., räumte ein, den Abschiedsbrief gefälscht zu haben. Eine weitere Tatbeteiligung wird noch untersucht. Sönke J. befindet sich derzeit in U-Haft. Falls der Richter eine sukzessive Beihilfe erkennt, drohen ihm mindestens drei Jahre Haft. Leider konnte der Tathergang bislang noch nicht lückenlos aufgeklärt werden, da die mutmaßliche Täterin Johanna J. auf ihrem Anwesen Suizid begangen hat. Mittels eines Telefonanrufs bei der Polizei hat sie sich jedoch kurz vor ihrem selbst gewählten Tod dazu bekannt, ihren Sohn Knut getötet zu haben. Das historische Anwesen in Keitum steht nach unseren Recherchen zum Verkauf.
Besonders wichtig sind der Polizei nun der oder die anonymen Zeuge(n),

die mittels seltsamer und zunächst unzusammenhängend erscheinender Hinweise, die, in einer Plastiktüte gesammelt, am Eingang zur Polizeiwache lagen, zur Aufklärung des Falles entscheidend beitrugen. Der/die Zeuge(n) hinterließen keine Handschrift, es handelt sich um Seiten, die aus Büchern herausgerissen wurden.
Entsprechende Spuren fand man in der Stadtbücherei in Westerland, wo verschiedene Bücher von den Mitarbeitern auf dem Boden verstreut vorgefunden wurden. Es gab keine Einbruchsspuren. Dazwischen lagen, wie auch schon bei dem ungeklärten Eindringen von Möwen in das Museum in Keitum, einige Möwenfedern. Johanna J. berichtete ebenfalls von Möwen in ihrem Haus. Welcher Zusammenhang hier vorliegt, ist den Ermittlern bisher noch nicht bekannt.
Besonders rätselhaft ist ein unter den Hinweisen gefundenes Papier, auf dem sich mit Stempelkissenfarbe der Abdruck von neun Möwenfüßen befindet. Und trotz intensiver Bemühungen ist es der Polizei noch nicht gelungen, einige von dem/den Zeugen angegebenen Namen und Begriffen wie Chef, Helgoland, Balthasar, Harry, Grey, Jonathan, Suzette, Adalbert oder Ahoi mit dem Mordfall in Zusammenhang zu bringen. »Vielleicht stehen wir hier auch vor einem ewigen Rätsel«, so der Mordkommissionsleiter, »weil der Zeuge unerkannt bleiben will und sich nach Aufdeckung des Falles nicht mehr melden wird.«

Balthasar legt die Zeitung beiseite, und wir grinsen uns an. Alle haben wir noch das Gesicht der Beamten vor Augen, die hier um den Crêpes-Stand herum vergeblich nach dem Handy von Knut suchten und dabei die Welt nicht mehr verstanden, während wir aus dem Lachen nicht mehr herauskamen. Besonders der Blick eines Polizisten, als er die Thunfischdose auf dem Kopf meines Scheffs entdeckte, war einmalig.

»Ich glaube, die wissen ganz genau, dass wir zur Aufklärung des Falles beigetragen haben«, sagt Balthasar, und meine Kumpels nicken. »Sie würden es aber niemals öffentlich zugeben, weil jeder sie sonst für verrückt erklären würde. Möwen, die einen Kriminalfall lösen …«

In unser Lachen hinein sage ich nachdenklich: »Eine Handvoll Menschen kennt jetzt unser Geheimnis, und vielleicht betrachten sie uns nun mit anderen Augen. Aber egal. Für uns war es wichtig, nicht die Schuld am Tod unseres Dealers zu haben. Wir haben den wahren Mörder überführt, das ist unser größter Lohn. Mehr sollten wir als Dank nicht erwarten.«

»Tu nicht so bescheiden, Ahoi, so ein bisschen berühmt werden wäre doch cool.« Natürlich, unser Grey.

»Vielen Dank für die schöne Zeit bei euch«, sagt Helgi. »Danke, dass ihr mich so unkompliziert aufgenommen habt und ich viel über mich selbst und meine Vergangenheit lernen durfte.«

Helgi hat recht, es wird Zeit für den Abschied. Er ist schon auf dem Absprung – ob zurück in sein Museum nach Keitum oder nach Helgoland, weiß ich nicht. Oh, wie ich Abschied hasse. Allein beim Gedanken daran treibt es mir die Tränen in die Augen.

Auch Baron Silver de Luft sucht jetzt nach ein paar passenden Worten. Er rückt seine Thunfischdose gerade und stellt sich vor uns hin. Wir scharen uns automatisch im Halbkreis um ihn herum. Manche Dinge sind uns in Fleisch und Blut übergegangen, Dinge, die wir manchmal auch lästig fanden, aber die wir nun bald vermissen werden.

»Jetzt ist endgültig der Zeitpunkt gekommen, an dem jeder seiner Wege geht und wir einander Lebewohl sagen. Ich danke euch, dass ich zehn Jahre lang euer Scheff sein durfte, der Scheff einer unverbesserlichen Gurkentruppe. Dennoch hatten wir eine … wie heißt das, Grey? … eine voll coole Zeit zusammen. Sieht so aus, als ob die nun vorbei ist, aber ich bin mir sicher, jeder von euch wird seinen Weg gehen.« Er wischt sich über die Augen und marschiert dann von einem zum anderen, um jedem den Flügel zu geben. Dabei findet er für jeden ein paar persönliche Worte, auch wenn seine Stimme dabei zunehmend brüchiger wird. »Balthasar, dir alles Gute an der Universität in Kiel, Alki, dir besonders für den Abschluss deiner Therapie viel Kraft, Harry und Grey, euch alles Gute bei der Erschließung eures eigenen kleinen Reviers, Suzette, dir wünsche ich einen Partner, der eine so tolle Frau wie dich verdient hat, Jonathan, viel Erfolg bei der Bewerbung auf dem Luxusliner, und dir, Helgi, wünsche ich, dass du deine Heimat findest, wo immer diese auch sein mag. Dir, Ahoi, dir danke ich von Herzen für alles, was du für diese Truppe und damit auch für mich getan hast. Bleib immer so entschlossen, verfolge weiter dein Ziel und gib niemals auf – hast du mich verstanden?«

»Jawoll, Scheff«, sage ich reflexartig und salutiere. Kommt es mir nur so vor, oder hat sein Kopf bei seinen letzten Worten in Richtung Suzette gezuckt?

Es ist still zwischen uns, alle sind zum Abflug bereit, und doch will keiner von uns zuerst die Flügel ausbreiten.

Ein Gedanke will mir nicht aus dem Kopf gehen, eine leise Hoffnung, ein vager Versuch. »Sollen wir nicht vielleicht doch wieder als Bande zusammenarbeiten?«, frage ich in die Stille hinein und schaue weiter betreten auf meine Füße. »Ich meine, wir könnten das ja auch erst mal im kriminellen Nebenerwerb betreiben.«

»Die Idee finde ich gut«, sagt Harry.

Überrascht schaue ich auf.

»Ich wäre bereit, wieder die Beute zu machen, wenn wir ein neues Revier finden«, fährt Harry fort. »Als alleinerziehender Vater müsstet ihr mir allerdings einen Halbtagsjob anbieten, und den Rest des Tages kümmere ich mich dann mehr um meinen Sohn.«

Baron Silver de Luft schüttelt den Kopf. »Ahoi, Harry, ihr seid rührend, aber wenn ihr die Bande neu gründen wollt, dann nicht mit mir als Scheff. Ich habe eingesehen, dass es besser ist, wenn ich mich zur Ruhe setze. Ich war euch doch am Ende nur noch eine Last.« Er nimmt seine Thunfischdose ab und hält sie Harry hin. »Ich bin nun euer Scheff Adee und biete dir, Harry, hiermit offiziell meinen Posten als Nachfolger an.«

Harry hebt den Flügel und stoppt damit Baron Silver de Luft in seiner Bewegung. »Das ehrt mich, Scheff, denn viele Jahre lang war genau dieser Posten mein Ziel, aber in den vergangenen Tagen habe ich kapiert, dass zum Scheffsein mehr dazugehört, nämlich auch, eine Truppe in Krisenzeiten moralisch zusammenzuhalten. Und ich bin da doch mehr der Mann fürs Grobe …«

Baron Silver de Luft bietet ihm noch einmal die Thunfischdose an. »Hab nicht solche Bedenken, man wächst mit seinen Aufgaben. Ich bin am Ende gescheitert, aber du wirst es schaffen. Ich hätte mich nicht so an meinem Posten festkrallen dürfen, als hinge mein Leben daran. Aber es war mein Leben. Hier, Harry.«

»Nein«, sagt Harry entschieden. »Ich wäre nicht der Richtige. Unser neuer Scheff muss jemand sein, der umsichtig, diplomatisch und klug ist.«

Alle Augen richten sich auf Balthasar. Aber der hebt nur abwehrend den Flügel und deutet auf mich.

Baron Silver de Luft geht auf mich zu. »Ahoi?«

»Ich?« Irritiert schaue ich in die Runde und bin einen Moment lang der festen Überzeugung, es müsse sich noch eine Möwe hier befinden, die so heißt wie ich.

»Wer ist dafür?«, fragt unser Ex-Scheff, noch ehe ich eine Antwort geben kann.

Alle heben den Flügel, auch Baron Silver de Luft.

»Das wäre also einstimmig. Nimmst du die Wahl an, Ahoi?«

»Ich … ja, also …« Meine Kumpels nicken mir aufmunternd zu. Schlussendlich macht mir das Lächeln von Suzette Mut, die Herausforderung anzunehmen. Wenn ich nicht mehr nur der einfache Späher bin, kann sie mich ja vielleicht auch als Versorger ihrer Kinder ernst nehmen. Wieder eine vage Hoffnung. »Ja, ich nehme die Wahl an. Ihr könnt aber weiterhin Du zu mir sagen.«

Baron Silver de Luft hat glänzende Augen, als er mir feierlich die Thunfischdose auf den Kopf setzt. »Alles erdenklich Gute für dich, Scheff Ahoi, und viel Erfolg mit dieser Gurkentruppe. Meinen Lebensabend werde ich auf einer der Bänke auf der Hörnumer Promenade verbringen. Die Menschen werden sich bald daran gewöhnen, dass da eine Möwe zwischen ihren Beinen herumspaziert, die nicht mehr so richtig sieht. Wenn ihr mir hin und wieder als Scheff Adee mein Altenteil zuwerft, bin ich zufrieden. Und wenn du doch mal meinen Rat brauchst, ein Gefieder zum Nassheulen oder eine Schnabelkante zum Draufbeißen, ich bin immer für dich da, solange es mich noch gibt.«

»Danke.« Ich weiß noch gar nicht, wie mir geschieht. Und ich weiß nicht, was ich jetzt noch sagen oder tun soll.

»Das Protokoll«, raunt mir Baron Silver de Luft zu. »Die Posten müssen neu verteilt werden. Jemand muss das Sitzungsprotokoll schreiben. Nimm Balthasar oder Suzette, sie ist eine tolle Sekretärin.«

Das Protokoll ... Ich kann mich noch sehr gut an meine Gehirnerschütterung erinnern und rupfe mir eine Feder raus. Mein Entschluss steht fest. Den Satz habe ich schnell getippt und lasse die Feder reihum weitergeben. *»Es wird ab sofort keine Protokolle mehr geben. Das ist nur Federverschwendung.«* Von allen Seiten bekomme ich erleichterten Applaus, sogar Baron Silver de Luft nickt überrascht, aber anerkennend.

Allein Balthasar grummelt: »Deine Entscheidung, Scheff Ahoi. Es ist ja aber nicht so, dass ich nicht auch mit einem Stift umgehen und schreiben könnte.« Er zieht selbigen unter seinem Flügel hervor, und als ihm auffällt, dass Papier fehlt, macht er seine Notizen direkt auf das Blechdach. Es sieht allerdings irgendwie mehr aus wie Kreise, Dreiecke und Symbole, was er da malt. »Habe ich alles aus einem Buch aus der Bibliothek. Die haben auch auf Steine und manchmal sogar auf Höhlenwände geschrieben. Schreiben kann man überall.«

»Balthasar, die Schrift sieht nicht so aus, wie ich das von den Menschen heute kenne ...«

»Papperlapapp, jeder Mensch hat seine eigene Handschrift, und Hauptsache, ich kann meine eigene Schrift lesen. So, kommen wir nun also zu den ordentlichen Neuwahlen«, sagt er, unbeeindruckt davon, dass ich eigentlich zur Gegenrede ansetzen wollte. »Die Posten des Spähers und des Stellvertreters sind noch offen. Wen schlägst du vor, Ahoi?«

Ich schaue in die Runde. Als mein Nachfolger kommt nur eine Möwe in Frage, der ich diesen Job zutraue: »Grey ...«

Der Kopf von Harrys Sohn fährt herum. »Was denn? Ich hab doch gar nix gemacht, hab nicht gestört!«

Natürlich hat er kein Wort mitbekommen, weil er sich mehr für das Geschehen in seiner Umgebung interessierte, beste Eigenschaften also. »Du hast in der Gegend herumgeschaut, während wir hier Sitzung haben«, sage ich mit einem feinen Grinsen.

»Ist das verboten?«

»Nein, in Zukunft ist das als Späher dieser Truppe sogar dein Job. Und so zu tun, als ob du gleichzeitig zuhören könntest, das bringe ich dir auch noch bei.«

Grey bleibt der Schnabel offen stehen, und er schaut verunsichert zwischen mir und seinem Vater hin und her, ob das vielleicht eine neue Art von Scherz ist. Ich nicke Grey noch einmal aufmunternd zu, und sein Vater tut dasselbe.

Balthasar seufzt. »Scheff Ahoi, du musst vorher noch fragen, ob die Wahlen offen oder geheim stattfinden sollen.«

»Ach was, ich mach den Job!«, jubelt Grey. Die übrige Truppe klatscht Beifall. Jugenderinnerungen kommen in mir hoch. Ich war so alt wie Grey, als ich meinen Posten angetreten habe.

»Einstimmig«, sage ich.

»Mit einer Enthaltung«, brummt Balthasar und macht seine Notiz auf das Dach des Crêpes-Standes. »Und jetzt noch der Posten des Stellvertreters.«

Ich schaue mich um. Mein Blick fällt auf Harry. Er lenkt ihn weiter auf eine Möwe, die in seinen Augen besser als mein Stellvertreter geeignet wäre, auch weil er sich in den vergangenen Tagen für die Truppe sehr verdient gemacht hat. Und Harry hat recht.

»Ich schlage Alki vor«, sage ich.

»Mich?«, fragt der Genannte und macht dabei eine ruckartige Bewegung nach hinten, als hätte ihn eine Sturmböe erfasst.

»Ja«, bekräftige ich. »Solange du auf dem Autozug deine Therapie machst, übernimmt Harry kommissarisch deinen Posten. Danach wirst du mein Stellvertreter – wenn du möchtest.«

Freudig, aber ungläubig staunend versichert sich Alki bei seinen Kumpels, dass sie ihn tatsächlich in dieser Rolle akzeptieren würden. »Ich danke euch und nehme den Posten an, sobald ich wirklich trocken bin. Ich habe nur eine Bitte.«

»Und die wäre?«

»Ich will nicht mehr Alki genannt werden. Ich möchte dann Adalbert heißen.«

Jonathan und Helgi geben Alki den Flügel, wünschen ihm alles Gute und kommen auf mich zu. »Wir wünschen auch dir viel Erfolg, Scheff Ahoi, du wirst deinen Job sicher richtig gut machen, und bestimmt hören wir bald sogar in der Ferne von eurer Truppe.«

»Wie? Ihr wollt nicht bei uns bleiben?«

»Nein, wir werden uns eine Zukunft jenseits des Ozeans suchen«, sagt Jonathan, und ich merke an seinem Tonfall, dass er nicht umzustimmen ist. »Wir gehen dorthin, wo wir akzeptiert werden.«

Er betont das Wir besonders, und da fällt es mir plötzlich wie Läuse aus dem Gefieder.

»Ja«, sagt Jonathan. »Helgi und ich, wir lieben uns.«

Zur Bestätigung nimmt Helgi zuerst schüchtern, aber dann doch fest den Flügel von Jonathan. »Wir haben so viele gemeinsame Interessen, wir lieben die Weite des Meeres und suchen auf einem Passagierschiff unser Glück. Uns beide haben wir ja schon gefunden.«

Jetzt ist es an mir, vor Erstaunen den Schnabel nicht mehr zuzukriegen. Aber dann fasse ich mich. »Ich freue mich für euch. Ihr seid ein schönes Paar. Und gemeinsam werdet ihr das schaffen, da bin ich mir sicher.«

»Danke, Scheff Ahoi. Für alles. Und man sieht sich immer zweimal im Leben!« Sie verabschieden sich noch von den anderen, und dann sind sie weg.

Ob nun auch Suzette aufbrechen wird?

»Und du, Suzette, möchtest du wieder ein Mitglied unserer Bande sein?« Ach verdammt, eigentlich will ich sie etwas ganz anderes fragen. Ich fasse mir ein Herz und berühre zart ihre Flügelspitzen. Jetzt oder nie. Alles auf eine Feder. »Suzette, ich … ich liebe dich. Schon viel länger, als du dir das vorstellen kannst. Und jetzt, da ich Scheff dieser Bande bin, möchte ich dich fragen, ob du … möchtest du eine Dauerbrutpartnerschaft mit mir eingehen?«

Suzette zieht ihren Flügel nicht zurück, aber sie denkt nach. Und jede Sekunde, die ich auf ihre Antwort warten muss, wird mein Herzschlag stärker und pocht am Ende so schmerzhaft, dass ich glaube, laut schreien zu müssen.

»Ahoi … es tut mir leid, aber ich möchte keine Ehe mit dir eingehen.«

Ich schlucke trocken. Ich hätte es wissen müssen. Ein Happy End ist in meinem Lebensplan nicht vorgesehen.

Suzette nimmt meine Flügel. »Aber ich bleibe bei dir, weil ich dich liebe. Für immer. Nicht deshalb, weil du jetzt Scheff dieser Bande bist. Egal, was du bist. Denn du bist Ahoi. Und den liebe ich. Das ist mir jetzt endlich klar geworden.«

»Küssen, küssen, küssen!«, schreit Grey.

Unter dem Applaus der anderen tun wir ihm den Gefallen. Zuerst ist es mehr ein liebevolles Schnäbeln, ein Aneinanderherantasten, Sich-sicherer-Werden. Und dann ist mein Bauch plötzlich voller Schmetterlinge, es kribbelt überall, und was folgt, ist der schönste Kuss, den ich je erlebt habe. Ich wünschte mir, hinter mir würde eine Wand auftauchen, an die ich mich anlehnen kann, weil mich meine Beine nicht mehr tragen wollen. Stattdessen halte ich mich an Suzette fest, bis ich das Gefühl habe, dass ich wieder allein stehen kann.

Als wir uns nach unserem Kuss voneinander lösen, fällt mein Blick auf Balthasar, der neben seinem Protokoll hockt und mit den Federspitzen rhythmisch auf das Dach trommelt.

»Seid ihr jetzt fertig? Diese Gefühlsduselei kommt nicht ins Protokoll. Ich habe lediglich eure Verlobung notiert.«

Ich lächle. »Danke, Balthasar. Was würden wir nur ohne dich tun.«

»Jaja«, entgegnet Balthasar und verzieht dabei den Schnabel.

»Nein, ich meine es ernst. Willst du wirklich an die Universität nach Kiel gehen, oder darf ich dich fragen, ob du vielleicht bei unserer Bande bleiben willst?«

Balthasar seufzt, dieses Mal theatralisch und abgrundtief. »Klar bleibe ich. Ohne mich läuft hier doch sonst gar nichts. Aber nur unter einer Bedingung.«

»Und die wäre?«

»Ich bestehe darauf, dass euer erster Sohn Balthasar genannt wird, so kann wenigstens mal was aus dem Jungen werden. *Omen est Nomen.*«

Suzette und ich drücken uns aneinander und versprechen es ihm unter diskretem Gekicher.

»Jetzt brauchen wir nur noch einen neuen Dealer«, sage ich.

»Wozu?«, fragt unser Scheff Adee, »wir können unsere Nahrung doch jetzt selbst beschaffen. Das ist das einzig Gute, was uns Knuts Tod gebracht hat.«

Allein schon bei der Vorstellung des Geschmacks von Wattwürmern auf der Zunge wird mir ganz anders. Ob es wirklich so klug war, mich auf dieses neue Abenteuer einzulassen?

»Ich sag doch, ohne mich wäret ihr verloren.« Balthasar deutet auf einen der Plakatständer, die an jeder Straßenlaterne entlang der Promenade aufgestellt sind.

»Was steht da drauf?«, frage ich. »Ich beobachte schon die ganze Zeit, wie die Leute sich das anschauen.«

»Wer als Möwe lesen kann, ist klar im Vorteil: ›Heute Neueröffnung – Evas Edel-Sushi-Imbiss – ganzjährig geöffnet‹. Da ist auch ein Auszug aus der Speisekarte dabei. Wie wäre es damit?«

Grey klatscht in die Flügel und bringt sich als Späher auf dem Blechdach in Position. »Freunde, das wird ein guter Tag heute! Ich lerne schon mal die Menüfolge auswendig.«